Aprender a emprender

1.000 claves de éxito para emprendedores, empresarios y directivos

Joaquín Valcarce
Ángel Martín Sequera

Colección: En progreso
www.enprogreso.com
www.nowtilus.com

Título: *Aprender a emprender*
Subtítulo: *1.000 claves de éxito para emprendedores
empresarios y directivos*
Autor: © Joaquín Valcarce
Coautor: © Ángel Martín Sequera

© 2006 Ediciones Nowtilus, S.L.
Doña Juana I de Castilla, 44, 3.º C, 28027-Madrid
www.nowtilus.com

Editor: Santos Rodríguez
Responsable editorial: Teresa Escarpenter

Diseño y realización de cubiertas: Carlos Peydró
Diseño y realización de interiores: Grupo ROS
Producción: Grupo ROS (www.rosmultimedia.com)

ISBN: 84-9763-229-X
EAN: 978-849763229-4
Fecha primera edición: Enero 2006

Printed in Spain
Imprime: Imprenta Fareso, S. A.
Depósito Legal: M. 45.841-2005

A Cristina.
A mis queridos hijos, Edurne, Queco, Jimmy y Ramón, con la esperanza que les sea útil en algún momento de su vida.

A mis padres. A mi esposa y a mis hijos Héctor y Ángela, excelentes compañeros de viaje, sin más equipaje que su comprensión, su amor y su coraje.

Nota del autor

El mundo empresarial es una carrera olímpica. Lo intentan millones y sólo lo consiguen unos pocos; el resto, simplemente sobrevive. Para éstos últimos, lo más importante es que, en su categoría, sea PYME, Gran Empresa o Multinacional, puedan estar, el mayor número de veces, en la parrilla de salida aprendiendo de los campeones y haciendo negocios con ellos.

Durante cerca de treinta años he participado en la creación de Empresas dentro de los más diversos sectores; editorial, venta por correo, tiendas deportivas, limpiezas, formación, seguros, decoración y marketing relacional, además de promover proyectos empresariales basados en nuevas patentes. En mi periplo conocí a pequeños y grandes empresarios, empleados y directivos. Es a ellos a los que tengo que agradecer que este libro vea hoy la luz. Con unos llegué a fomentar una buena amistad; con otros, tan sólo he tenido relaciones comerciales, a veces incluso escasas pero su talento ha sido suficiente para aportar sabiduría y humanidad, por lo que algunas de sus opiniones han quedado reflejadas en el libro, junto con mis reflexiones desde el lado de empresario de la PYME, que es, en el que siempre he estado. Ninguna de las claves pertenece a un desconocido. Todos han pasado por mi vida y, de ellos, he aprendido a emprender.

El libro reúne una colección de vivencias, algunas fragmentarias, otras completas, que en mi opinión ofrecen la posibilidad de reflexionar sobre las experiencias que se viven en el entorno empresarial, tanto como empresario, como emprendedor, como directivo o como empleado y, siempre más, desde el lado del «realismo cotidiano» de las personas que lo componen. No impone, sino propone y pone encima de la mesa conclusiones personales fruto de la experiencia diaria.

La Empresa es un paisaje humano donde se trabaja en un terreno psicológico de vencedores y vencidos y lo que se trata es de resolver conflictos para ganar dinero; los que quedan sin resolver, quedan enconados entre las personas para siempre. Por resolver estos problemas, paga el empresario a su gente. Es su manera de vivir en paz.

JOAQUÍN VALCARCE

Agradecimientos del autor

Las personas cuyos nombres escribo a continuación, son algunas de las que han aportado, de una forma anónima, «claves» al libro. Ninguna sospechó que detrás de sus palabras había un «copista más o menos exacto», tomando notas de su «buen hacer personal y empresarial». Como dijo José Cadalso y Vázquez (1741-1782): «*otros lo habrán dicho antes que yo y mejor que yo; pero no por eso deja de ser verdad y verdad útil y las verdades útiles están lejos de ser repetidas con sobrada frecuencia, que pocas veces llegan a repetirse con la suficiente. Yo lo único que he hecho es publicar en cuarto lo que otros en octavo, en pergamino lo que otros en pasta o juntar un poco de éste y otro de aquél. A esto se llama ser copista más o menos exacto y no autor*».

En primer lugar, quiero agradecer a mi amigo y coautor Ángel Martín *su valiosa aportación a la obra, tanto desde el lado reflexivo como del creativo. Ha sido un verdadero placer trabajar juntos.* Quiero también dar las gracias a Enrique Miret, *al que admiro y estoy realmente agradecido por el prólogo que nos ha dedicado.* Mi sincero agradecimiento a mi tía Mercedes Valcarce *que nos ayudó incondicionalmente en la corrección de la obra.* A mi amigo de siempre, Paco Vive G. Bernardo-Villar, *con el que he estado metido en los proyectos más importantes.* A Gonzalo Zamora *que me enseñó el valor de ser un esclavo de tus ideales.* A mi tío Paco Álvarez, *que fue para mi una persona entrañable, muy querida y que siempre me transmitió armonía.* A R. Lledó Picatoste, *un licenciado en ciencias de la vida por la universidad del mundo. De la nada creó un imperio en el sector de la luminotecnia. Él, fue el primero que me enseñó a ganar dinero y también a gastar mucho más, algo que no he abandonado nunca.* A J. Ramiro.R., *un presidente de una Compañía multinacional que siempre tiene abierta la puerta de su despacho.* A C. Villodas, *directiva con un sentido práctico, cercano y futurista de cómo gestionar los Recursos Humanos.* A S. Castellanos, *un hombre acogedor y con visión de futuro. A través de sus conferencias a los universitarios, ha abierto los ojos a muchos futuros empresarios.* A J.Liñero, *que me transmitió la importancia de que el empleado sea el* mejor embajador de la Empresa en la que trabaja. A José A. Cañadas. *Le conocí como director de un departamento de una de las principales empresas públicas de España, durante un periodo de reestructuración de la misma. Ha aportado al libro conceptos empresariales y humanos muy importantes de aplicar en la gestión de la empresa privada.* A Lelio Nahum, *un empresario franco que cuando negocia se transfigura en imponente sin dejar de irradiar bondad.* A F. Echanove, *me transmitió lo importante que es estar siempre en la parrilla de salida aunque no se gane el campeonato.* A V. Sánchez y T. Porto, *ambos fueron la escuela de marketing de muchos de nosotros.* A V. Jiménez, *probablemente el hombre más informado de éste país...con criterio propio.* A José Aguila, *el mejor comunicador que he conocido.* A Pedro J.L.J., *conozco su sabiduría, que no es poca, a través de otros.* A Gianfranco Artosi, *un bravo empresario.* A L. Peña, *que me apoyó en muchos nuevos proyectos.* A J. Burguera, *del que aprendí, muy joven, que en los negocios es tan importante la buena educación como los beneficios.* A Pedro Martínez, *un sabio ingeniero con el que desarrollé muchas patentes e inventos suyos.* A J. Goya *que siempre me asesoró correctamente antes de la firma del notario.* A Miguel Ángel de la Cruz, *noble y polémico espadachín y muchas veces abogado de causas humanamente desesperadas.* A R. Sáez, *un gran defensor de los derechos humanos.* A Jorge H., *amigo y la mejor enciclopedia andante: a su lado siempre he sentido el placer de la conversación.* A Kim Pasha, *viejo amigo de la infancia y con el que acometí los primeros proyectos empresariales.* A J.L. Soteras, *un empresario que ha sabido unir la profesionalidad con la simpatía.* A Isabel Mayans y Mariano Juan Castello, *han creado un negocio hotelero basado en la hospitalidad.* A Luis Debora, *un viejo amigo en las penas y en las alegrías.* A Blanca P., *mi amiga de siempre con la que compartí varios proyectos empresariales.* A Alfonso Aguado, *mi mejor directivo.* A Rafael Morillo, *el mejor vendedor.* A Jesús Cano, *un empleado al que nunca tuve que decirle qué hacer ni cómo hacer las cosas.* A José María Leguina, *él es una parte importante en la consecución de éste libro.* A Félix Prudencio, *un «self made-man» que seguro creará historia.*

Quiero también expresar mi agradecimiento a estos amigos y profesionales que también han aportado al libro sus valiosos conocimientos.

A Pierre Faraldo, Z.Z., J.P. Laurent, A. Pérez Álamo, G. Otero, J. Collazos, E. Torres, T. Plantegenest, S. Suquet, P. Rubio, F.F. Teja, R.Treguer, E. Espinel, G. Vecilla, E. Viola, A. Sacristán, R. Linares, M. Morillas, A. Caride, M. Pardo, V. Hernández, T. Ortega, G. Domínguez, B. Calzón, E. Martínez, P. Sánchez, E. Domínguez, J.A. Castellanos, J.L. Lapeña, A.N. Feijóo, J.L. Puigdengolas, A. Barutell, Miguel Ángel Gómez, S. Mínguez, H. Fuentes, M. Pereirra, Pedro. G. Guillén, V. Linares, A. Ponce de León, G. Martorell, S. Olmedo, J.M. Torre, P. Torre, A. Bejar, A. Ibáñez, A. Martínez, R. Lloret, R. Lázaro, W. Hoffmann, R. Hädelt, Rafael Martín, M. Tarazona, I. Merino, Ciro. A., Ignacio de Torres, Juan M. Guerrero, E. Guerrero, R. Kleinman, Ángel de Benito, Marcia Mack, Justo Múgica, Juanjo del Caño, Castor Muñoz, Luis Arnedillo, José R. Lorenzo, J. Juez, M. Zapata, J. Arroyo, A. Martínez Beillure, R. Vallejo Z. Antonio Cofrade C, M. R. Casanueva, Gloria A. Martínez,

Gracias, también a los profesores universitarios: Mª Teresa del Val, M.A. Royano, F. Prieto, E. Sola, M.S. Infante, F.F. Méndez de Andrés, José Luis Fernández, J. Uxo, J.C.G. Villalobos, J.R. Iturrioz del Campo, M.G. Secades, R. Mateos de Cabo, Luisa F.R-Hevia, Miguel Ángel López, Carlos.R. Monroy, Alma Vázquez, C.F. de Casadevante y Romaní, Luisa Reyes, Juan Ardura, R. Castejón, P. Campo, E. Méndez, T. Alfaro, D. Jano S,

Por último, a mi Padre que me enseñó que los logros sólo se consiguen trabajando, con «el sudor de la frente», como siempre me decía.

JOAQUÍN VALCARCE

ÍNDICE

5. EL SELECTIVO «REFLEX 35». UN VALOR QUE NO COTIZA EN BOLSA

PROLOGO

por ENRIQUE MIRET MAGDALENA

Es para mí un placer escribir el prólogo del libro de mi amigo y autor Joaquín Valcarce, que comparte con Ángel Martín como coautor.

Aprender a Emprender es un libro necesario porque hemos pasado a la época pragmática en la que todo se aprende y se escribe. De ahí, que el título de esta obra explica el deseo de sus autores de enseñar lo que, en la teoría y en la práctica empresarial, Joaquín ha aprendido.

Su estilo invita constantemente a la reflexión. La estructura del libro, es como la de un elenco de pensamientos que, de forma escueta, ayuda a entender mejor las ideas que su autor ha conocido y que le gustaría las aprovechen quienes desean crear una Empresa o gestionarla mejor.

Su contenido es más bien humanista que académico. Su visión se basa en el enfoque empresarial desde el lado humano. La Empresa son las personas y no tanto los números, los gráficos, los balances, los planes estratégicos... Joaquín, ayudado por Ángel, ha querido resaltar esa faceta humana de la Empresa y que tantas veces nos olvidamos de ella.

Conforme leía esta obra recordaba lo que yo viví, tras la guerra civil española, trabajando en la Empresa familiar en un departamento comercial e industrial, vendiendo e instalando una novedad para aquella época: los Aislamientos Térmicos y Acústicos. Por mi afición a la lectura, aprendí cómo llevar ese departamento de modo más productivo que los demás departamentos que tenía la Empresa y que habían sido creados por mi padre.

Yo creo que me hubiera evitado muchas equivocaciones, si hubiera tenido en mis manos un libro como el de Joaquín Valcarce y Ángel Martín.

Quiero, sin embargo, nombrar unos pocos libros, entre otros muchos, que me ayudaron en mi época de empresario y utilicé por recomendación de expertos en organización de empresas.

Asistía yo entonces a las conferencias que se daban en una Asociación Empresarial dirigida por Garrigues Walker, que tenía una gran Asesoría

Económica en la que participaba el gran experto en economía práctica, amigo mío, Alcaide Inchausti; allí oí al profesor americano PETER DRUCKER que nos recomendó su excelente libro: *Las nuevas realidades (Editorial Edhasa)*. De él aprendí que no se trata de cantidad sino de calidad en la organización empresarial. Corroborando esto por PARKINSON (C.N.) en su libro *La ley de Parkinson (Ed. Ariel)*.

En la época que presidí la Confederación Independiente de la Pequeña y Mediana Empresa (COPYME) hice amistad con el Presidente del Banco Popular, Luis Valls Taberner, que dirigía el más pequeño de los grandes Bancos y era el más rentable del mundo. El me regaló la obra de JAY, en la que se había inspirado, *La dirección de Empresas y Maquiavelo (Ed. Aura)*.

Más tarde vino a España el colaborador número uno del psicólogo Erich Fromn, que se llamaba MACCOBY y al que le hice una larga entrevista para la revista TRIUNFO. Me regaló su libro fundamental, *El ganador*, editado en México.

Y, finalmente, yo, que soy practicante del Budismo Zen, me valí para abordar serenamente los intrincados problemas empresariales de aquella época de la obra de LOW: *El Zen y la Dirección de Empresas*.

Pero *Aprender a Emprender* no es solo un libro de Empresa. Es, también, una obra útil para emprender proyectos personales. Mucho me hubiera gustado tenerlo entre mis manos a lo largo de las múltiples y variadas experiencias de mi vida, como profesor de Ética, como fundador y directivo de la Comisión Española de Ayuda al Refugiado y de la Young Men Cristian Association, como presidente honorario de Mensajeros para la Paz, como director general de protección de menores, en los diversos cursos en los que he participado en universidades o simplemente en mi profesión de periodista y escritor.

Leyendo *Aprender a Emprender*, muchas ideas empresariales y personales se conocen más rápidamente y sin invertir tanto tiempo en la lectura de un centón de obras que muchas veces no tienes ni tiempo de leerlas.

ENRIQUE MIRET MAGDALENA

INTRODUCCIÓN

Antes de entrar en materia le proponemos, a través de una breve introducción, que descubra las claves que nos han motivado a escribir este libro.

¿Por qué este libro?

Aprender a emprender es fruto de la reflexión profunda de un empresario, Joaquín Valcarce, quién después de cerca de treinta años cosechando diversas Empresas, decide reflejar sus mejores «añadas» en forma de apuntes, consejos o claves, propias y ajenas, que se han ido meticulosamente recogiendo en un sencillo «libro de catas».

¿Cómo está organizado el libro?

Por la variedad de apartados y objetivos que se pretenden en el mundo empresarial, hemos agrupado estos mil apuntes de forma temática. Pretendemos que una «clave» incite a leer la siguiente y el lector encuentre, siempre, algo interesante e inspirador.

¿A quién va dirigido?

A nuevos emprendedores que, impulsados por la inquietud y la ambición, arriesgan en el apasionante mundo empresarial; a través del libro pueden disponer de una amplia experiencia adquirida por otros con anterioridad. A empleados y directivos que en el fondo no dejan de ser «microempresarios»; estas «claves» les ayudarán a manejarse mejor dentro de las Organizaciones. A empresarios, a quienes permitirá contrastar ciertas observaciones (otras, quizás, les inviten a la reflexión). A estudiantes, que pueden acceder a un documento práctico que les ayude a abordar con ilusión su futuro empresarial. Y, —¿por qué no?— a cualquier persona en cuyas manos caiga este libro pues todos, en algún momento de nuestra vida, emprendemos diferentes proyectos y precisamos saber organizar bien nuestras ideas para gestionar mejor nuestros actos.

¿Cuándo se ha escrito y cuál ha sido la fuente?

A lo largo de toda su vida empresarial, Joaquín Valcarce, motivado por su continuo afán de aprendizaje y su gran permeabilidad de conocimientos, ha recopilado ideas de otros empresarios, líderes de opinión, presidentes de Empresas, directivos, empleados de diferentes departamentos y las ha organizado junto con sus reflexiones propias, contrastando todo ello con los valores conceptuales que nos han sido legados por los grandes escritores clásicos.

Por mi parte, mi vida profesional ha estado vinculada, desde hace veinte años, al campo de la comunicación dentro de una de las grandes Empresas de este país. También he colaborado, en materia docente, en distintos foros universitarios y en la realización de guiones para vídeos Institucionales. Esta trayectoria ha hecho posible un punto de coincidencia con Joaquín, que nos ha permitido trabajar juntos y organizar mejor sus ideas, para proporcionar al lector una visión entretenida de los entresijos empresariales del mundo actual.

Quizás, pueda encontrar en este libro alguna reflexión que, a priori, le resulte un tanto ingenua. Sin embargo, la experiencia nos dice que son, precisamente, las cosas más simples las que pueden llevar al hombre a la quiebra pues de las complejas ya se encarga él mismo de sopesarlas convenientemente, aprendiendo de sus consecuencias.

Desde esta filosofía —pues estamos convencidos de que aprender es crecer sobre lo que uno ya sabe— presentamos a nuestros lectores: *Aprender a emprender*.

ANGEL MARTÍN SEQUERA
Coautor

I

El Empresario

Hechos de otra casta

PERSONALIDAD y CARÁCTER DEL EMPRESARIO

De frente y de perfil

Sus facultades, su educación, sus virtudes, su reputación, sus vicios, sus valores, sus éxitos, sus fracasos, su destino, sus ideales, su desarrollo, sus contradicciones, sus errores, sus principios, su poder, su experiencia, sus obsesiones...

1. CÓDIGO DE BARRAS

La condición humana posee la innata necesidad de maniobrar. Un hombre no es tal si no actúa.

Deja hacer y observa lo que está hecho.

La mejor forma de saber, realmente, a quién te enfrentas o con quién vas a emprender un negocio es conocer sus obras, analizar las conductas que le han podido llevar a adoptar ciertas posturas, la forma de esquivar las situaciones, tomar decisiones, incluso la forma de organizar su maletín de trabajo. En definitiva, se trata de estudiar minuciosamente su biografía pues, en el fondo, ésta será la trayectoria que marcará su auténtica personalidad y la única radiografía que se podrá obtener, a priori, sobre su carácter. Si es demasiado joven como para obtener datos relevantes de él, simplemente déjale obrar. Ten siempre en cuenta que las obras del hombre son hechos consumados y éstos son los únicos que marcan el verdadero «código de barras», exento de las engañosas apariencias.

2. LA VERDADERA RIQUEZA

En el mundo empresarial, la buena fama es el beneficio más grande. El empresario puede mantener sus Empresas o éstas pueden serle arrebatadas por otros empresarios. Esto no significa nada. Antes la Empresa era suya; ahora es de otro; y mañana podrá ser de millares. Pero aquel ladrón que le arrebate su buena fama, le roba algo que a él no le enriquece y al empresario le deja verdaderamente pobre.

Pregunta con destreza y escucha con inteligencia.

3. DE POBRE A RICO

Timidez no es antónimo de brillantez.

Muchas veces el empresario se despierta para mirar lo que ha construido y se siente orgulloso. En ese momento, piensa que sus actos han sido fruto de su valor, de sus deseos y de que, en su vida, no ha permitido que el «no me atrevo» esté al servicio del «me gustaría».

4. CUESTIÓN DE DESTREZA

En el mundo de los negocios preguntar con destreza puede llevarnos muy lejos, por lo que no se debe perder una sola oportunidad de preguntar. El empresario está obligado a hacerlo con cierta habilidad, a utilizar el tono adecuado en el momento preciso para averiguar lo que se propone, con el menor número de preguntas posibles.

5. LOS «OTROS SENTIDOS»

Para desarrollar un negocio se da por hecho que el empresario, salvando las discapacidades, posee los cinco sentidos: vista, olfato... Pero para llegar a la cima del éxito debe, además, poseer cinco facultades: imaginación, juicio, sentido común, memoria y fantasía.

6. NEUROTRANSMISORES

El camino más corto para un empresario es transmitir a su entorno, desde el primer momento, un aire franco y fácil; cierta alegría infantil que cause placer al estar a su lado y que hace decir: «es un hombre bueno». Pasadas unas horas con él, el hombre bueno se transfigura en imponente, sin dejar de irradiar bondad.

Con buen humor se trabaja más en serio.

7. MOSTRADOR ABIERTO

El empresario debe mostrarse prudente ante sus empleados; prevenir las astucias de la competencia y ser un elocuente orador para persuadir o disuadir.

8. EDUCACIÓN EN ACCIÓN

El mundo empresarial es agresivo. No hay treguas y los pactos se hacen para ganar. Al perdedor se le ignora. Vales lo que vale tu

La mejor cosecha es comparar ideas jóvenes con costumbres hechas.

finca. Por ello, en este mundo desleal y sin contemplaciones, ser exquisito con la educación es mejor que ser simplemente educado.

9. VIRTUDES DE SERIE

El empresario debe ser liberal, generoso, cortés, atrevido, paciente y sufridor.

10. ALABADO SEAS

El empresario no debe sentir que ha alcanzado el éxito hasta que le alaben por sus hechos y no por sus palabras.

11. TARJETA DE VISITA

La buena reputación de un empresario conlleva buenos negocios con empresarios honrados.

12. DE JOVEN A EMPRESARIO

El joven empresario debe hacerse, cada día, menos simple y más discreto.

13. DIETA DE HUMILDAD

El empresario suele poseer la rara habilidad y el sutil ingenio de hacer dinero. Aún así debe ser humilde y no arrogante aunque piense que es el mayor empresario del mundo. El arte máximo para un empresario, ante un éxito demasiado grande, debe ser disminuir el entusiasmo y hacer dieta a causa de este exceso de salud.

14. GASTAR SIN DESGASTAR

El empresario debe ser liberal con sus bienes para no terminar siendo un avaro. Su disfrute debe estar en saber gastar bien sus riquezas y no en poseerlas.

15. FIFTY-FIFTY

El empresario debe ser una mezcla de pasiones progresistas y costumbres conservadoras.

El arte de negociar debe mostrarse natural y sin conservantes.

16. BRILLANTE TIMIDEZ

La timidez de un empresario no tiene por qué ocultar su inteligencia en público.

17. PRIMERA PERSONA DEL SINGULAR

Estar en el mando significa, la mayoría de las veces, estar solo, ya que el mando no permite intimidades.

18. TÚ MISMO

El empresario honrado consigo mismo nunca es falso con nadie.

19. EL GUÍA DE LA MEDINA

Un empresario que conoce bien su entorno, estará mejor preparado para gestionar con prudencia su Compañía sin dejar de ser firme ni valiente.

20. UN BUEN «ANSIOLÍTICO»

El empresario, por instinto natural y por definición, es apasionado; lo quiere todo y, a veces, hasta con violencia. Suele dar rienda suelta a su ansiedad, sin tener en cuenta que, ésta, es un mal efecto de nuestra cultura. Sin embargo, con la experiencia suele llegar a cierto sosiego, fruto de haber conseguido un mayor sentido de la realidad y una mayor tolerancia a la frustración.

Aprender siempre es bueno para ser mejor.

21. SENTIDO OBLIGATORIO

Al empresario no le queda más remedio que ser algo temerario y atrevido, nunca tímido y cobarde.

22. LA FRIALDAD DEL CÁLCULO

El empresario deberá examinar sus errores sin cólera, con la mirada del socorrista que pone orden en el caos.

23. PROPORCIONAR SALIDAS HONROSAS

El empresario tiene que aprender de la escuela de la vida a ser humilde y generoso con los perdedores.

El dinero es bueno para olvidarte de él.

24. PROPIEDAD PRIVADA

El empresario no debe dejarse influir por los éxitos de otros. Ha de pensar que cada uno tiene su pequeña parcela en el mercado y, grande o pequeña, lo importante es mantenerla y vivir de ella. Hay que llegar a la conclusión de que el león puede comerse al ratón pero nunca al revés. Sin embargo, el ratón puede meterse por huecos en los que el león ni lo intenta porque no le cabría ni una pata.

Cuando se ha conocido la pobreza, la riqueza es un buen ejercicio de poder imponer.

25. EL ASEO INTERIOR

La meditación es, quizá, el trabajo más útil que realiza el empresario, teniendo en cuenta la inmensa dispersión a la que es sometido el hombre y lo incierto de su destino.

26. LA «STOP-PÍA»

El empresario ha de vigilar que su imaginación no le juegue malas pasadas con la realidad exterior. Detrás de todos los ingredientes tradicionales, lo que puede estar latente en sus grandes ideas son, quizá, visiones de excesiva abundancia y esperanzas de utopías, como las de hacerse millonario de la noche a la mañana. Esto no quiere decir que no pueda construir su Empresa a partir de sus ideas o de los frutos de su imaginación.

27. METABOLISMO BASAL

El empresario ha de ser una fuente de recursos para poder soportar y digerir sin pestañear los problemas.

Las trampas de seducción no son buenas soluciones.

28. Recetar sonrisa

Debe reírse de sus propios errores pero rectificarlos en serio y en el acto.

29. Cazador cazado

El empresario nunca debería considerarse torero sino toro, precisamente para darse cuenta de quién pretende torearle.

30. La táctica del avestruz

Para el empresario impulsivo, los problemas son sueños y cegueras de unas pocas horas de duración. Hay que tener en cuenta que, en este tipo de personalidad, prevalece la forma extrema del sentir «no trágico» y, siempre, busca una alternativa al pesimismo. Desea y tiene fe en un destino feliz al problema que se solucionará por sí mismo y restablecerá, salvará y, aun mejorara y enriquecerá su actividad. El resultado final suele ser una catástrofe.

La fama te censura, la competencia te apura, tu grupo te cura.

31. El poder de la satisfacción

Para construir un imperio empresarial, es necesario encerrarse en la Empresa como la perla dentro de la ostra y, una vez dentro, quedar absolutamente satisfecho, dejando a un lado las otras cuestiones prodigiosas que atraen y espantan.

32. La Empresa presa

Muchos empresarios atraviesan por una hora crucial en su destino: se les presenta el negocio deshonesto que puede hacerles ricos. En ese momento, no hay término medio. Pueden tomar la decisión de elevarse a la altura del hombre o descender a la de potencial presidiario.

33. Traje a medida

El empresario, vistiendo, debe etiquetarse dentro de su propia marca y no imitar a los demás.

34. Selección e intuición

El empresario puede rechazar lo absurdo pero debe adorar lo incomprensible.

35. Enarbolar sus ideales

Casi siempre el empresario es un esclavo de sus ideales y de sus convicciones, aunque los permanentes cambios en la sociedad de

Mantén tus principios desde el principio.

consumo le obliguen, muchas veces, a no serlo. Sin embargo, es muy importante que los tenga presentes a lo largo de su trayectoria empresarial. Serán, probablemente, sus mejores armas para alejarse del fraude y de la falta de honestidad.

36. Analizar en el punto de inflexión

El empresario debe saber discernir entre dos motivaciones para no errar en su carrera empresarial: por una parte, qué Empresa le gustaría tener; y, por otra, qué Empresa tiene. Lo primero suelen ser delirios de grandeza; y, lo segundo,

No pongas tu ambición al servicio de la seducción.

sencilla realidad. Si consigue identificar la verdadera magnitud de su grandeza, podrá llegar a su meta: la Empresa que le gustaría tener.

37. Ahogarse en su propia sangre

Los empresarios que son genios pueden verse engañados por un exceso de inteligencia.

38. Un icono

Esfuérzate en rentabilidad esfuerzos.

El empresario representa la confianza de construir para el futuro. Por ello, no puede engañar a los consumidores.

Sentir la imperfección te ayudará a perfeccionarte.

39. CUANDO LA DUDA DEFIENDE

La duda ataca constantemente al empresario. Es su mejor defensa contra los impulsos compulsivos.

40. CARRERA POR ETAPAS

El empresario en su primera etapa, es un romántico. Busca la paz para el futuro. Pero, según crece con su Empresa y sus proyectos, desarrolla facultades visionarias con el consecuente cambio estilístico. Suele terminar convertido en un metafísico.

41. LA TERNA ETERNA

El joven empresario debe aprender, lo antes posible para lograr el éxito en sus proyectos, al menos tres pautas imprescindibles en su camino: una, que no se dirigen las Empresas sólo siguiendo las inspiraciones naturales y los impulsos del instinto; dos, que lo que diferencia al tonto del inteligente es que, el primero, se deja gobernar por todas las pasiones humanas y el segundo procura ajustar sus actos a la razón; y tres, que la vergüenza, el cinismo

Creerse irresistible es sentirse invencible y convertirse en vulnerable.

y la calumnia sólo ofenden cuando tenemos conciencia de ellas. Cuando falta esta conciencia, no molestan a nadie. El que se aplaude siempre a sí mismo no le persuade de su error que le silben los demás.

42. JA, JA, JA

En la vida de un empresario el exceso de chistes, así como de juegos de palabras, sobran.

43. VASOS COMUNICANTES

El empresario debe experimentar un crecimiento material paralelo al enriquecimiento moral.

44. SENCILLAMENTE JUSTO

Los empresarios deben ser hombres justos entre los hombres sencillos.

La buena raza no necesita exhibiciones.

45. EMPRESARIO RATÓN

Una buena cualidad, en un empresario, es la cautela. Es preferible ejercer de abogado del diablo que meter la pata una docena de veces.

46. RECOPILAR IDEAS

Ha de ser un recopilador de ideas jóvenes y frescas, para compararlas siempre con las ideas viejas ya establecidas.

47. TALANTE CON TALENTO

El talante de un empresario debe ser siempre tranquilo.

La hipocresía es la más barata de las cortesías.

48. SIN NOVEDAD

Un empresario debe hacer negocios grandes, atrevidos y magníficos sin aparentar que los hace.

49. CERRADO POR DEFUNCIÓN

Un empresario deprimido es un empresario en vías de desaparición.

50. ESTRELLAS FUGACES

Los empresarios impulsivos aparecen y desaparecen cada día.

51. «UNA DE CAL Y OTRA DE ARENA»

Al empresario no le queda más remedio que ser tan afable como severo.

La educación es una cláusula no negociable.

52. EL PRECIO DEL PROGRESO

El empresario debe ser audaz y con visión de futuro. Solo a este precio se obtiene el progreso.

53. Los diez mandamientos contra el estrés

En los periodos de estrés y abundancia de problemas, el empresario debería aplicar lo siguiente:

1. Admitir que el estrés le inunda y que, probablemente, esté más allá de sus posibilidades, por lo que debe intentar relajarse.

2. Beber solo un café al día y por la mañana. El resto descafeinados.

3. Dar tregua al alcohol durante este periodo.

4. Comenzar una dieta suave. Por ejemplo, comer pasta sin queso rallado y dulces sólo una vez a la semana y en pequeñas dosis.

5. Si está fuera de la oficina, procurar llevar el teléfono móvil apagado y dedicar ese tiempo a descansar la mente. La mayoría de las llamadas siempre pueden esperar, al menos una hora.

6. Caminar con cualquier motivo pero nunca correr. Tomar el ascensor para subir pero siempre bajar andando las escaleras. En el despacho, hablar por el teléfono inalámbrico mientras pasea.

7. Intentar leer un chiste y reírse antes de comenzar el día. Si tiene un buen amigo que aguanta su guasonería, de vez en cuando llamarle y compartir el chiste con él. Si no consigue compartirlo, reírse él solo a carcajadas.

8. Escuchar su música preferida como preámbulo para solucionar cualquier problema. Hay que tener en cuenta que, una de las causas del origen de la música, fue para reposar el ánimo después de la fatiga.

9. Susurrar cuando desee gritar y sólo agitarse en soledad.

10. Cuando ya no pueda más, soplar hacia dentro en vez de resoplar hacia afuera.

54. Buenos consejos

Los empresarios deben buscar consejo de otros empresarios con éxito que les sirvan de provecho para dirigir su Compañía con prudencia.

Cuando dudes de algo o alguien, primero "pregúntale a ti".

55. Cuando las deudas delatan

Al empresario, a quien agobian sus deudas, suele ser un hombre honesto.

56. Con el motor siempre en marcha

El empresario que deja de aprender deja de ser bueno en su profesión.

57. «Mundólogo»

El empresario no tiene por qué ser un especialista de un campo determinado, sino ser el especialista de todas las cosas de las que habla. De ésta forma, las personas que le escuchen se darán cuenta de que le es posible ocuparse de las materias más diversas, sin convertirse en un inepto o en un «charlatán».

Endulzar oído ajeno no suele ser gesto sincero.

58. Retro-exigencia

El empresario no debe darse por satisfecho jamás y debe auto-exigirse rendimiento al más alto nivel.

59. Exceso de ocio, mal negocio

El empresario sí quiere cumplir bien con su oficio, debe huir de un tiempo de ocio excesivo y de las invitaciones largas.

60. Artes de oficio

El empresario suele ser una persona quebradiza e inestable por una parte pero de ideas claras y avanzadas por la otra. Esto le permite acercarse mucho a sus sueños.

61. Las «Neuro-calorías»

El empresario no necesita fuerza corporal sino ingenio, por lo que debe comer poco pero saludable.

62. Rosario de composturas

El aspecto externo y los modales son imprescindibles en la vida de un empresario. Para dirigir una Empresa, el empresario ha de ser aseado, cuidar su manicura, almorzar poco, cenar menos y con menús selectos y estrechos, evitar los ajos y las cebollas, ser comedido con el vino, no dictaminar sentencias y hablar con reposo sin auto-escucharse, no comparar en público, caminar despacio y erguido, vestir elegante pero sencillo, cuidar las posturas y sentarse recto en la mesa de despacho, ser moderado con el sueño, disciplinado contra la pereza y tener siempre cerca esta letanía para releerla.

63. Desaparecer para no parecer

El empresario, debe ser lo suficientemente audaz como para intentar ocultar o maquillar aquellas acciones que ni mudan ni alteran la verdad de su Empresa pero sí pueden redundar en el menosprecio hacia la misma.

64. Dime de qué presumes...

Los grandes empresarios huyen de lo ostentoso. Si quieres hacer negocios con ellos y posees el último modelo de un coche de lujo, es preferible no mostrarlo en público ni conducirlo entre semana.

65. Tren de cercanías

El empresario debe construir su Empresa sacando provecho de las pequeñas cosas más cercanas.

66. Fruta madura

El empresario maduro se diferencia del inmaduro en que el primero es demasiado reservado en sus opiniones; y en el segundo lo habitual es la falta de discreción.

67. TODO OÍDOS

Debe prestar más oído que voz y saber encajar las críticas de todos, reservándose el juicio.

68. VER CON LOS OJOS Y MIRAR CON EL CORAZÓN

El empresario, a lo largo de su vida empresarial tiene que enfrentarse a diario con sus propias armas. Unas son las que se encuentran en íntima relación con el cuerpo, como el tacto, el oído, la vista, el gusto y el olfato. Otras, en cambio, se encuentran más desligadas de lo corpóreo, como el entendimiento, el sentimiento y la voluntad. La gran parte de la gente suele dirigir más sus apetencias hacia las primeras, que son más materiales. Hay que tener en cuenta que muchas personas sólo creen de veras lo que ven con los ojos de la cara y conceden mayor importancia al dinero, que es lo que proporciona goces materiales, dejando el mundo interno en último lugar. Sin embargo, su experiencia en los negocios y probablemente los logros, se los deba a las armas más espirituales. En su momento, llegará a la firme conclusión de que si quiere que su Empresa crezca paralela a su honradez, tendrá que entender rápidamente cuáles son las facultades que tiene que cultivar y cuáles son las que, simplemente, deberá gozar con extrema sencillez.

69. CURVAS ASTUTAS

El empresario astuto es esquivo y el sincero es directo.

No poseas la riqueza que ya tienes; simplemente disfrútala.

70. LOS MEJORES MAESTROS

Lo que debe importar al pequeño empresario de los hombres de negocios muy poderosos, no es hacer negocios con ellos, sino aprender de ellos a hacer negocios.

71. DOBLE O NADA

El empresario no puede estar nunca desocupado. Tiene dos trabajos: el visible y el invisible. El primero es trabajar y hacer; el segundo contemplar y pensar.

72. Las formas, en forma

La experiencia es el mejor ansiolítico contra la ansiedad.

Dirigir una Empresa y mantener el matrimonio, tiene mucha afinidad. En ambos, para tenerlos saneados y mantener la ilusión, hay que mantener las formas.

73. Ego histórico

Hace cincuenta años, los empresarios abordaban los negocios de una forma más colectiva. Muchas veces, aunque fueran los propietarios, no sentían que los negocios fueran personales. Ahora, los jóvenes empresarios se ocupan mucho más de sí mismos.

74. Sentirse preso

Cuando el empresario siente que su Empresa es una prisión, es que su ambición es demasiado estrecha para su ánimo.

75. Código genético

El empresario, a menudo, ve en las tierras secas la posibilidad de que, cultivándolas correctamente, den buenos frutos. Por ello siempre está metido en aventuras empresariales aunque no sean muy rentables.

76. El aplomo del afortunado

Cuando se observa a un hombre que ha sido capaz de hacer una gran fortuna desde la nada, se experimenta un sentimiento de admiración mezclado con respeto y terror. La actitud, los modales, la manera de andar, todo en él atestigua esa seguridad en uno mismo que da la costumbre de haber acertado siempre en todo lo que se ha emprendido.

Aunque construyas castillos en el aire, ciméntalos en la tierra.

77. Un lenguaje restringido

La mirada del empresario rico es la de un hombre acostumbrado a sacar mucho interés

Aprende a metabolizar el éxito.

a su capital. Esta mirada adquiere ciertas costumbres que la definen: movimientos furtivos y ávidos que difícilmente escapan a la vista de los presentes. Inspira la respetuosa estima de quien parece que no debe nunca nada a nadie. Es el idioma secreto que forma parte de la masonería de los ricos.

78. Del don divino al «din» material

La vida del empresario, a veces, se convierte en puramente material. El dinero, con toda su potencia, es el único dios moderno en el que tiene fe. Entonces, los sentimientos de su vida ocuparán un lugar secundario.

79. Elementos contrapuestos

El empresario, en contra de lo que muchas veces sus empleados consideran, suele ser un individuo contradictorio en el que una pasión o un sentimiento está por encima de los intereses generales de su Compañía. Hay que tener en cuenta que son personajes producto del enfrentamiento de su carácter con su época. Para crear Empresas, han tenido que ubicarse en un marco determinado que no siempre es el suyo propio y enfrentarse a la sociedad con sus propias dotes en un eterno juego de relaciones y en un mundo en el que todo se modifica. Es inevitable que, a veces, crean

Déjate aconsejar por los éxitos de los demás.

encontrar belleza y grandeza donde no las hay y se copien a sí mismos.

80. Análisis «cuántico»

El empresario avaro no pregunta nunca «qué piensas», sino «cuánto ganas».

81. EL PASTO DE LA PASTA

Arribar a la riqueza desde la pobreza exige un constante ejercicio del poder humano, puesto al servicio de la personalidad. Para conseguirlo, el empresario ha de emplear más de la mitad de su tiempo en cálculos preliminares, observaciones, planes que den a sus proyectos una sorprendente exactitud asegurándole el continuo éxito. Es una composición de paciencia y tiempo apoyada en dos sentimientos: el amor propio y el interés. Con la experiencia, se crea en él una necesidad persistente de jugar una partida con los demás empresarios para intentar ganarles su dinero. Necesita imponerse a los otros, unas veces para atestiguar su poderío y, otras, para dar rienda suelta al desprecio que siente hacia los débiles que se dejan devorar. Si permite que este último sentimiento inunde su corazón, al final su pasto se compondrá solo de dinero y desdén.

82. ESTAR DE ANTOJO

El empresario con éxito a veces se vuelve incongruente con su vida y trata de aparentar excentricidad, convirtiendo sus caprichos en una postura personal y en una norma estética.

Conocer el medio garantiza gestionar sin miedo.

83. SAN NARCISO

Hay empresarios a los que les aterra descubrir su verdadera personalidad ante los demás. Mantienen a sus colaboradores y a las personas de su entorno en un jeroglífico constante. Parece que en ellos todo está claro pero, al mismo tiempo, opaco. No se sabe si su misterio es para seducir al público o para vengarse de él. Curiosamente suelen ser hombres que sólo saben hablar de sí mismos pero lo harán siempre de una manera enigmática. Viven con miedo y son engañosos. Están llenos de trampas: hablan y callan a un tiempo; dicen y ocultan lo que dicen. Son una especie de narcisos que no cesan de mirarse en el espejo que ellos mismos empañan continuamente.

84. SER Y DEBER SER

El empresario suele ser una persona rebelde, ambiciosa y soñadora. Pero también deberá ser lúcida y escéptica respecto de la realidad.

85. HIERRO DE FORJA

El joven empresario, si no quiere terminar desarrollando funciones subalternas y remoloneando por la periferia, debe forjar su personalidad en torno a las convenciones del mundo empresarial. Adaptarse no es definirse como persona ambiciosa, arribista y sin escrúpulos que maneja artes maquiavélicas para ascender empresarialmente. Su carácter debe ser la palanca de ascenso desde el anonimato al poder y a la influencia. Pero, para poder dominar, antes hay que dominarse y, para esto, hay que entender las exigencias del propio mundo interno y, sobre todo, mantener oculto el juego. Entre otros rasgos, deberá adoptar un tono algo frío e intentar no entusiasmarse casi nunca; no evidenciar en ningún momento insatisfacción y tampoco aparentar aire triste. En definitiva, en todos los casos, adquirir serenidad y aplomo.

> *Meditar no está en el convenio de los trabajadores; conviene que esté en el tuyo.*

86. PLACERES ENCOLERIZADOS

El éxito ha llevado a muchos empresarios a adquirir un carácter fuerte y orgulloso. En este tipo de carácter, de la irritación consigo mismo al enfurecimiento con los demás, no hay más que un paso. Entonces, los arrebatos de cólera son para ellos un verdadero placer.

87. SU MEJOR ENEMIGO

En el mundo de los negocios, estar triste es mostrarse inferior, ya que si se está triste quiere decir que algo falla, que algo no ha salido bien. Entonces, toda la poderosa imaginación que otras veces le ha servido al empresario para pintar un futuro de éxitos, es ahora su implacable enemigo.

88. FRANQUEAR EN DESTINO

El destino del empresario es conquistar.

89. LA PENA DEL PLACER

El primer negocio que monta el joven empresario siempre suele ser más honesto, llamémosle más puro. También más lento en su marcha, ya que, es más delicado con los pasos que da y se enfrenta con timidez a

Oculta las acciones que no quieras que te cuestionen.

un mundo desconocido. Por otra parte, su mente y su corazón se detienen, por decirlo así, a gozar de la delicia que experimenta cada pequeño objetivo logrado. Esto es tan nuevo en el corazón del joven empresario que, el influjo, muchas veces le hace olvidar cualquier otro placer. Con el tiempo, cuando llega a ser un empresario experimentado, muestra menos ansias de gozar, porque ya pocos negocios le intimidan o le detienen. Si de aquellos goces del principio queda alguno, pronto los destruye porque piensa que sólo sirven para ridiculizarle y, dada su posición, no le están permitidos. Digamos que se encuentra a gusto en su sistema y en su manera de obrar de hombre hecho a los trotes, por lo que ya no goza apenas con los objetivos logrados.

90. NO HAY ERRORES PEQUEÑOS

Los empresarios poderosos suelen sentirse molestos cuando les defraudan en cosas pequeñas. Piensan que lo sencillo suele ser lo que, con mayor facilidad, se pasa por alto y que, la suma de estos pequeños problemas no resueltos, son los grandes errores de una Empresa.

91. IMPRUDENCIA TEMERARIA

El empresario debe desconfiar de las ideas festivas o bizarras que le seducen con demasiada facilidad. En la carrera empresarial, el ingenio no basta y una sola imprudencia puede originar un mal irreparable.

92. EL PODER DE LA MANADA

El empresario con fama y poder es atendido con ansia por un gran número de obsequiadores que reconocen su valía y admiran sus habilidades. Cada triunfo suyo es también un triunfo de su equipo directivo. Inevitablemente, la fama y el poder someten al empresario y a su equipo a la censura pública. La competencia siempre espera que, con los éxitos, nazca alguna rivalidad interna y se pone en línea disputándose el honor de ser la manzana de la discordia. Sin embargo, estas

Aléjate para ver de cerca.

voces —verdaderas o falsas— no suelen producir en el empresario poderoso y su equipo, el efecto que la competencia espera. Al contrario, el grupo sabe que está perdido si se separa en los momentos críticos y suele apostar por resistir a la tempestad y por permanecer unido a su jefe como una piña. El empresario, por su parte, conoce que las costumbres de la sociedad son un tanto laxas y el público acaba cansándose de todo y, llevado por su inconstancia natural, se suele ocupar rápidamente de otras cosas. Con el paso del tiempo y la incongruencia ordinaria, suele cambiar las críticas por elogios.

93. Cuestión de principios

El empresario no debe separarse de las reglas que se ha marcado ni faltar a sus principios, ya que éstos no son producto de la casualidad, recibidos sin examen y seguidos por costumbre. Él los ha reflexionado y en ellos se ha formado.

94. Artes de doma

No te metas si no eres capaz de poder salir.

Hay empresarios poderosos que se han hecho temibles. Para ellos, dirigir una Empresa es dominar su entorno, empleados, competencia, amigos…, casi vengarse de ellos. Se han forjado su éxito disponiendo de los sucesos y de las opiniones de los demás, en función de sus deseos, caprichos y fantasías. A unos les han quitado la voluntad y a otros el poder de dañarles. Según la movilidad de sus gustos, han atraído a su entorno o le han enviado lejos, creándose constantemente árbitros nuevos para que su reputación permanezca pura.

95. Falsas armas de seducción

El empresario seductor se ve a sí mismo con muchas cualidades. Lo primero, una figura hermosa pero, la realidad, es que esto es efecto de la casualidad. También se ve con mucha gracia en sus ademanes y movimientos pero, esto, lo da casi siempre el trato con un mundo refinado.

La corrupción hipoteca el destino de tu Empresa.

Piensa que tiene un gran talento pero la falta de talento puede ser suplido con cierta verbosidad. Se siente con una osadía loable para acometer proyectos pero, tal vez, la razón sea la facilidad de sus primeros triunfos en los inicios. Está seguro de que ha adquirido cierta popularidad en el entorno empresarial pero, esto, probablemente, sea porque ha aprovechado la ocasión de darse publicidad con alguna adquisición o fusión. La realidad es que suele carecer de las dotes principales del mundo empresarial, que son la prudencia y la astucia. Piensa que su conocimiento en las artes de seducir le permite combatir sin riesgo y esto le lleva a obrar sin precaución. Para él, las derrotas no son sino triunfos de menos. A este tipo de empresario se le puede vencer con cierta maña pues, teniendo las mismas habilidades, nuestra ventaja es que nosotros solemos hacer un uso continuo de nuestros medios, mientras que él, si no vence a la primera, cede a su natural inconstancia, abandona y se entrega a un nuevo proyecto sin miedo y sin reserva. Su debilidad es que no le importa la duración de las cosas, por lo que sus triunfos también suelen ser inútiles.

96. SER SIN ESTAR

Ser empresario es un estado mental, una actitud vital. No una actividad que acaba cuando se abandona el despacho.

97. LOS PERROS VIEJOS

La experiencia de un empresario en el mundo de los negocios se puede medir dependiendo de la capacidad que tienen los demás de llamar su atención. Hay empresarios que son como niños a los que no se les puede enseñar cosa alguna sin que no quieran apoderarse inmediatamente de ella. Hablando sencillamente, su corazón les engaña y ofusca su entendimiento. Sin embargo, los más experimentados tienen un gran interés en no ser engañados, por lo que no son tan fáciles de contentar. Así pues, a pesar de nuestra cortesía para con ellos y de suprimir con cuidado todas aquellas palabras que creemos les desagradan, es muy posible que, casi sin que lo advirtamos, no dejen por eso de conservar sus mismas ideas.

98. CARRERA DE FONDO

Hay empresarios que no quieren deber nada a la ocasión, necesitan un triunfo completo. Cuando fijan sus ojos en una Compañía de la competencia para comprarla al mejor precio, forman un plan tal que, sin demasiado empeño, consiguen que el contrario rehuse obstinadamente. Ésta resistencia será su mejor arma. Como están seguros de que lograrán su éxito un día u otro, dejan que la Compañía utilice todas sus fuerzas en inútiles combates, mientras ellos economizan las suyas y esperan sin esfuerzo a que la competencia se rinda de fatiga.

99. EL INSANO PLACER DEL ÉXITO

El empresario poderoso y muy rico, en alguna ocasión puede ocurrirle que ya no se conforme con obtener un éxito en sus aventuras empresariales, de lo que se sirve más para aprovecharse que para deleitarse. Sólo disfruta con victorias completas, después de una campaña ganada con sabias maniobras conjuradas sólo por él. Quiere experimentar con sus éxitos el placer de la gloria. Este modo de ser le libera de la humillación de tener que depender, en algún modo, de otras personas a las que había sujetado o utilizado para obtener sus logros. Necesita percibir que la facultad de ganar dinero puede reservarla a tal o cual persona, con exclusión de cualquier otra, según lo que él decida.

100. LA ENFERMEDAD DE DON PERFECTO

El poder y la riqueza contagian al empresario de una peligrosa enfermedad: comienza a considerarse perfecto. Entonces, su exaltada cabeza no sueña sino en perfecciones y adorna con ella a sus personas predilectas. Pero estos adornos son como un vestido elegante y bonito entallado en un mal modelo. Una vez ataviado, pasa a considerarlo como un juguete de su propia obra con el que se enfada si este no se somete para admirarle.

Antes de tomar el pulso empresarial domina tu impulso emocional.

101. IRRESISTIBLE

El empresario poderoso, si no quiere sacrificar su reputación, tiene que mantener, por encima de todo, la idea de que nadie se le resiste. Si no, pronto sus rivales le perderían el respeto que le tienen y se atreverían a combatirle abiertamente. Hay que tener en cuenta, que el placer y el consuelo de muchas personas es hablar de los ricos y poderosos, saber lo que hacen, cuanto dicen y piensan y conocer sus intereses. Además, el gran enemigo del empresario es el odio de sus rivales, ya que éste es siempre más perspicaz e ingenioso que la amistad. En definitiva, si pierde la idea de que nadie se le resiste, que cuente con que su valoración en el mercado va a caer en picado.

102. EL PLACER DE ENGAÑAR

Los empresarios corruptos consideran que engañar a su cónyuge no es suficiente. El golpe maestro es engañar a su amante. Así actúan en los negocios. Son personas que suelen engañar por gusto y no por necesidad.

103. LOS TALENTOS UNIDOS

En el empresario se tienen que unir el talento de proyectar y el de ejecutar para poder vencer los obstáculos y llegar al objetivo.

104. COMPRAR EL ÉXITO

El empresario tiene que buscar con carácter primordial las ganancias económicas y sacar dinero de donde pueda, debido a que el dinero es el signo externo y el sello del éxito.

105. MANTENER LAS DISTANCIAS

El empresario debe tener el carácter adecuado para guiar su personalidad y conservar un aire de «gran empresario». Lo mejor es un comportamiento absolutamente sencillo y franco y una amabilidad en las formas que mantenga a los demás a cierta distancia. No puede ser esnob; una gran seguridad en sí mismo se lo impide. Debe practicar el arte social a la perfección y hacerse respetar, induciendo a todos a tratarle con deferencia. Para ello, tiene también que

Es mejor ejercer de abogado del diablo que no abogar con el diablo.

penetrar en los demás, provocando el efecto del agudo estilete pero con observaciones de buen tono.

106. ECONOMIZAR ESFUERZOS

El hombre rico y poderoso es un viejo astuto que sabe que sólo le invitan con la finalidad de servirse de él. En estas invitaciones deja que le formulen preguntas y suele contestar sin malgastar sentimientos, en la medida de lo posible.

107. TENER «MADERA»

El empresario tiene que estar seguro de que puede decir: *puedo ser un buen o mal profesional pero soy empresario; y eso es lo mío. No tengo la menor duda al respecto.*

108. CODO CONTRA CODO

Los empresarios sin escrúpulos pero millonarios, ejercen cierta fascinación entre muchos jóvenes que comienzan a dar los primeros pasitos en el mundo empresarial. Éstos creen que, a su manera, han conquistado el mundo que es lo que ellos pretenden, aunque los métodos empleados sean despreciables. Los

Mayor ingenio sin pan por medio.

justifican pensando que su modo de avanzar y llegar colándose y abriéndose paso a codazos, por la puerta trasera, no es la peor manera de llegar a la altura, ya que miden la carrera empresarial por el criterio del éxito a cualquier precio. Además, son seguidos por muchos otros ansiosos de éxito, por lo que creen que el primero que llegue es el perro más perro de todos los perros. En consecuencia, piensan que estos empresarios sin escrúpulos pero con éxito, pueden ir con el rabo muy alto.

109. El espejo de la vanidad

Hay empresarios que creen contar con un buen número de amigos pero que, en verdad, son sólo conocidos que invitan a menudo a sus fincas y yates. La realidad es que invitan a personas que pueden contribuir a ensalzar sus grandes negocios y esta gente se siente halagada cuando la invitan y en consecuencia, ensalzan. Estos empresarios tienen un oído tan exquisitamente sensible, que no pueden escuchar más que aquello que les complace y adula. No es más que una forma de vanidad reflejada en el espejo.

110. Cuestión de raza

El empresario tiene que conocer, lo antes posible, las diferencias que median entre el éxito de la popularidad y el éxito en el trabajo. En el primero suelen estar los presumidos que luchan a dentelladas entre sí para conseguir los favores. Personas que buscan sólo las diversiones, el placer, los halagos, las adulaciones y las caricias. En el segundo, suele estar una raza más salvaje, con más empuje, más pura, menos dada a los alardes y exhibiciones. Están los hombres de negocios que ganan dinero trabajando duro, personas eficaces que tienen conciencia de la realidad externa.

111. Consejos ausentes

Cuando un empresario está preocupado con sus problemas y se le insinúa alguno de los propios, puede que nos mire esperando sinceramente que no lo echemos sobre sus hombros. En su mirada, suele haber cierta expresión de incómodo retraimiento, mezclado con egoísmo y fatigado buen humor. Por su posición, inevitablemente tiene que preguntar pero, en esta situación, su consejo suele ser superficial aunque, por su experiencia, puede valer. Seguramente nos sugerirá que busquemos una solución fácil y amistosa; que la vida sigue adelante; que lo mejor es adaptarse al mundo real y beneficiarse de

Si abusas de la opulencia, los demás te tratarán sin clemencia.

él; que este año puede ser así y el próximo de otra forma… Luego, probablemente, se arrellane en su butaca, sonría y vuelva a sus problemas.

> **No dejes que el éxito haga fracasar tu armonía.**

112. LA OCULTA AMBICIÓN

El arquetipo de empresario triunfador es el de una persona llena de energía, gallardo, inteligente, algo inadaptado e incomprendido, muchas veces con una timidez que corrige con su férrea voluntad y de una apostura que arrebata a todas las personas que conoce. En él hay algo que le distingue, que le hace parecer superior. Pero no es más que un orgulloso corazón, que alberga las más altas ambiciones.

113. LA NIÑA CONSENTIDA

La hipocresía es una moneda de curso admitida en el mundo de los negocios: ser una cosa y fingir otra. El empresario hipócrita tiene la creencia de que vive rodeado de enemigos y decide que necesita el engaño para sobrevivir. No le faltan en su vida opciones de orden muy diverso, que considera realistas, francas y muy dignas, para ser fiel a su actitud, que en el fondo corresponde a una mezcla de timidez y orgullo. Si dedicase la misma energía y perseverancia a mostrarse tal cual es, sin duda llegaría mucho más lejos.

114. SIN ESCRÚPULOS

El empresario que no quiere engañar nunca ofrece más de lo que puede dar, mientras que el vil seductor acomoda su plan a las circunstancias. Para estos últimos no es difícil prometer cuando están resueltos a no cumplir, ya que el engaño para ellos es un medio necesario para todo aquel que quiere someter a los demás.

115. San para mí y que los Santos no coman

En el mundo empresarial te encuentras muchos empresarios que sólo han desarrollado su talento para cobrar inmediatamente lo que ellos piensan que se les debe, pagando lo más tarde posible cuando son ellos los deudores.

> *No permitas que la tristeza muestre tus cartas.*

116. Jugar al arrastre

Escuchar a los empresarios arrogantes contar sus bravatas puede llevar al empresario prudente a equivocarse en sus estrategias, si las tiene en cuenta.

117. «Full Time»

El empresario debería trabajar de día y meditar de noche. De día, profundizar en los balances, los créditos, las inversiones, los salarios, los empleados, los objetivos, la producción, las propiedades…; y, de noche, tocar aspectos más humanos como el amor, el matrimonio, los hijos, la familia, la educación, la religión, la penalidad, la miseria.

118. «El Capitán Trueno»

El empresario debe sentir cada mañana, cuando entra en su Empresa, que él es el veterano, el genio y la cabeza del grupo. Por ello, no le queda más remedio que ser la persona que «tire del carro».

119. El brillo del diamante

El empresario es un trabajador más que extrae el oro de su mina. Sin embargo, con el éxito, suele sentirse distinto al resto de los trabajadores. Tiende a situarse en las alturas y sufre delirios de grandeza al sentirse un genio.

120. Crecimientos paralelos

El empresario que ha crecido materialmente sin perfeccionar su moral puede encontrarse de repente en lo alto de una montaña, en un estrecho y brumoso límite que separa con fragilidad dos abismos: el que vive y en el que caerá.

121. LLENOS DE NADA

El empresario, en su camino al éxito, es un soñador entusiasta, un hombre resuelto y firme, un arriesgado provocador del destino, un cerebro que engendra porvenir sobre porvenir. Tiene la imaginación llena de ideas, proyectos, altivez, voluntad. Si no lo consigue no será más que un perro perdido y el horizonte que, en otros tiempos estuvo tan lleno de luz, se presentará vacío ante sus ojos.

122. BUSINESS CLASS

Hay muchos «hombres de negocios» que tienen muy desvirtuada esta palabra. A mi entender, «negocio» significa la posibilidad de hacer una transacción entre personas en las que confluyen ideas, ilusiones, proyectos y posibilidad de beneficios, todo ello avalado por la profesionalidad y la educación. Esto último suelen omitirlo algunos, creyendo unas veces que el poder del dinero todo lo encubre y, otras, por desconocimiento total de lo que es el buen hacer de los negocios. Pero es fácil reconocer a éstos, aunque a veces a destiempo. Tienen un denominador común: si el negocio no les interesa, dan la callada por respuesta.

123. ÉXITOS AGRIDULCES

A lo largo de la carrera empresarial, el empresario puede llegar a aceptar todo tipo de corrupciones para llegar a la cima. Con el paso del tiempo y la riqueza, que lo disculpa todo, de malvado se convierte en santo. Con buenos abogados, tal vez la ley le perdone y no le obligue a arrastrar su merecida cadena de presidiario pero arrastrará, indefinidamente, la pesada cadena invisible de la deshonra. Aunque obtenga la benevolencia de la sociedad por sus logros y se crea curado y tranquilo, vivirá el resto de sus días temblando por todo lo que pueda modificar su situación de ladrón coronado, sacándole de la oscuridad de su virtud a la luz del escándalo público. El éxito, que el honrado empresario vive con placer, él lo vive con angustia.

124. POR MÉRITOS PROPIOS

El empresario que ha llegado a la cima, siendo honrado, nunca dejará de ser alabado.

125. EL ESPEJO INTERIOR

El empresario tiene que mirarse en el espejo a menudo y reflexionar sobre sí mismo sin acritud. Recordar siempre que lo más importante no es ganar dinero, ya que esto es fácil una vez que el negocio comienza a rodar, sino no fallar en el día a día. Cada vez que se mire, tiene que pensar si durante los últimos días ha fallado o no.

Los errores pequeños suelen acarrear grandes fallos en cadena.

126. REMATAR LA FAENA

En los remates es donde se conoce, realmente, a un empresario.

127. DECIDIDA COINCIDENCIA

La decisión que toma un emigrante cuando sale de su país es la misma que la de un empresario cuando monta su primer negocio. Ambos han decidido intentar no ser pobres el resto de su vida.

128. PRÓJIMO O PRÓXIMO

Entre dos empresarios honrados, la amistad crece con el trato y el éxito de uno supone el gozo y la admiración del otro. Entre dos empresarios corruptos, la prosperidad de uno es el tormento del otro. Ante el éxito, los honrados se miran con estimación e intentan aprender el uno del otro cultivando más su amistad, mientras que los corruptos se miran con envidia y para ellos la riqueza del otro es la semilla del recelo. Hay que tener en cuenta que el corrupto no tiene gustos puros e inocentes. Se ha forjado un talento siniestramente dirigido al delito, por lo que el gozo del éxito ajeno, que tanto eleva al empresario honrado, jamás puede el corrupto conocerlo siquiera.

129. Ironía positiva

El empresario debe tener una actitud de cierta ironía ante el mundo. Contemplar lo que le rodea sin cegarse; interpretar la realidad cotidiana de una forma reveladora pero sin novelerías; adquirir un toque costumbrista leve y eficaz, fruto de una observación directa y una actitud reflexiva y descriptiva. De esta forma, alcanzará una dimensión más dinámica cuando afronte las acciones en sus negocios, en el contacto con las personas, incluso en el momento de contar anécdotas y chistes. Sin embargo, su ironía estará en opinar con equilibrio y buen humor, sobre la complejidad de los problemas que vive.

130. Robarle a la suerte

El empresario debe familiarizarse lo antes posible con los caprichos de la suerte. Convencerse de que el esfuerzo y la constancia son los únicos medios seguros para dominar estas veleidades y arrancarle a la suerte el tesoro que con tanta obstinación defiende.

131. El fastidio del mediocre

El empresario con éxito, aunque sea honrado y bueno, es un hombre de muchos enemigos, que siempre sueñan con combatirle. Esto sucede a todos los que fastidian a los mediocres.

132. Cuestión de autoestima

Para el empresario, tener éxito en el mundo de los negocios no depende sólo de dinero. Es más importante estar preparado emocionalmente para dominar en lo posible el amor propio, que es la emoción que domina al resto de las emociones. Debe preguntarse si está contento con lo que es, ya que ésta es la primera condición de la felicidad y del éxito. Para hacer este análisis, lo mejor es que busque las dudas y quejas que tiene de sus propios atractivos, de su ingenio, de su profesión, de su conducta,

Comprar el éxito a cualquier precio abarata las posibilidades de fracaso.

Trabajo y constancia están exentos de suerte.

incluso de su árbol genealógico y de su país. Si llega al convencimiento de que, a pesar de sus defectos, no se cambiaría por nadie, puede adentrarse o continuar con seguridad en la carrera empresarial. El empresario que no está satisfecho consigo mismo no puede transmitir con gracia y gentileza sus emociones, su elocuencia, incluso su arte escénico tan necesario en las negociaciones y, probablemente, de cortés se convierta en grosero y de locuaz en tartamudo; terminará siendo rechazado con indiferencia y fracasando en los negocios. Por eso es tan necesario en el mundo de los negocios procurar la estimación propia antes que la ajena.

133. ADULACIÓN SIN INTENCIÓN

La adulación es muy parecida al amor propio. Con la primera se pasa la mano por el lomo a los demás y con la segunda uno se pasa la mano por el lomo a sí mismo. Sin embargo, es preciso y bueno que la adulación coexista con el mundo de los negocios, aunque también es cierto, que entre los empresarios honrados la adulación no tiene mucho prestigio pues no suele ser compatible con la sinceridad. Sin embargo, estos empresarios conocen que el perro es el animal más adulador y al mismo tiempo el más fiel, el más manso y el más amigo del hombre. Por ello, el empresario debe discernir entre dos tipos de adulaciones: la ingenua que proviene de un noble corazón y la que acostumbran otros para conocer si el adulado es un incauto y pueden engañarle, o aprovecharse de sus influencias. La primera es la que debe aceptar en su vida, pues levanta el ánimo abatido de los empleados, alegra a los tristes, vigoriza a los débiles, espabila a los torpes, reconcilia a los que tienen rencillas, doma a los soberbios, convence a empleados, amonesta y enseña a mediocres y, siempre, bajo forma de ficciones y sin ofensa alguna. Es decir, logra que cada cual sea más agradable y más indulgente que es una parte esencial para la buena dirección de una Empresa. Mientras que la segunda se debe rechazar, pues el hombre convive con el perro pero no lo hace con el lobo feroz.

El movimiento constante te ayudará a no parar de agudizar.

134. Su biografía

El empresario tiene que estar reflexionando, constantemente, sobre su pasado y conocer rápido que, con el paso del tiempo, se ve con otros ojos lo que ocurrió en aquel entonces. Esta nueva perspectiva le hace descubrir la relación que existía entre lo acontecido y las consecuencias que se derivaron de ello. Pronto se dará cuenta de que el auténtico entendimiento de la vida no lo ha desarrollado hasta tarde y ocurre bajo la reflexión de los recuerdos, más que sobre el presente. A lo largo de su vida sentirá que los acontecimientos cercanos parecen tener solo una relación superficial con los lejanos pero, si extiende su vista a los múltiples avatares empresariales en los que se ha metido, llegará a la conclusión de que el pasado esta encadenado al futuro y que así se compone la historia de su vida empresarial.

135. La vista siempre en el horizonte

El oficio de empresario es un nunca parar. Obliga a andar de «arriba a abajo» observándolo todo; un negocio envía a otro y nunca parece bastante. El empresario se pasa la vida aprendiendo sobre esta arquitectura peregrina en la que se sustenta el mundo empresarial. En todas partes tiene que luchar con dificultades distintas y esto agudiza su espíritu y le lleva a nuevos proyectos donde encuentra nuevas experiencias provechosas para aumentar sus conocimientos, multiplicar su dinero y enriquecer a su Empresa y a su país.

136. Tarea oculta

El empresario, para acometer con éxito sus proyectos empresariales, le es imprescindible tener una fe profunda en el dominio del hombre sobre su destino. Para ello, tiene que poner todo su esfuerzo en sostener y proteger su inteligencia y su tendencia natural a querer saber cómo tienen lugar las cosas y de qué modo se encuentran vinculadas unas con otras por la causa-efecto. Nada es tan imprescindible para él como la comprensión de las actividades de la naturaleza humana y el conocimiento de los medios de los que el hombre se sirve para alcanzar sus fines, con el objetivo de escoger los más convenientes —según el momento y las circunstancias— para lograr los suyos. Por esto ha de tener siempre presente que el entusiasmo sin la inteligencia es una cosa inútil y peligrosa.

137. El tiempo es oro

El empresario no está para perder el tiempo. Su urgencia en ganarlo es la que le obliga a concentrarse sólo en aquello que le parece importante, en aquello que le merece la pena ser resuelto.

138. Siempre por las nubes

Los empresarios son como astrólogos, siempre mirando hacia arriba, recorriendo con la vista la inmensidad, estudiando las influencias del entorno, las virtudes, las fuerzas y los efectos. Para ellos la altura es el futuro y la tierra el pasado.

TIPOS DE EMPRESARIOS
Nacen y se hacen

Empresarios sencillos, sólidos, aldeanos, falsos, honrados, mezquinos, corruptos, justos, arrogantes, impulsivos, de linaje, pobres, ricos, «yuppies», tiburones, arruinados, fanfarrones...).

139. EL PODER DE LA SENCILLEZ

El empresario que, sin estudios ni medios, ha llegado a construir una gran Compañía, suele ser un hombre sencillo que posee la riqueza y la elocuencia de una inteligencia humilde y verdadera que se ha cultivado, espontáneamente, en el mundo de los negocios. Suele tener un genio rudo pero un corazón amable para con los suyos y conserva una aspereza que precisa para dirigir a sus empleados y ocultar, de vez en cuando, su bondad.

140. NO DEJAR FLECOS SUELTOS

El empresario que remata bien sus operaciones es un hombre con sensibilidad, contento con su trabajo, con su creación, con su obra. Piensa que tantos años de trabajo, luchas y pesares no pueden quedar difuminados por unos simples remates.

141. EL LISTO DEL PUEBLO

He tenido que negociar muchas veces con empresarios que viven y trabajan en pueblos. Han sido las negociaciones en las que menos he conseguido. Este tipo de personas tiene una fisionomía que de cerca simpatiza con el contrario. Sus arrugas no indican maldad y su espíritu y movimientos son espontáneos. Esta sencillez está mezclada con su natural astucia, ya que son hombres muy probados y desgastados por su suerte. Tienen mucho aplomo y cierta hábil ignorancia, donde está su fuerza, que nos hace no desconfiar de ellos y que, a veces, nos engaña.

142. El carnaval empresarial

No todos los que se llaman empresarios lo son en todo. Los auténticos empresarios son humildes, corteses y comedidos. Los falsos, simplemente revientan por parecerlo. Estos se levantan con la ambición pero caen rápido en la debilidad y en el vicio. Lo importante, para el auténtico empresario, es aprovechar su conocimiento para distinguir estas maneras de hombres tan parecidos en los nombres y tan diferentes en las acciones.

143. Cara y máscara

Detrás de un empresario con semblante serio, no tiene por qué haber una Empresa «seria». Detrás de un empresario con semblante alegre no tiene por que haber una Empresa «alegre», que no cumpla con sus obligaciones.

144. Auténticos depredadores

A lo largo de mi vida empresarial me he cruzado varias veces con empresarios que sólo buscan hacerse con Empresas que están en vías de declararse en quiebra o en suspensión de pagos. Son muy parecidos en sus estrategias, por lo que se conoce a uno y ya se conoce al resto. Llevan grabado en el rostro la casta a la que pertenecen, la clase de pájaros que son. Lo que dicen por su boca nunca es lo que sienten en el corazón. Para lograr sus objetivos, ponen en marcha todo un dispositivo táctico de frías realizaciones con el fin de poner a salvo el valor comercial de la Compañía, sin que la liquidación de bienes les cueste un céntimo. Evidentemente, actúan así para resguardar su propia fortuna, cuyo alcance, seguro hasta sus colaboradores más cercanos desconocen. Para ellos, lo más importante es la posesión del dinero y son hombres muy avaros. Hay que tener en cuenta

Perro ladrador poco emprendedor.

que la avaricia es una fuerza oculta que gobierna los intereses de la sociedad, capaz de modificar el comportamiento de las personas y de actuar de forma determinante

El éxito del empresario pasa por poder comprar su puesto de trabajo.

sobre el entorno en el que está integrada. Estos empresarios casi siempre logran vencer, porque son astutos y hábiles en los negocios. Tienen voluntad para dominar y poseen el conocimiento del mundo. Su fuerza e intereses chocan con la pureza, ingenuidad, generosidad, sumisión e inocencia de la mayoría de las personas. Son hombres solitarios en el fondo, inseguros de su identidad. El empresario arruinado que termina poniendo su Empresa en las garras de estos depredadores, ha podido vivir pródigamente pero, estos, viven mezquinamente.

145. Por la boca muere el pez
El empresario hablador y gracioso se rodea rápidamente de truhanes y cae al primer puntapié.

146. Ser agradecido es de bien nacido
El éxito en los negocios conduce a algunos empresarios a un estado de felicidad y perfección más o menos pura, en el cual tienden a olvidarse de agradecérselo a los que les ayudaron a llegar. No son muy «bien nacidos».

147. El juego sucio
Algunos empresarios, amparados en el ocultismo de la ingeniería financiera, se dedican a hacer negocios fraudulentos que dañan considerablemente a la pequeña Empresa que, honestamente, se gana el pan de cada día. Suelen ser como las lagartijas, se dejan ver pero, cuando te acercas, salen corriendo y se meten por un agujero que siempre encuentras vacío. En el mundo de los negocios todos los ojos son pocos. Éste sí es un juego de buenos y malos. Por eso es más importante aprender pronto las sucias jugadas que las buenas, no para acometerlas sino para preverlas.

148. Elegante timidez
El empresario tímido debe intentar ser graciosamente educado, lo que es sinónimo de ser discreto.

149. INALTERABLE SENCILLEZ

El empresario con éxito es un hombre de muchos compromisos sociales. Sin embargo, muchas veces intenta continuar viviendo con la sencillez del primer día. Para ello lo mejor es que hable con pocos, salude de paso, esquive pronto y sonría para ahorrarse hablar.

150. PALABRA DE JUSTO

El empresario justo siempre es creído por su palabra.

151. NULA CARIDAD

El empresario falso suele ser arrogante, soberbio, murmurador y, sobre todo, nunca es generoso

152. ACTUACIÓN OPORTUNA

El empresario oportunista es un actor. El auténtico sólo puede actuar siendo él mismo.

153. BIENES ESCASOS

El empresario honesto posee un don muy escaso en su entorno y muy valorado en el mundo de los negocios.

154. HONORABLE VULNERABLE

Los empresarios egoístas etiquetan de vulnerable al empresario bueno.

155. ¿QUÉ SE DEBE?

Algunos empresarios, por no cuidar sus gastos personales, han pasado de la opulencia a la pobreza. El problema que han tenido la mayoría es que, a pesar de que se han ido empobreciendo lentamente, en ese transcurso de tiempo no han podido aceptar que habría que vivir con menos. Han cerrado los ojos y, de la noche a la mañana, se han visto sin dinero en el bolsillo.

Extrañados, han buscado un culpable y llegan a la conclusión de que los culpables no son ellos, sino el mercado y sus empleados.

156. Virus contagioso

Los falsos empresarios saben aprovechar muy bien las debilidades de la gente: el exceso de ambición, la vanidad, el afán de poder... Lo malo es que también se aprovechan de la honradez y de la ingenuidad de las buenas personas. Con su actuación colaboran, a la vez, con la corrupción y el recelo generalizado.

157. Sopa de aleta de tiburón

«Lo positivo» de los tiburones es que conoces a uno y conoces al resto. El tiburón es un bribón sutil en forma de ejecutivo con un aspecto de armonía y de juventud. Sólo busca saciar su apetito y, cuando se ha apoderado de una Empresa y su placer queda mortecino, busca de inmediato otra pieza que sacie su nuevo apetito. Con el fin de lograr atraer a sus filas a los directivos y empleados, con delicada ternura y las conveniencias necesarias, los engaña para que aborrezcan al empresario al que han sido fieles. Sabe que la gente siempre está predispuesta a creer todo lo que perjudica al prójimo y que la naturaleza del hombre los obligará a una segunda elección; ahí estará él, en primera fila, empujándoles a admitirlo y dando a entender que sus conclusiones son sólidas y convincentes. Es horrible el daño que una persona puede hacer cuando comienza a hablar mal de otra. Por muy despreciable que sea el que habla con maldad, siempre habrá alguien que creerá en sus palabras y parte de su maledicencia persistirá. Es un escuálo charlatán, sin conciencia, que adopta la apariencia de persona cortés y humana con el fin de conseguir sus objetivos empresariales. No hay otro como él, es resbaladizo y sabe encontrar la ocasión y, si no la hay, falsifica ocasiones. Tiene dentro de sí todos los requisitos para eliminar provechosamente los impedimentos y crear falsas esperanzas en los empleados de las Empresas en crisis.

158. Hombre rico, hombre pobre

Alrededor de un empresario rico siempre hay muchos empresarios pobres.

159. El progreso «real» de un país

Cuando un empresario se aprovecha de su amistad con el Rey para hacer negocios, quiere decir que el país no ha progresado lo suficiente.

160. Comprar tu puesto

El empresario de la pequeña y mediana Empresa es un empleado más entre sus empleados. Esta condición cambia cuando puede llegar a pagar bien a un empleado para dejar de serlo él. Entonces, su Compañía ya comenzará a ser grande.

161. En defensa propia

Para algunos empresarios provincianos, la capital significa un modo de vida, una moda, un lenguaje de marcada diferencia, casi exótico. La gran ciudad tiene para ellos una estructura de contraste entre la sordidez y la brillantez. Cuando su Empresa crece y el empresario se instala con su negocio en la capital, además del interés económico, suele desembarcar con un espíritu de revanchismo. Establece un duelo contra los proveedores a los que trata con frialdad y, si puede, los engaña. Este proceder no carece de habilidad, ya que la gente casi nunca obra sin motivos. Además, en provincias, las sensaciones son escasas y se suele ser consecuente con los sentimientos que ellas inspiran. Actuar así con los proveedores es para ellos una fuente de satisfacción íntima, porque piensan que provocan la admiración de las águilas de las finanzas de la gran capital.

162. Detector de truhanes

Audacia para descifrar los disfraces.

El empresario corrupto tiene la creencia de que uno es considerado fuerte sólo cuando acierta. Para él, acertar significa sopesar cada mañana a quién puede robarle «la bolsa», saber colocarse políticamente por encima de todo

Elegir, siempre significa dejar algo.

lo que sucede, no creer en nada, ni en los sentimientos ni en los hombres, ni siquiera en los acontecimientos, pues su mundo es capaz de producir falsos acontecimientos. En definitiva, no admira nada, ni el arte, ni los actos nobles y tiene como único objetivo el interés personal. El problema es reconocerlo, porque es un perro viejo que, si no nos conoce, se oculta tras la máscara de un hombre elegante y fino.

163. Feos trofeos
El empresario falso cree que la honra es una imposición vana y absurda, a menudo, obtenida sin méritos.

164. La corte del fanfarrón

En el mundo empresarial, el fanfarrón suele ser un hombre sin cultura, diáfano, que cree que sabe todo lo que razonablemente se puede saber de los negocios. No oculta sus convicciones. Al contrario, las proclama una y otra vez. Suele convertirse en un inmoral, de lo que alardea a menudo con provocación. En definitiva, tiene una manifiesta necesidad de exhibir ostentosamente su ideario.

Rodéate de delfines que ahuyenten a los tiburones.

165. El gran temido
Hay empresarios poderosos que prefieren que sus empleados les teman en vez de admirarles. Este tipo de empresario posee mucho dinero además de muchas cualidades amables y sabe que, para dominar, basta con manejar con igual destreza el elogio y la sátira. Seduce con la una y se hace temer con la otra; consigue que nadie le estime pero que todos le acaricien. Es decir, con una mano palmea el hombro y con la otra descarga el golpe. Sus empleados, más prudentes que atrevidos, utilizan su tiempo en contemplarle y quejarse, más que en combatirle.

166. EL PUDOR DE LA RUINA

He conocido a empresarios que tuvieron que cerrar sus negocios y pasaron a llamarse empresarios arruinados. He llegado a la conclusión de que este destino hace del hombre débil un ser despreciable y del hombre fuerte un semidiós. El hombre débil se somete a la desgracia, al aislamiento, a la pobreza que pone de manifiesto la vida material en toda su desnudez y la hace horrible. El hombre fuerte posee pudor y un valor terco con el que combate, palmo a palmo, la fatal invasión de las necesidades que no puede cubrir, conocedor de que sus pequeños triunfos no tienen ninguna clase de indemnización ni aplausos.

167. IN CRESCENDO

El empresario, según va creciendo, es más admirado y solicitado pero tiene que intentar que esto no le infle su vanidad. Todo lo contrario, será más respetado si, una vez desvanecidas las tempestades de su juventud, le queda un fondo sincero que le procure un trato cada vez más humano y afable con los demás. Debe huir de la soberbia, la aspereza y el desapego; abordar los proyectos con suma educación, sencillez y sosiego; poseer un corazón franco que halle gusto en procurar favorecer a su entorno.

168. EL AMIGO INVISIBLE

Lo normal para el empresario es tratar de congeniar, sucesivamente, con personas de todas las clases, edades y talentos, que le permitan entrar y salir con frecuencia en el mundo de los negocios. No le quedará más remedio que participar en conversaciones de ricos que miden el mérito del hombre por el dinero que posee, con sabelotodos que solo llaman racional al que posee títulos universitarios y habla varios idiomas o con los eruditos que vinculan el entendimiento humano con conocer citas y fechas históricas. Sufrir, también, la compañía de los aristócratas, que no estiman a un hombre por

Aprende del juego sucio para negociar limpiamente.

lo que es, sino por lo que fueron sus abuelos. Con el paso del tiempo, el auténtico empresario encontrará el tedio en estas gentes, el peligro en los corruptos y la delicia en la medianía, donde esté probablemente la conversación sincera, la mutua benevolencia, el agasajo franco y la amistad. Ésta sólo se halla entre las personas que se miran sin competencia.

169. La Tarántula y el Escorpión

Los empresarios corruptos son gente endiosada en los que la amistad no echa raíces o se produce de una manera ruda y desapacible. De todos es sabido que la amistad sólo se entabla entre los que se asemejan en algo; pero, aún suponiendo que entre estos corruptos surgiese algún afecto mutuo, jamás sería constante y duradero. Puede que, por intereses económicos, necesiten fraguar una aparente amistad y una confianza pero la realidad es que desconfían totalmente el uno del otro, porque conocen sus recíprocos fraudes. Puede que ambos se unan para robar la Empresa a otro empresario pero, una vez conseguido, inmediatamente riñen para quitarse el bocado. En definitiva, su amistad no es más que una mutua traición conocida por los dos y mantenida durante el tiempo que les ha convenido.

170. El pentágono español

Se pueden encontrar cinco tipos de empresarios españoles, entre otros muchos. Unos que montan las Empresas por pura intuición, por lo que están expuestos a más éxitos y más fracasos. Otros, los que solo crean Empresas copiando a otro y con ello creen estar seguros de obtener el éxito. Si dejan de copiar, suelen encontrarse sin rumbo y caen rápidamente en el fracaso. Los terceros son los que sólo buscan el negocio rápido, rentable y fácil, aunque sea por el camino de los pillos. Éstos suelen ser unos mentirosos y se les acaba despreciando. Los cuartos son los que se dejan embarcar en todo lo que les proponen, por lo que siempre tienen el falso consuelo de que, si fracasan, fue por culpa de otro. Por último están los que merecen más aprecio, a causa del valor que tienen para enfrentarse con sus propios vicios y con los de los demás. Éstos tienen claro que, para ejercer el oficio de empresario con algún respeto, necesitan estar limpios de los defectos que van a censurar a sus empleados. No engañan a nadie, ya que conocen que su éxito está en la cuota de mercado que poseen. Saben que burlarse o menospreciar a la gente sencilla es el medio más poderoso de exasperarla y de que dejen de comprar sus productos.

171. CARA O CRUZ

El empresario que se inicia en su primera Empresa, tiene que tener claro que sólo existen dos caminos para enriquecerse. Uno es el camino honroso por el que se gana dinero basándose en esfuerzos y méritos. El otro es menos escrupuloso y tiene más donde escoger: todos los vicios. No puede elegir según las circunstancias lo que más le convenga en cada momento. En el mundo de los negocios no todas las decisiones son buenas por un lado y malas por el otro, como la cara y la cruz de una moneda. No le queda más remedio que elegir un sendero u otro, ya que cada uno desemboca en un final distinto.

La vanidad es inversamente proporcional al crecimiento empresarial.

172. A QUIEN BUEN ÁRBOL SE ARRIMA

Para el empresario, el modo de lograr el éxito consiste en conocer gente importante que puede resultarle útil y hacer negocios con ellos. Este tipo de personas siempre está bien informado de lo que ocurre y de por qué ocurren las cosas que ocurren. Estar cercano a ellos siempre reporta buenos dividendos.

173. EL MOCO DEL PAVO

Algunos empresarios ricos suelen ser como un pavo real, algo orgullosos, a los que no les hace efecto ningún tipo de adulación. Este tipo de personas se consideran sabios por estar donde están y siempre piensan que la adulación es parte de un servicio que tienen contratado y, de alguna manera, el pago de los favores que han recibido los que gozan de sus beneficios. Aunque admitan los elogios y no impidan ser ensalzados, la realidad es que fingen una humildad que no sienten. Estos empresarios suelen considerar a los aduladores unos tontos cualificados.

> *El empresario debe ser «apto para todos los públicos».*

174. FACTORES QUE EMPOBRECEN

Cuando se mira a un empresario millonario, nadie pone en duda que será un hombre seguro de sí mismo y poderoso. Sin embargo, si éste no encuentra saciada su ambición, ese millonario es pobre y, si está dominado por algún vicio, es un esclavo.

VIDA Y FAMILIA

La empresa principal

El dinero, el entorno, la infidelidad, el gozo, la calle, la angustia, el estrés, la lógica, el miedo, los consejos, el valor de las personas, el pasado y el futuro, la fama, la nostalgia, la familia, la relación humana, los jóvenes, los amigos, el lujo, la ilusión, la pareja, los hijos...

175. LABORATORIO DE EXPERIENCIAS

La vida de los empresarios está sujeta a mil experiencias. Esto es lo que, en potencia, les hará ricos o pobres. Lo importante es que si combinan estas experiencias, adecuadamente, según la situación y el momento, podrán llegar a ser propietarios de grandes Compañías aunque se encuentren en diversas ocasiones con calamidades y miserias.

176. PENDIENTE DE JUICIO

El empresario debe tener en cuenta que, al principio, sus pequeños éxitos apenas los percibe su entorno inmediato. Sólo cuando destaque por su fortuna o su fama, será juzgado.

177. DESGASTAR INGENIOS

La fidelidad del empresario en la pareja suele producir estabilidad en la Empresa. Por el contrario, la infidelidad tiende a producir, la mayoría de las veces, serios perjuicios en el cumplimiento de los objetivos. Hay que tener en cuenta que el objetivo permanente del infiel es no ser cogido «in fraganti», tarea demasiado desgastante para pensar en cualquier otro objetivo.

178. VENDER LA PIEL DEL OSO

Saborear por anticipado la dulzura del éxito puede camuflar el corto camino hacia el fracaso.

179. EMPRESARIO EN NÓMINA

El joven empresario se encuentra a veces en el dilema de aceptar un empleo, un trabajo regular, un sueldo. Aceptar esta posición es estar mejor y peor al mismo tiempo. Gana en estabilidad y pierde la libertad.

180. MONEY, MONEY, MONEY

Uno de los problemas más importantes que tiene la sociedad es el económico. La inestabilidad de este factor quiebra la felicidad de las personas. El resto, casi siempre, está más asumido.

En la carrera de "mundología", la calle es la principal asignatura.

181. ESCUELA DE CALLE

La escuela de la calle no es mala si se es capaz de profundizar y comparar.

182. EL ESTRÉS DE LA VIDENCIA

Las personas que anticipan los acontecimientos sufren más de estrés.

183. LÓGICO AL 33%

Un tercio de nuestra mente razona con lógica. El resto es una masa desbordante de emociones y falta de sentido común. Si lo asumes y eres consciente, podrás sacarle mejor partido a tu lógica.

184. ¿...?

Cuando sientas pereza de enfrentarte a algo, pregúntate por qué tienes miedo a hacerlo.

185. IDEAS A ESCALA

Para comenzar un negocio desde cero, sin lugar a dudas las grandes ciudades ofrecen más oportunidades. Sin embargo, curiosamente, la

> *El lápiz es el mejor carcelero de las huidizas ideas.*

mayoría de las grandes Empresas han sido creadas en pequeñas localidades, por empresarios que importaron o crearon la idea, la afianzaron en su «aldea» de origen y, una vez que la dominaban, la exportaron a la «gran ciudad».

186. VALORES QUE APORTAN

Busca en la gente de tu entorno actos dignos de ser entendidos e imitados.

187. DIVIDE Y VENCERÁS

Cuanto más trocees tu problema más posibilidades tienes de analizarlo y sopesarlo.

188. LA ELOCUENCIA DEL SILENCIO

La mejor forma de hacer callar a una persona es el silencio.

189. APRENDER A APRENDER

El empresario debe aprender de personas liberales más que de las devotas. Deleitarse con su lenguaje y observar sus invenciones.

190. EL PAÍS «VA BIEN»

Con la crisis de un país siempre pierden los empresarios, en beneficio de los hábiles y por desgracia, a veces, de los maleantes.

191. HAGAN JUEGO

Cuando el empresario siente que el mundo que le rodea es como un juego de «Palé» pero con dinero real, puede haberse convertido en un ludópata.

192. Casta o pasta

En el mundo de los negocios no existen ni príncipes ni señores. La sangre se hereda pero la Empresa se conquista. Una buena Empresa vale por sí sola lo que la casta no alcanza.

193. Grilletes de tinta

Los pensamientos recorren la mente a la velocidad de la luz. Si encuentras una mínima chispa en ellos, no pretendas atraparlos con la memoria porque los olvidarás. Atrápalos con el lápiz que es la mejor forma de encarcelarlos, para utilizarlos cuando convenga.

194. Desatención sistemática

Los empresarios que desatienden a la familia con la excusa del trabajo, suelen ser los que luego desatienden la Empresa con la excusa de otros compromisos.

195. La verdadera protagonista

En la sociedad actual la verdadera protagonista es la mujer. Ahora decide si desea realizar las tareas del hogar o incorporarse al mercado empresarial. La evolución del hombre ha sido prácticamente nula; sigue dedicado al trabajo, queriendo olvidar, la mayoría de las veces, las tareas del hogar.

Valora si merece la pena vender tu tiempo.

196. Presunto inocente

Los errores de las personas inocentes proceden casi siempre de su creencia en el bien y de su confianza en la verdad.

197. El vil metal

En el mundo de los negocios, el poder del dinero es tal que, muchas veces, envenena las relaciones humanas: entre socios, proveedores, empleados, clientes, familia... Es una pasión feroz y un vicio que asfixia al empresario y le domina. El problema es que el empresario suele terminar sometido a un capitalismo que mantiene una relación

Todo puede esperar, al menos para pensar.

demoníaca y mágica con el dinero y parece que está obligado a erosionar sus valores para poder adaptarse a esa relación.

198. Papel relevante

La Empresa no solo tiene que estar en la sociedad, sino ser relevante para ella.

199. Pasito a pasito

Se aprende perfeccionando nuestros actos más ingenuos.

200. Los pies en la tierra

La mayoría de las personas prestan una atención obligada a la realidad de la vida y a los intereses materiales. Cuando las reflexiones no son éstas y se desvían por espacios imaginarios, nunca se obtiene un gran administrador. Como máximo suelen servir para producir un artista.

El mejor detalle es que los fines de semana no les falles.

201. Feliz ignorancia

A las personas groseras fácilmente se las puede tomar por bobas, en cuanto han transcurrido los cinco primeros minutos de trato. Su falta de educación denota que no tienen experiencia alguna de la vida y no se preocupan por hablar bien. Sin embargo, al principio, despistan porque parecen dotados de una felicidad natural.

202. Amplio de miras

El joven empresario suele tener una idea estrecha del mundo y del efecto que hay que causar sobre él. Si quiere progresar rápido debe buscar horizontes más amplios.

203. Operación triunfo

En el entorno empresarial se trata de hacer fortuna de un modo u otro. Hay personas que, para hacer fortuna, piensan que el camino es halagar

Bebe de fuentes sabias y ricas en «sales empresariales».

a los hombres importantes que ocupan el poder y servir a sus pasiones. Consideran que este modo de proceder es el que, en el mundo actual, se llama «saber vivir». Podrán hacer fortuna pero tendrán que perjudicar a muchos débiles. Hay otros que, confiando en su talento, renuncian a la adulación y no desprecian hacer fortuna de una forma más regular.

204. EL BARNIZ EMPRESARIAL

El joven empresario, desde el momento en que tiene el pan asegurado, debe centrar su trabajo en parecer un hombre de mundo para poder relacionarse con otros empresarios ricos.

205. CÓDIGO ARISTOCRÁTICO

Los aristócratas parecen tener grabado en su rostro la expresión del aburrimiento, unida al recuerdo constante de su obligación de imponer.

206. LA VALÍA DEL TÍMIDO

El hombre se hace valiente a fuerza de vencer su timidez.

207. LAS BAJAS TEMPERATURAS

Los cerebros fríos, con el tiempo, acaban llegando a un estado total de insensatez.

208. EL DESCANSO ACTIVO

El mejor descanso para un empresario estresado es un cambio de actividad.

La libertad no está sometida a un sueldo estable.

209. POR 30 MONEDAS...

El falso empresario que quiere corromper a un hombre honrado, tiene claro que el verdadero medio de vencer los escrúpulos es el de no dejarles nada que perder a los que los tienen.

210. SIN TON NI SON
La sinceridad es un don que los mentirosos toman por fineza.

211. EL LUJO EN SU MÁXIMA EXPRESIÓN
Entre las personas ricas, el coleccionista de arte es el que vive con mas lujo. Para el coleccionismo hace falta cultura, tiempo y dinero. Esto, todo junto, solo lo poseen unos pocos, mientras que por separado hay muchos.

212. EL PRECIO DE LA MADUREZ
Si a un empresario le ofrecen un buen negocio y no lo acomete porque valora más el tiempo libre del que dispone al dinero que puede llegar a ganar, habrá madurado definitivamente en su persona.

213. LA ILUSIÓN DE TODOS LOS DÍAS
Los empresarios ricos hallan cientos de posibilidades de hacer más dinero y, aunque su conducta sea una obra maestra de la ingeniería empresarial, suelen tener más golpes de suerte que de talento.

214. LA VIDA ENTRE LÍNEAS
El empresario, especialmente si es joven, debe buscar en los libros las costumbres y opiniones de las personas. A través de la lectura podrá conocer lo que exige el mundo y asegurarse de lo que puede hacer, de lo que debe pensar y de lo que es preciso aparentar.

215. ACTORES NOVELES

Controla el peso de tu ambición.

Profundizando en su corazón, el joven empresario estudia el corazón de los otros. De esta forma podrá desplegar, en el gran teatro empresarial, las habilidades que va adquiriendo.

216. LLAMADA EN ESPERA

Con la experiencia, las personas prefieren ser pacientes antes de aventurarse. La razón es que consentimos, al instante, en renunciar a aquellas cosas que nos causan pesar.

217. AYUDAS HECHAS Y SATISFECHAS

En el mundo de los negocios, cuando se hace un favor a un amigo, hay que tener presente que no basta con ayudarle, si no se le sirve también a medida de sus deseos.

218. SACRIFICIO OBLIGATORIO

El empresario, entre otras muchas inclinaciones, tiene que combatir sus pasiones frívolas. Aunque parezca, por el sentir de la mayoría, que las pasiones seductoras excusan nuestros desórdenes, él no puede permitir que una debilidad, que en un momento nace y en otro perece, pueda tener más fuerza que sus principios de honestidad y prudencia. Las personas que están poco acostumbradas a las tempestades de las pasiones suelen reprimir muy mal sus movimientos pero a él no le queda más remedio que resistir apoyado en su experiencia. Creer firmemente que, en el sacrificio para cumplir con sus obligaciones, está su recompensa; y que estas verdades no pueden negarse sino por aquellos que quieren justificar una conducta poco honesta.

219. ABSORCIÓN FATAL

Cuando el lujo absorbe la vida de un empresario, lo superfluo puede acabar por privarle de lo necesario.

220. ALEGRÍA POR UN DÍA

El joven empresario que se inicia, tiene que tener presente que su vida no puede reglarse por la ilusión del momento. Para escoger correctamente es necesario comparar. Por ello no puede permitir que un solo proyecto ocupe su mente. Si esto le ocurre, su obcecación no le permitirá profundizar ni conocerlo bien.

221. Nuevos empresarios, viejas oportunidades

El joven empresario tiene que tener en cuenta que, aunque se dice que el mundo rebosa de oportunidades, la realidad demuestra que, en la mayoría de los casos, esas oportunidades quedan reducidas a muy pocas en la vida individual de cada uno.

222. Autocultivo

Aprender del entorno y comprender su modo de vida puede ser la mejor forma de cultivarse uno mismo.

223. Desarrollo sostenible

El empresario no debe mirar a su entorno sin más distracción que el de la curiosidad. Ha de desarrollar su pensamiento para comprender al hombre como punto de partida y el progreso como fin. Con estas dos fuerzas, deberá gestionar su Compañía con honradez y crear nuevas Empresas.

Un NO inicial puede darte un tiempo precioso para el SÍ esencial.

224. Débil consejo

Más vale un empresario conservador que diez arriesgados.

225. Artesano antes que rey

El empresario es un hombre dedicado a su propia ganancia e interés. Podrá seguir enriqueciéndose si no introduce en su vida dos vicios que se oponen a su genialidad: uno, el lujo excesivo en su vida personal; y, dos, pensar que por tener dinero ya ha dejado de ser un artesano.

El peligro del lujo es olvidar por qué se produjo.

226. LA ESCUELA DEL OTRO

La mejor escuela para un empresario es aprender en casa ajena.

227. NO, EN PRINCIPIO

El joven empresario debe acostumbrarse a no ceder jamás a un primer impulso. Ha de pensar, que su mayor desgracia es que se deje sorprender por una debilidad, cuando siempre puede tener un momento para reflexionar.

228. PEQUEÑOS DETALLES

Los fines de semana del empresario atareado deberían ser para la familia. No está de más levantarse moderadamente temprano e ir a comprar el periódico, los churros, el pan y un detalle para su pareja.

229. LA SEGUNDA MANO

Los objetos de segunda mano suelen generar rápidamente segundos gastos.

230. EL HÁBITO HACE AL MONJE

Cuando el empresario consigue que la Empresa se convierta en hábito, le habrá ganado la partida a la vida profesional.

Pregunta con humildad y lee con asiduidad.

231. EN FAMILIA

Si por exceso de trabajo, el empresario ha estado alejado de la vida familiar, mi consejo es que la retome con tranquilidad. Simplemente se deslice al mundo familiar con esperanzas aunque éste le zarandee. Acabará siendo bien recibido tarde o temprano.

232. EL IMPUESTO DEL LUJO

1. Cuando el empresario alcanza el éxito, de inmediato se siente atraído por el lujo. Debe tener en cuenta que esta pasión multiplicará con creces las necesidades de su vida.

2. El lujo refinado es la abundancia y variedad de las cosas superfluas para la vida.

3. Tiene demasiado atractivo como para dar lugar a prescindir de cosas más importantes, por lo que finalmente termina sometiéndonos.

4. Las delicias del lujo ensordecen la voz de los que pretenden demostrar a un empresario que entra en crisis, lo próxima que puede estar su ruina.

5. El lujo puede reducir los verdaderos placeres de la vida y al entendimiento humano a un nuevo modelo de coche, a una nueva fragancia de perfume, a una colección de vestidos de cada temporada, a degustar manjares deliciosos; y, también, a romper los vínculos de parentesco o profundos valores como el matrimonio, la lealtad, la amistad y la moral.

6. Es la novedad y la delicadeza unidas pero, también, es un convite de la variedad a la vanidad.

7. El lujo, además de que puede dejarte sin dinero, choca en lo externo con la sencillez y, en lo interno, puede hacerte pobre.

8. Suele ser la epidemia de la imitación. Las personas piensan por el entendimiento de los que consumen el lujo y no cada uno por el suyo.

9. El lujo nos hace recordar que lo que hoy parece invención, no es más que una imitación de lo antiguo que vuelve a usarse.

10. El lujo sólo es ventajoso para un país si fomenta la industria local, ya que se logra que el dinero de los ricos no quede en los Bancos y se gaste en los artesanos que fabrican el lujo.

11. El efecto que hace la introducción del lujo en el mercado es que éste sea cada día más exquisito y exigente.

12. El comprador, por el mismo dinero, acude siempre donde halla más ventaja en la cantidad y calidad o ambas juntas, excepto en el lujo.

233. REGLA DE ORO PARA APRENDER EN LOS NEGOCIOS

Hay que ser lo suficientemente humilde como para atreverse a preguntar y leer, al menos, veinte minutos al día.

234. EL TALEGO DE LOS BUENOS

Una vez escuché decir a un gran abogado especializado en temas penales: *la corrupción de un país puede medirse por el número de hombres buenos que pasan por el talego.*

235. DESDE EL PODIUM

A una determinada edad, el empresario ve que el dinero y los productos del trabajo se han incrementado mutuamente y se expanden haciendo florecer su Empresa. Su negocio prospera y son muchas las comodidades que esto le procura. Seguramente habrá cubierto ya sus necesidades materiales para vivir holgadamente y su Compañía tendrá su nicho de mercado lo suficientemente amplio como para competir sin sobresaltos. A veces, en esta etapa, su ocupación diaria puede resultarle un poco monótona y pesada aunque le asegure el disfrute de una gran variedad de actividades. Del mismo modo que puede emplear las horas del día para el trabajo, debe buscar otras para dedicarlas a otros placeres no menos útiles, como por ejemplo, el arte o la conversación. Esto puede ser su motivación y su descanso y le apartará de favorecer la corrupción de sus costumbres y principios, ayudándole a fomentar el buen orden y la paz interna.

236. APRENDIENDO DEL TALENTO

El joven empresario debe intentar estar siempre lo más cerca posible de empresarios curtidos, con el fin de que las opiniones y pensamientos de ellos caigan en su interior como una semilla vivificadora que le saque del recinto de sus pocos años y, en un momento, le levante a las alturas del mundo. Esas horas que vive al lado de ellos, equivalen a largos años de experiencia.

JUBILACIÓN
Bajarse a tiempo

Sus responsabilidades, los hijos que te suceden, la vejez, las herencias, el reparto, los bienes, la soledad...

237. LLEGADAS «ON TIME»

Cuando no se tiene una edad obligatoria de jubilación —como es el caso de los funcionarios— me parece una regla de oro que: «es mejor jubilarse un año antes que un día después».

238. APAGAR EL DESPERTADOR

Cuando el empresario se jubila, entra en una nueva etapa de su vida que no debería ser una continuación de la anterior. Para ello, puede volverse «uno» un poco filósofo y utilizar su experiencia para poner freno a la lógica. Practicar, en la conversación corriente, la retórica esmerada y usar, a menudo, la música y la poesía para animarse. Y, en cuanto a las matemáticas, dedicarse a ellas solo cuando le «apetezca a su estómago». En ésta nueva etapa tiene que tener en cuenta que no se saca beneficio donde no se recibe placer. En una palabra, que haga lo que más le guste.

239. PROGRAMACIÓN SOLIDARIA

Una muestra de solidaridad con los empleados es preparar la sucesión con tiempo y profesionalidad.

240. EL FUTURO DEL PRESIDENTE

Cuando un presidente ocupa el cargo, lo primero que se tiene que preguntar es quién va a ocupar su puesto en el futuro.

241. Vejez consensuada

La vejez de un empresario debe ser suave y madura. Para ello es importante que su Empresa tenga el beneplácito de las gentes.

242. Página de sucesos

Un empresario debe tener un plan de sucesión si no quiere que suceda el final.

243. Autonomía empresarial

Las Empresas deben adquirir vida propia y para ello no pueden ser dependientes de su creador.

244. Un mal plan de pensiones

Cuando el empresario ha sido temerariamente injusto, de la vejez sólo puede esperar las imperfecciones de las costumbres arraigadas con el tiempo, además de la terquedad caprichosa que estos años débiles y coléricos llevan consigo. Esto es soledad.

245. Hijos con dinero

El problema de los hijos de los empresarios que consiguen dirigir la Empresa sin merecerlo, sólo por derecho hereditario, es que se preocupan más por ellos mismos que por la Compañía. Esto sucede a menudo con las personas a quienes el destino ha concedido demasiado dinero. Se contemplan a sí mismos, en vez de contemplar su entorno, por lo que no llegan a conocerlo nunca.

246. Así sí. Así no

Cuando un empresario quiere ayudar a un hijo a tomar las riendas del negocio, debe distinguir muy bien entre lo que agrada a su hijo y lo que le conviene.

247. Educar para dirigir

El empresario que quiere que su hijo dirija la Empresa en el futuro, tiene que hacerle comprender que vivir con belleza y gastar no son una misma cosa. Debe educarle para vivir y no para ganar y gastar.

248. Con cariño y aplomo

En la Empresa familiar es difícil decirle que no a un hijo que pretende sucedernos y que no vale para ese puesto. Será más rentable y próspero para la Empresa doblarle el sueldo y situarle en un área de menos responsabilidad.

249. El reparto de la tarta

Cuando el empresario muere sin dejar solucionada su sucesión, suele haber un reparto egoísta de la herencia y cada cual va por su lado. El espíritu de lucha sucede al espíritu de organización; el odio del uno contra el otro supera a la benevolencia del Fundador para con todos. Faltando él, falta el alma de la Empresa y esto puede llevar a que se falsifiquen los procedimientos, se envilezcan los productos, se mate la confianza de los proveedores, disminuyan los pedidos, se reduzca la plantilla, se cierren los negocios y venga la quiebra.

250. Herederos de piedra

Los bienes inmuebles que se heredan de los padres suelen ser fruto de toda su vida de trabajo. No los metamos en el negocio que, muchas veces, no es el fruto de una vida de trabajo. Si decidimos venderlos, que sea para adquirir nuevos bienes inmuebles y no para vivir mejor. Quizá sea bueno hacer algunas demoliciones en pro de nuevas construcciones.

251. Errores con hijos

No desheredes el trabajo de toda una vida.

El empresario que sitúa al frente del negocio a un hijo sin la adecuada experiencia, comete un error que le costará su credibilidad y probablemente su hacienda.

252. Desestima el puesto de director «hijocutivo»

Cuando el hijo de un empresario no quiere estudiar y pide a su padre un empleo en la Empresa, es mejor ofrecerle el mono que el traje de chaqueta.

El mono va acompañado de destornillador, martillo y realidad. Con el traje de chaqueta al joven no le cambia la vida. Como mucho, incorpora una corbata y un maletín. Con esta fantasía, lo más probable es que cometa el error de creer que es un ejecutivo de prestigio y que puede suplir, en un corto espacio de tiempo, la tarea de su padre.

253. LA CUERDA FLOJA

La gran mayoría de los empresarios con éxito, han tenido que pasar penurias y calamidades, premisas estas que no suelen estar en el vocabulario de sus hijos. Por ello, estos últimos tienen más difícil alcanzar el éxito pues, si las exigencias tensan la cuerda, tenderán antes al abandono.

254. SOLO ANTE EL RECUERDO

La vida del empresario está dedicada a la actividad del lucro y la conservación de lo ganado. Cuando no puede ejercerlas porque se jubila, las experiencias que ha acumulado suelen llevarle por si solas a retirarse de la compañía de los hombres. Está claro que esta compañía ha estado dedicada esencialmente a esa actividad por lo que, una vez alcanzada la finalidad, no hay nada que le ate a este movimiento de la sociedad. Suele convertirse en un hombre solitario, casi un ermitaño que se satisface más con su vida interior. El largo tiempo que ha tenido que vivir en medio de la agitación y de las peripecias empresariales, probablemente hayan aumentado en él el sentido de soledad y, los muchos recuerdos de aquel tiempo, sean ahora su agradable compañía. Además, ahora verá con distintos ojos lo que le ocurrió en el pasado. Esta nueva perspectiva le hace descubrir la relación que existía entre lo acontecido en aquel tiempo y las consecuencias que de ello se derivaron, así como, el modo en el que se presentaron ante sus ojos. Probablemente, llegue a la conclusión que el auténtico entendimiento de la vida no se desarrolla hasta tarde y ocurre bajo el influjo de los recuerdos más que sobre el presente.

Si colocas a un hijo no seas padre también de sus errores.

II
Las Empresas
Factorías de hazañas

LA GESTIÓN

La correa de transmisión

El margen, el histórico, el desembarco, la supervivencia, el progreso, la información, las decisiones, las jerarquías, la cultura, los valores, la contaminación, la remodelación, el futuro, las tecnologías, los ciclos, el crecimiento, los planes estratégicos, los resultados, el análisis, las sinergias, las inversiones, la gestión de las dudas, el liderazgo...

255. SELECCIÓN NATURAL

La carrera empresarial es una carrera humana, es la lucha a favor de la equidad y la honestidad, es la superación para vencer la arbitrariedad.

256. COMPAÑEROS DE VIAJE

La buena gestión de una Empresa ha de acompañar apaciblemente al empresario durante el periodo que la posea.

257. EL JUEZ DE LÍNEA

En las Empresas hay un árbitro que juzga la acción del empresario, si ha sido o no productiva. Se revela constantemente contra los costes y pone buena cara a los clientes. Es enemigo acérrimo de los contables y un gran amigo de los comerciales. Ese árbitro se llama margen.

258. EL PRECIO DEL BENEFICIO

Cuantos más beneficios tiene una Empresa más pierde su libertad el empresario.

259. CÓDIGOS ÉTICOS

La gestión de una Empresa debe estar basada en detectar a los clientes, cumplir los compromisos y desarrollar a los empleados.

260. TESTIGO DE EXCEPCIÓN

El histórico de una Compañía es un testigo mudo que sentencia a sus gestores porque es la verdad sacada de la experiencia, que es la madre de todas las ciencias.

261. LA HUMANIDAD DE LA CONQUISTA

Las Empresas que se internacionalizan deben proporcionar a la sociedad donde desembarcan nuevas formas de vivir y de trabajar en común; adaptar su filosofía y cultura a las necesidades de la gente sin destruir su medio natural. Uno de los objetivos de una gran Compañía es hacer negocios hoy que dejen al mundo mejor, para los que vienen detrás.

262. SI SUPRIMES, NO PODRÁS TRANSFORMAR

En una Empresa el hecho de suprimir siempre es malo. Es mejor reformar, transformar y optimizar.

263. HOMBRE PREVENIDO...

Prever el futuro y adaptarse a él es la mejor forma de supervivencia de una Empresa.

264. CALZADA ROMANA

El progreso en una Empresa debe ser metódico, frío, flemático e imperturbable.

265. EL CUARTO PODER

Lo importante sobre la información en el mundo empresarial es saber cuál se necesita para poder solucionar un problema concreto.

266. PRIORIZAR ES PRIORITARIO

Segmenta tus actividades y solo realiza las prioritarias. El resto, analiza si puedes olvidarlas y, si puedes, hazlo.

267. CREACIÓN Y GESTIÓN, REALIDAD Y FICCIÓN

Ser capaz de crear una Empresa no significa ser capaz de gestionarla. Si te ocurre esto, dedícate a la creación y busca un buen gestor.

268. POSTURAS DECIDIDAS

Cuando tengas que tomar decisiones importantes piensa que las mejores decisiones suelen ser breves y producto de la discreta experiencia.

Promete calidad y compromete lealtad.

269. COMO UNA HORMIGUITA...

Para gestionar bien una Empresa hay que tener la mentalidad de que muchos pocos hacen un mucho y que, mientras se está ganando algo, no se está perdiendo nada.

270. SIEMPRE ADELANTE

El empresario debe buscar constantemente mejores formas de hacer.

271. ÉSTA ES LA CUESTIÓN...

El empresario debe preguntarse continuamente: ¿Qué voy a hacer? ¿Dónde quiero llegar? ¿Qué hacen mis competidores?

Cultura y gestión, socios de excepción.

272. LA DEUDA DE LAS PROMESAS

El empresario no ha de hacer promesas y si las hace es porque tiene autoridad. Debe cumplirlas para no ser menospreciado.

273. Corte radical

No hay que cerrar las Empresas sino despedir a los gestores.

274. Agua estancada

El empresario conoce que el estancamiento de su Empresa es la muerte. Pero, no puede ni correr ni pararse.

La tecnología no debe suprimir la filosofía.

275. El testigo veraz

El empresario debe reflexionar a menudo que la historia de su Compañía es el depósito de sus actos, el testigo de su pasado y el ejemplo de lo presente; y sobre todo, la advertencia de lo que ha de venir.

276. Personal e intransferible

No existe un modelo único de gestión. Cada Compañía debe buscar su modelo.

277. Alma «pater»

Algunos presidentes de las multinacionales de origen europeo reflejan un alto índice de paternalismo en su gestión. No sé si esto es positivo o negativo. Sólo puedo decir que este paternalismo también se lo aplican a ellos mismos a diario. Por eso, a veces, aunque no funcione demasiado bien la Compañía, suelen jubilarse en el mismo puesto.

Un proyecto bien organizado es un negocio ganado.

278. Destreza de movimientos

Agilidad en los cambios es seguridad en las Empresas.

279. Pirámides y colmenas

Las organizaciones suelen ser como un racimo de uvas; están demasiado jerarquizadas. En la época en la que nos toca vivir tienen que cambiar a organizaciones transversales.

280. PAGA EL ÚLTIMO

Ser el último eslabón de una cadena significa heredar y, por lo tanto, pagar ante el cliente final, los errores de los anteriores eslabones.

Maximiza inversión y minimiza gastos.

281. UNA GRAN VERDAD

La Empresa debe estar siempre viva y tener por esfuerzo y por efecto mejorar al hombre, cultivar su sabiduría, conseguir su felicidad, transformar la pobreza en riqueza.

282. EL «VERSO» EMPRESARIAL

La Empresa y la poesía se parecen. Los versos más bellos son aquellos que transmiten con claridad y profundidad la belleza de los sentimientos. La Empresa ha de transmitir con claridad sus objetivos, desarrollar sus proyectos en profundidad y crear productos que ofrezcan felicidad al consumidor.

283. EL VERDADERO VALOR AÑADIDO

La Empresa tiene que aportar valor a sus actores que son: los empleados, los ciudadanos y el accionista.

284. GESTIÓN CULTIVADA

Una de las claves del futuro de una Compañía es que el presidente asocie su gestión a la cultura de la Empresa.

285. FILOSOFÍA EFICIENTE

Crear Organizaciones eficientes tiene que formar parte de la filosofía de la Empresa.

286. CRISTAL DE MURANO

En una Empresa, un valor intangible como su cultura, pueden ser el activo más difícil de construir y el más frágil.

287. Hasta que la rentabilidad os separe

Una Empresa no puede dejar de crecer porque el mercado acabaría absorviéndola pero tampoco puede crecer a cualquier precio. El crecimiento tiene que estar basado en la rentabilidad. No vale crecer con pies de barro.

288. Entrar en «Boxes»

Las Empresas deben tener un plan de remodelación sistemática…, con límites.

Líder te harán los demás, no tú mismo sin más.

289. Contagio progresivo

El progreso de una Empresa tiende a contaminar todos los procesos que hasta el momento se han planteado.

290. Atrapado en el tiempo

El día a día de una Compañía sólida debe ser igual. Nada puede desentonar sin fundamento.

291. Valor vectorial

Segmentar es poner valor a algo y trabajar sobre el valor.

Ubica la casualidad en la sección de "misceláneos".

292. Ver y prever

Innovar es anticiparse al futuro, conocer lo que el consumidor final va a necesitar y gestionarlo a tiempo.

293. Funambulismo puro

La gestión debe velar por un equilibrio entre la actividad económica, la social y la medioambiental.

294. «ALT» + SUPRIMIR

Gestión y nuevas tecnologías deben componer un binomio de oportunidad y no de riesgo ya que crean siempre un efecto sustitución en las Empresas.

295. DEFENSA CENTRAL

Calidad, eficiencia y precios es la mejor política defensiva de una Empresa.

296. ZONA NEUTRAL

En una Compañía, la imparcialidad de los departamentos es fundamental para poner de manifiesto las situaciones.

297. VERIFICACIÓN SISTEMÁTICA

Una Empresa se maneja con datos reales que proyecta a un futuro que no conoce, por lo que tiene que estar siempre re-calculándolos.

298. EL MARGEN DE LA REALIDAD

La realidad de un negocio está en el margen de beneficio que se consiga.

299. LA CESTA Y LOS HUEVOS

Según un dicho popular, «no es bueno tener todos los huevos en la misma cesta». No todos los dichos vienen bien para todas las épocas. A veces se controla mejor una cesta llena que muchas medio vacías.

300. EL QUE PEGA PRIMERO...

En los negocios, la mejor defensa es un ataque.

301. LOS «CAMBIEN»

Cuando un cambio no signifique claramente una mejora, es mejor no realizarlo.

302. ORGANIZARSE O SUFRIR

Cuando el empresario piensa que se ha metido en el negocio más difícil del mundo, no ha de ponerse el reto más alto del mundo, sino pensar que los negocios sólo son difíciles cuando no están organizados.

303. SIN «VENTANILLAS»

Generar documentos y burocracia es un mal del Gobierno que en la Empresa privada hay que aborrecer.

304. BUENO, BONITO Y BARATO

La buena calefacción es aquella que no quema sino que mantiene en el ambiente un calor constante y templado. La mejor Empresa no es aquella que sostiene el liderazgo del mercado a cualquier precio sino la que mantiene su nicho de mercado con una alta rentabilidad.

305. GRANDES EMPRESAS

Cualquier pequeño negocio bien gestionado es un gran negocio.

306. LA HORMA DE TU ZAPATO

Sobre modelos de gestión empresarial existen miles de libros escritos y posteriormente testados por diferentes Compañías. Cada Empresa implanta un «mix» de la colección editorial, que se adecue sobre todo a su política, a su cultura y a sus necesidades permanentes de mejorar.

Las vacas flacas suelen engordar el ingenio.

Para llevar adelante estas implementaciones de gestión, hay que abordarlas desde el lado práctico y, fusionarlas, con un toque existencialista.

307. LA «ECOGLOBALIZACIÓN»

En una economía global se difumina el origen del concepto empresarial. Se avanza más en dimensión que en creación.

308. OPERAR CON CAUTELA

Hay que ser prudente con las operaciones de ciclo corto porque suelen convertirse, más adelante, en operaciones de ciclo largo.

309. CON LA MEJOR INTENCIÓN

La Empresa solo mejora cuando mejora la intención de compra hacia sus productos.

310. CRECER CON FUNDAMENTO

Hay tres pilares fundamentales para crecer: tener una imagen de marca fuerte, internacionalizarse y ser rentable.

311. EL «PLAN DIRECTOR»

Todo plan estratégico debe provenir de un espacio de reflexión. Lo más importante es que los empleados se adhieran, se lo crean, porque sin las personas es imposible desplegar ningún plan. A partir de aquí, algunos ejes estratégicos para crecer podrían ser: 1) Hacer que se conozca la identidad de marca. 2) Ser competitivos en los mercados propios en cuanto a calidad, costes y plazos. 3) Ser internacionales. Esto significa, pasar de ser actor local a mundial. 4) Desarrollar los valores de la Compañía y transmitir el éxito de ésta a través de los resultados financieros.

Las grandes maniobras deben ser lentas.

312. CONTAMOS CONTIGO

Antes de desplegar un plan estratégico piensa a cuántos empleados puedes implicar.

313. PLAN INTEGRAL E INTEGRANTE

En tus planes estratégicos no olvides integrar los problemas del entorno.

314. OPTIMIZA Y VENCERÁS

Optimizar costes es optimizar rentabilidad.

315. Visión de futuro
Dar una buena rentabilidad a los accionistas asegura el futuro de una Empresa.

316. La calidad es sintomática
En una Empresa lo homogéneo suele ser síntoma de calidad.

317. Calidad con claridad
Calidad significa mejorar, permanentemente, en la apreciación del producto por parte de los consumidores.

318. El precio de la comunicación
La buena relación calidad/precio es la mejor comunicación al exterior de una Empresa.

319. Mantener posiciones
Para mantener el posicionamiento en el mercado, los productos de una Empresa no pueden estar separados de la realidad cotidiana.

320. Una concienzuda destilación
Los negocios tienen que fermentar, madurar y luego someterse a un escrupuloso decantado para poder obtener la brillantez y transparencia de sus resultados.

321. El hábito hace al monje
Teniendo en cuenta que somos muchos y tenemos hábitos distintos, la Empresa debería ser capaz de acoger en su «cartera» el mayor número de hábitos posibles.

322. No morir en el intento
El objetivo último de la Empresa es la permanencia. Es decir, no morir y, para no morir, hay que ganar dinero.

323. Prevenir mejor que curar

Cuando surge un problema, además de solucionarlo, lo más importante es crear medidas preventivas para que no se origine de nuevo.

324. Análisis decisivos

En la gestión de una Empresa resulta útil analizar las decisiones para saber qué es lo que podemos evitar.

325. Trenes de cercanía

En el mundo empresarial tiene más valor un logro discreto que una ambición deslumbrante.

326. La energía de las sinergias

Cuando se tienen varias divisiones hay que buscar sinergias para optimizar servicios.

327. A mucha honra

Una Compañía bien gestionada es una honra que hace a sus gestores llegar a la cumbre por un camino ordinario, sin necesidad de aplausos, adulaciones ni favores.

328. La gestión sinuosa

Los giros inciertos en la gestión de una Empresa son una huida y, probablemente, su derrumbamiento.

Mide y pesa cada acción y sabrás cuál será tu porción.

329. El «tacto» en los sentimientos

El amor en una pareja tiene mucha similitud con la cultura de una Empresa. Ambos son los intangibles más auténticos que se poseen y más difíciles de mantener. El resto, si se pierde, puede conseguirse fácilmente de nuevo.

330. Su cambio, gracias

El cambio debe significar una apertura hacia todas las oportunidades de mejorar con optimismo.

331. No empezar nunca por el tejado

Para cambiar la estrategia hay que cambiar la estructura.

332. Todo bajo contrato

El empresario tiene que intentar controlar el destino y la casualidad dentro de su Empresa.

333. El juego del mercado

El empresario debe abordar el mercado como un jugador pragmático más que onírico. En principio, es mejor jugar a muchos pequeños premios que a uno solo y grande.

334. La viabilidad de crecer

Sólo es viable un crecimiento rentable si se tienen clientes satisfechos.

335. Empresarios de alta competición

Ser competitivo significa satisfacer al cliente en calidad, costes y plazos.

336. La cuna del conocimiento

Cualquier estrategia de Empresa debe nacer del conocimiento sobre lo que quiere el cliente.

337. En el medio está la virtud

Cuando tengas dudas de invertir en un negocio, invierte el cincuenta por ciento de lo que pensabas invertir.

338. DESARROLLAR CON IDEA
Una buena idea, sin una buena gestión, es una mala idea.

339. EL COSTE DEL DINERO INVERTIDO
Siempre se piensa que el dinero invertido va a beneficiar a la Empresa. Ha de ser así pero también puede suceder que la perjudique. El exceso de dinero fomenta, a corto plazo, una tolerancia excesiva, reduce la capacidad de creación, desestima otros caminos menos costosos y baja el tiempo dedicado al trabajo.

340. INVERTIR O VERTER
Que te presten dinero para hacer una inversión suele acarrear una mala gestión. Es mejor invertir el dinero procedente de los beneficios propios.

341. ESTADOS DE CONFUSIÓN
El empresario tiene que saber abandonar a tiempo todo lo que produzca confusión en la dirección de la Compañía.

342. «COPIAR Y PEGAR»
La mayoría de las veces, para gestionar bien una Empresa hay que crear poco y copiar mucho.

343. ACTITUD DE MARCHA
El empresario ha de tener en cuenta que la contemplación es el primer paso a seguir pues éste siempre incita a la acción.

> *El capital propio se invierte, el ajeno se vierte.*

344. BUSQUE Y COMPARE
El empresario siempre tiene que estar buscando fórmulas nuevas. Buscar no quiere decir implantar pero sí comparar con las actuales.

345. LA FUERZA PARA DIRIGIR
Para dirigir un negocio es tan importante estar fuerte en el terreno emocional como en el financiero.

346. LA OPORTUNIDAD DEL ANUNCIO

En el mundo de la Empresa, los resultados anunciados pierden su mérito, por lo que hay que evitar hablar de ellos. Es mejor elaborar en la sombra los grandes negocios y darlos a conocer después, repentinamente.

347. TEMPLAR EL TIEMPO

Para llegar a una situación floreciente suelen ser necesarios algunos años difíciles: unos para aprender y otros para aprender a subir. El secreto es no decaer ni un solo día y no contraer deudas.

348. PEGAR OREJA Y PRESTAR OÍDO

Para conocer las tendencias del mercado, el empresario debe escuchar a los sabios y solo oír a los ignorantes.

349. MEDICINA PREVENTIVA

El empresario puede prevenir gran cantidad de pequeños errores simplemente analizando el error anterior.

350. INTERCEPTAR PARA NO ERRAR

El empresario debe abrir, al menos dos veces a la semana, la correspondencia de su Empresa. Es la mejor forma de captar los errores.

351. PRESUNTOS IMPLICADOS

El empresario sólo tiene posibilidades de progresar cuando implica en su proyecto empresarial al empleado y al proveedor.

352. NOTAS ESCOLARES

La actualización de los conocimientos es la base para progresar.

353. Exterminio irracional

El gran problema de la supervivencia de una Empresa es que, a veces explota excesivamente sus mejores productos hasta el punto de auto-destruirlos. Esta es una estrategia arriesgada e, incluso, irracional.

354. Elocuencia con prudencia

Cuando a primeros de año se transmita a los accionistas las pretensiones sobre los futuros resultados anuales, hay que ser prudente porque siempre es más sencillo explicar por qué se ha ganado más que por qué se ha obtenido menos.

355. Prohibido escatimar

El I + D es fundamental para estar en punta en tecnología y no quedarse obsoletos.

356. En legítima defensa

Las leyes suelen ser la antítesis de los negocios. Cuando las necesitas no suelen ampararte y cuando no las necesitas suelen ahogarte.

357. La buena gestión de las deudas...

En los negocios, como en el matrimonio, las deudas saldadas a corto plazo son las que mejor se digieren.

358. Mamá Empresa

Revertir en la Empresa todos los gastos personales conlleva a contraer falsas deudas que a veces se pagan antes que las necesarias para la continuidad de la Empresa.

La precaución es la esencia de la conservación de las especies.

359. LOS BENEFICIOS DE «REPETIR CURSO»

Hacer los deberes escolares con tu hijo no sólo te aproxima a la auténtica realidad de la vida sino que te refresca conocimientos elementales olvidados. Estos dos conceptos son básicos para gestionar bien una Empresa.

360. EN LA VARIEDAD ESTÁ EL TRIUNFO

El empresario debe adoptar una política de diversificación que haga que la Compañía esté viva en el futuro.

361. EL EMPLEADO DEL MES

La principal ventaja de las máquinas es que no necesitan vacaciones ni sufren absentismo. Por lo que invertir en ellas crea una barrera muy competitiva.

362. CRECER CON POSICIÓN

Para crecer y alcanzar tamaño no se puede jugar a especular sin tener posición en el mercado.

363. VERDADES RELATIVAS

En el mercado no hay verdades absolutas sino estrategias afortunadas o, por el contrario, poco acertadas.

364. ORGANIZACIÓN CAMBIANTE

Desde el punto de vista organizativo, la Empresa moderna debe situarse en el cambio permanente.

365. POTENCIALMENTE MÁS CAPACES

En las Empresas, la tecnología y la innovación deben servir para potenciar sus capacidades con el objetivo de dar la máxima satisfacción a sus clientes y desarrollar profesionalmente a sus empleados.

366. Patines con freno

Hay momentos empresariales en los que la mejor audacia es ser prudente.

367. Gestión adulta

En las Empresas, un factor estratégico debe ser que los departamentos tengan autonomía de gestión.

368. Un lema muy cercano

El mejor lema para una Empresa de servicios es que esos servicios estén lo más próximos posible, a los ciudadanos.

369. La hoguera de vanidades

La fortaleza de una Empresa proviene de la buena gestión de sus debilidades.

370. Un icono muy preciado

Ser líder no es ser el que más vende. Liderazgo es ser percibido como un líder por los consumidores y esto abarca todos los conceptos de una Empresa.

Si organizas bien una cuesta, obtendrás un falso llano.

371. El desgaste del líder

Ser líder de mercado supone un desgaste con respecto a la deseabilidad por parte del cliente del producto del líder.

372. Claves alineadas

En las Empresas, liderazgo y cultura tienen que estar alineados.

373. Lentes convergentes

Para un grupo multinacional, dispersar valores no es bueno. Despista al cliente. Lo mejor es concentrar valores.

374. El sabor de la lentitud

Las Empresas sólidas arriban con lentitud a la cima.

375. ESPEJITO, ESPEJITO

Apuesta por la oportunidad más que por la cantidad.

El empresario tiene que ser consciente de que su Empresa es el espejo que siempre lleva consigo. Dependiendo de su gestión, podrá reflejar el azul de los cielos o el fango del camino.

376. LA FRIALDAD DEL CÁLCULO

En el mundo de la Empresa no se calcula sin interés. Las acciones se valoran por lo que valen y no por lo que merecen.

377. NO HIPOTECAR SUERTES AJENAS

Un empresario debe pensar siempre que la prudencia es preferible cuando se dispone de la suerte de los demás (empleados, proveedores...).

378. VIAJES CON EXCESO DE EQUIPAJE

Los viajes de negocios que terminan en cena copiosa y juerga devalúan el verdadero fin del viaje y prostituyen el trabajo.

379. LAS CUENTAS INVISIBLES

Las cuentas de pérdidas y ganancias engañan muchas veces al empresario. Lamentablemente, lo que figura en el papel es real pero no cabal. Convendría charlar con la señora de la limpieza para que nos dijera si ha trabajado más horas y ha gastado más material que el año anterior. Seguro que hay muchas minucias que no constan en el papel. Luego, multiplíquese por el resto de los departamentos y veremos variar la famosa cuenta de los resultados.

380. AUSTERIDAD MEDIDA

Con los gastos del negocio es importante ser austero sin llegar a ser rácano.

381. EL VALOR DE LA CARESTÍA

El empresario debe tener siempre presente una política de reducción de costes. Normalmente, la abundancia de las cosas hace que éstas no se valoren. La carestía, sin embargo, hace que se estimen en algo.

Pon oído a los sabios y oreja a los necios.

382. NUNCA PASA NADA Y, SI PASA, NO PASA NADA

No hay Empresa sin pasado oscuro ni empresario sin deuda alguna; pero esto no debe alterarle la moral si, en la actualidad, cumple los cánones de honestidad.

383. DESAFIAR A LA GRAVEDAD

Ante un grave problema que persiste, a veces el empresario curtido se encuentra en una especie de lucha que no le deja dormir y siente que está atrapado por un cepo. Acostumbrado como está a buscar soluciones meditadas y pausadas, teme precipitarse. Pero, en estas situaciones, bienvenida sea la precipitación. Cuando le fallan sus caminos habituales para solucionar problemas profundos, la precipitación, que él considera imprudencia, puede ser útil y suele dar forma a los fines.

384. HACER PODIO

El objetivo de una Compañía debe ser ocupar el puesto uno, o el dos o el tres en el mercado.

385. «BIEN HECHO»

La palabra «bien rematado» es la ciencia exacta del buen hacer.

386. LA GRANDEZA DEL DETALLE

Es curioso cómo los remates son la causa de que las Empresas pierdan gran cantidad de clientes.

387. La «TECNODIDÁCTICA»

La tecnología debe servir a las Empresas para aplicar las enseñanzas con rigor.

388. Para «TANTOS» Y PARA «TONTOS»

Los productos tecnológicos tienen que estar fabricados para ser usados por «gorilas adultos». Es decir, deben de ser de fácil manejo.

389. Respetar el medio ambiente crea buen ambiente

El respeto por el medio ambiente, en el entorno empresarial, es fundamental. Por esta razón, las Empresas son mucho mejor valoradas por la sociedad.

390. Premio por exceso de velocidad

La alta velocidad de absorción de las nuevas tecnologías por parte de la sociedad, obliga a las Empresas actuales a implantar en su gestión un cambio sistemático.

391. Pérdida de inercia es Empresa perdida

En el mundo empresarial actual, ya no se puede pensar que un negocio maduro es como un árbol ya crecido al que no hay que regar y que, si no hay sequía fuerte, se mantiene por sí solo.

392. Resistir para subsistir

Para subsistir en un mercado tan competitivo como el actual, es necesario liderar los costes del sistema.

393. La flexibilidad ante todo

Arbitrar métodos rígidos y no salirse de ellos suele conducir a un callejón sin salida. La flexibilidad es la base de la continuidad.

394. «KIT» DE SUPERVIVENCIA

Una Empresa audaz, acogedora y con visión de futuro sobrevive mejor en el mercado.

395. LOS VIAJES DE «GULLIVER»

Las PYME deben tener siempre presente en sus estrategias que, contra el fuerte, lo mejor es la unión de los débiles.

Explota tu mejor producto pero no lo revientes.

396. A FALTA DE PAN...

Cuando no hay dinero para internacionalizarse, lo mejor es una política defensiva de alianzas.

397. ¡DIANA!

En una Empresa, cualquier acción inmediata significa un compromiso inversor, por lo que la acción debe acometerse sobre la base de un retorno rentable, medible y cuantificable.

398. RENTABILIDAD A MEDIO PLAZO

Cuando se define una estrategia es fundamental mantenerse firme pensando en que los resultados no suelen llegar a corto plazo.

Es mejor explicar un beneficio que justificar la "venta del edificio".

399. LOS SONIDOS DEL SILENCIO

El empresario que afina en la gestión diaria es el que luego no desafina en la cuenta de resultados a final de año.

400. NO A CUALQUIER PRECIO

Crecer a un coste excesivo es estrangular la Empresa.

401. La virtud del punto medio

La prudencia es la mejor forma de acertar en la gestión de un negocio. El problema del exceso de prudencia es que hace imposible las cosas más fáciles y por el contrario, la falta de prudencia finge fáciles las cosas imposibles. Lo prudente es tomar el punto medio y burlarse de los extremos.

402. La precisión en los «bites»

El empresario que invierte en Internet debe dar una información veraz, publicar sólo lo que el usuario demanda y controlar muy a fondo las audiencias.

403. El «intro»

Si bebes, modera la velocidad en los negocios.

La misión de una «punto.com» es ser un buen gestor estratégico de contenidos.

404. Sentido obligatorio

Conocí a un empresario que había construido en veinte años una Editorial muy sólida. Charlando con él sobre la Empresa me dijo: *he dado muchos pasos para aproximarme al éxito, por lo que temo dar otros nuevos que me alejen de él. Me siento doblemente aislado, por el lado de la vejez y por el de la juventud. Tengo deseos de quedarme donde estoy y permanecer firme. Sin embargo, para mantenerme, estoy obligado a avanzar, a pensar, a examinar, a ir más allá.*

405. Un dato fuerte

La fortaleza de las Compañías se mide en cuánto usan de capital propio y cuánto de ajeno.

> *Los peldaños del éxito puedes subirlos o caerte pero nunca bajarlos.*

406. De la mano

El progreso tecnológico tiene que ir paralelo al progreso humano. Algo es verdaderamente avanzado sólo si mejora la vida de las personas, por lo que es tan importante una aplicación inteligente de la tecnología como la propia tecnología.

407. Tecnología con simpatía

Tecnología significa, para mucha gente, complejidad. Las Empresas deben lanzar al mercado productos que tengan sentido común y que no ofrezcan cosas que no sean útiles. Para ello, el producto tiene que estar diseñado teniendo en cuenta al consumidor, ser fácil de usar y avanzado. Es decir, que el cliente al utilizarlo, experimente cosas que antes no experimentaba.

408. A nuestro servicio

La tecnología tiene que servir para: 1) anticiparse a las exigencias del público y, 2) para garantizar la calidad del servicio al cliente en el futuro.

> *Mantén tu propia ética y te alejarás de ajenas polémicas.*

409. No hay vuelta de hoja

Un líder, o invierte en tecnología y vanguardia, o pierde el liderazgo porque el mercado no perdona.

410. Minifundios

Cuanto más se parcela una estrategia, más operacional se hace.

411. Diez en conducta y urbanidad

El código de conducta de una Empresa debería ser:

1) Políticas de empleo justas con igualdad en sexo y religiones, además de no contratar a menores.

2) Políticas responsables con el medio ambiente.

3) Responsabilidad con el gobierno corporativo; lo que significa: transparencia en las cuentas, de cara al mercado.

LAS VENTAS

Objetivo clave

El producto, el consumidor, la estadística, el canal de distribución, productos obsoletos, la competencia, un poco de marketing, la comunicación, la imagen, la marca, la publicidad...

412. LA ERÓTICA DE ESCOGER
El producto que se vende debe ser acogedor y estimular cierto placer al comprarlo.

413. EL CUENTO DE NUNCA ACABAR
El mercado es tan dinámico que casi todo se mueve por rumores y tendencias. En un corto plazo de tiempo, puede caer toda una estrategia de ventas con plan de marketing incluido.

414. EL ARTE DE VENDER PRESENCIA
Lo importante de la Empresa es tener presencia permanente en el consumidor.

415. NO ES ORO TODO LO QUE RELUCE
Cuando midas el valor de un producto por su precio, sopesa el canal de distribución del mismo.

416. EL REY DEL «MAMBO»
La venta diaria es uno de los mayores esfuerzos que se realizan en una Empresa. La incertidumbre acecha constantemente y los objetivos aplastan la moral como una pesa de gran tonelaje. Solo existe una fórmula para no decaer: persistir por encima de cualquier contratiempo;

y, tener siempre presente que, una sola venta, borra el fracaso de cien intentos fallidos.

417. Si Dios quiere

No te desesperes porque una operación no salga, ya saldrán otras. Es cuestión de estadística.

418. No se es bueno en todo

Un empresario que es un buen vendedor suele ser un mal comprador y viceversa. Por lo tanto, no debe intentar hacer ambas cosas a la vez. Debe de auto-analizarse para encontrar dónde puede aportar más a su Empresa y contratar a una persona que haga el resto por él.

Fideliza las costumbres del cliente.

419. Delirios inseparables

El mercado es como una «masa» paranoica. Se asemeja a un planeta habitado por personas enemistadas y con el único deseo de dominarse la una a la otra. Su tendencia es hostil ya que, las Empresas crecen a costa de comerse el bocado del rival y se nutren de las debilidades de éste, tanto para conseguir mayor cuota de mercado como para mantenerla y aumentarla. En definitiva, la Empresa solo desea aumentar de tamaño y si no puede someter a sus competidores, intente exterminarlos.

420. Malos momentos

Los días en que la caja sea baja, no se deben tomar decisiones ni cambiar nada del negocio. Lo mejor es aguantar un tiempo, porque las cosas se ven mejor desde media altura que desde el suelo.

421. El primer «test» de ventas

Para vender masivamente un producto, el primer «test» debe apoyarse en dos pilares: 1) si el producto lo consumiría uno mismo; 2) cuántos de su familia lo harían.

422. Un aval seguro

El éxito de una venta radica en la seguridad que se tenga de alcanzar el éxito.

423. EL MERCADO DEMANDA

Un empresario debe llegar con su producto allá donde se requiera.

424. OPINAN, LUEGO VALES

El mayor valor que tiene una Empresa es la buena opinión que tengan los consumidores de sus productos.

425. VALORES CON GRAN POTENCIA

El número de visitas a un local es uno de los valores intangibles más altos pues supone conocimiento del negocio.

426. REJUVENECIMIENTO CONSTANTE

El empresario tiene que estar constantemente buscando nuevas sinergias, abriendo mercados e investigando nuevas utilidades para su producto. Le evitarán caer en el aburrimiento, en la desidia del negocio y en la vejez del mismo.

427. EL «VIAGRA» DE ESTANTERÍA

La impotencia para una Empresa es que la deseabilidad del cliente puede estar enfocada hacia productos o marcas que no posee.

La competencia aporta valores de alerta permanente.

428. MAR DE FONDO

Todos los comerciales, con más o menos insistencia, pueden llegar a concertar una cita; y, con más o menos habilidad, exponer el producto al cliente pero sólo unos pocos consiguen cerrar la venta. Éstos son los comerciales que actúan con energía pero de forma suave.

429. ACOTAR VARIABLES

La variable más complicada de una Empresa es intentar tener acotado «el gusto del cliente».

430. LA RIGUROSA ETIQUETA DE LA DISCRECIÓN

Para hacer vistoso lo que queremos vender, deberemos ir discretamente vestidos.

431. FIELES COSTUMBRES

Es importante que el cliente final se acostumbre a utilizar tu producto pues la costumbre fideliza por sí sola.

432. LA PASIÓN DEL COMERCIAL

Para el verdadero vendedor, cualquier pasión que no sea vender es una aberración.

433. LA MEJOR TARJETA DE VISITA

La red comercial de una Empresa es el portavoz ante el cliente

434. PEAJES INEVITABLES

El intermediario de la Administración Pública es como un peaje. Pagas haya o no atasco.

435. LOS BICHEJOS

A veces, en las operaciones con la Administración aparece un falso empleado que quiere comisión. Se le reconoce porque sonríe con facilidad y parece no tener prisa nunca. Se frota las manos con asiduidad y jamás paga las invitaciones aunque asiste a todas. Con ellos, los regalos nunca tienen acuse de recibo pero tampoco devolución. Son bichejos de los que no puedes escapar y que hay que tratar bien.

Reduce a cero la casualidad en la fortuna.

436. APRENDER ES CRECER

Ante una operación fallida es importante no buscar frases filosóficas. Simplemente aprender de ella.

437. Respetar los tiempos

Cuando aceleras un proceso de venta o, cualquier otro, sueles acelerar también la capacidad de cometer errores. Aunque la competencia achuche, procura mantenerte en tus tiempos y deja que sea ella la que se precipite.

> **Vende una noticia para que compren un producto.**

438. Secretos de confesión

La mejor ventaja que puedes tener sobre tus competidores es reconocer tus errores y corregirlos en el acto.

439. El rápido se come al grande

Hemos entrado en la era en la que el rápido se come al lento y no el grande al chico, como sucedía en el pasado.

440. Dar la oportunidad de no pedir

Para enarbolar todos los días la bandera sin que el enemigo te pise, hay que dejarle comer un trozo de la tarta con dignidad.

441. Una consideración muy competente

La mejor forma de tratar a la competencia es hacerle sentir que la tomas en consideración.

442. El mutuo respeto

Una competencia que se siente despreciada estará tentada a actuar de una forma ruin contigo, mientras que una competencia que se siente respetada tenderá a quitarte los clientes sin avisarte pero sin engañarles a ellos. No olvides que, cuando un cliente se siente engañado, normalmente desconfía de todos los del sector. Por ejemplo, si un avión de una aerolínea se estrella, siempre se desconfía del resto de las Compañías de vuelo.

443. EL PERRO DEL HORTELANO

Las grandes Empresas temen no estar en todos los sitios y esto les lleva a invertir en lugares que, a veces, no son rentables. Sin este talón de Aquiles, a la PYME le sería imposible competir con ellos.

444. «LA BATALLA DE TRAFALGAR»

Pretender que una PYME le gane terreno a una multinacional es como salir ya cansado en una carrera. Frente a estos «glaciales», hay que utilizar todas las energías, no para ganar, sino para conservar el pequeño nicho de mercado que ya se ha conquistado.

445. SI NO PUEDES CONTRA ELLOS, ÚNETE A ELLOS

A veces competir es asociarte con tus propios competidores.

446. CLONES ENRIQUECIDOS

La Empresa líder tiene dos tipos de competencia: la que le copia enseguida pero sin rigor y por lo tanto mal; y la sagaz, serena y profunda que descifra lentamente y lanza su producto al mercado, copiado pero mejorado.

447. TODO DEPENDE

La competencia se puede ver como una amenaza o como un reto.

448. RADIOGRAFÍA EMPRESARIAL

La primera norma básica de un empresario es conocer a su competencia pues si no sabe a qué se enfrenta, mal puede combatirlo; y, si lo hace sin conocerla, siempre le llevará ventaja. Es decir, irá al menos dos pasos por delante de él.

449. LAS BUENAS RELACIONES

Las Empresas comparten la idea de que sus logros las diferencian. Pero, aún cuando compitan hostilmente en el mercado, deben desarrollar estrechas relaciones en las que se reconozcan mutuamente y con las que, a veces, se sostienen unas a otras.

450. SEPARADAMENTE JUNTOS

Las Empresas que compiten deben tener contactos estrechos entre ellas. De hecho, con frecuencia, se mezclan y se convierten en una única Empresa.

451. LA JARA Y EL SEDAL

Ten en cuenta que tu competencia quiere cazarte, saber por dónde pasas y a dónde acudes para intentar encaminarte a un lugar en el que puedas ser más vulnerable.

452. EL ANILLO DE SATURNO

Una Empresa debe estar siempre modernizándose para crear barreras a su competencia.

453. POSICIÓN DE DEFENSA

Analizar la competencia es defender tu posición en el mercado.

454. EL COMERCIAL INEFICAZ

Una red orientada al coste, en vez de a los ingresos, aboca en la ineficacia comercial.

455. LAS PRIORIDADES

La red comercial debe atender, en primer lugar, a los entornos más dinámicos.

456. UN PLACER A LA VENTA

El mérito de un producto se compone de su utilidad o del agrado que procura cuando se compra o, de ambas cosas cuando es capaz de reunirlas. El que guste o no, a menudo depende más del conjunto de los significados inconscientes que representa.

457. ACCIONES ANTI-RETORNO

Cuando se lanza un producto al mercado, se debe tener presente que se deja impreso el producto y sus faltas se analizan más cuanto mayor es la fama del que lo lanzó.

458. ENTENDER LO INCOMPRENSIBLE

A veces el empresario se pregunta cómo es posible que un producto disparatado, que no tiene ni pies ni cabeza, es dado por bueno por los consumidores estando lejos de serlo. Hay que tener en cuenta que el mercado lo compone una gran mayoría pero que el arte no lo entiende demasiada gente y las Compañías comen de ganar con muchos y no de lo que quieren unos pocos.

La falta de presencia de un producto ausentará a tu consumidor.

459. ÁNIMO COMPETITIVO

La competencia puede arrebatarte una operación pero no te dejes arrebatar nunca el ánimo.

460. BAUTIZAR EL TESORO

A un golpe de fortuna, el cristiano lo llama providencia; el poeta suerte o hado; y el empresario, casualidad

461. EL GUSTO POR LO RÁPIDO

Por Internet es difícil vender productos «reflexivos». Internet es un medio rápido, supeditado a los gustos del consumidor, poco «reflexivo».

462. APTO PARA TODOS LOS PRODUCTOS

El mayor valor que ofrece Internet al empresario es que, para cualquier público, resulta un escaparate para todo tipo de productos.

463. Portal ideal

El empresario que quiere rentabilizar su publicidad en Internet, debe invertir en aquel portal que tenga el mejor sistema para la gestión publicitaria de «sites» que le permitan una segmentación precisa del público objetivo.

464. La pregunta.com

Cuando un empresario de la PYME piense en crear su WEB e invertir en Internet, antes debería hacer la siguiente reflexión: «mi misión principal es llevar mi producto al mercado y obtener beneficios. ¿Cumple estos objetivos la WEB que pretendo crear?»

465. Razón de más

El buen comercial tiene que ser una persona aficionada a razonar discretamente. Su condición le obliga a tratar con todos, de forma afable y divertida.

466. El psicoanálisis del consumo

Los productos expresan la personalidad de una persona, por lo que se tienen que vender con expresión o expresando algo.

467. Impactos reales

Los portales de Internet ofrecen a los empresarios la posibilidad de publicitarse, asegurándose un alto grado de notoriedad ante un público muy variado. Para ello, atraen a los navegantes con diversos contenidos, como buscadores, páginas personales, «webs», correos, «chats», foros…, que pueden ser utilizados por millones de internautas. Sin embargo, el correo electrónico es, en realidad, el producto más demandado por los navegantes, de forma repetida a lo largo del mismo día. La Empresa que introduce su publicidad en este servicio, consigue varios impactos diarios en los usuarios, lo que facilita el recuerdo de la marca. El resto, tal vez sea más difícil de medir.

468. ANÁLISIS ENCUBIERTO

El «chat», se supone que es un canal de comunicación con el que se pretende conseguir un punto de unión o intercambio de internautas que hablan el mismo idioma. Sin embargo, cuando al empresario no le quede más remedio que ofrecerlo gratuitamente, éste debe ser una forma de contactar con un público, con el fin de intuir sus gustos para intentar venderles servicios.

469. LA «CIBERTIENDA»

Para el empresario, Internet tiene que ser su segunda tienda. Lo más interesante para él es: 1) el número de visitas; 2) si su «web» estimula y crea usuarios regulares; y, 3) si, finalmente, éstos se convierten en compradores «on line» de sus productos.

470. MATRIMONIO DE CONVENIENCIA

En los productos del futuro, aunque la tecnología de dentro sea muy avanzada, la interfaz entre hombre y máquina debe ser muy cercana y sensitiva.

471. LA CLAVE DEL INGENIERO

El mejor producto es aquel que mejora la calidad de vida de una persona.

472. EL AZADÓN Y EL TRACTOR

Los productos tienen que estar diseñados en torno al consumidor. Él es el que tiene que decidir qué quiere y cómo lo quiere. Lo esencial en productos tecnológicos es que sean funcionales (cuando salen de la caja ya funcionen sin necesidad de hacer una carrera en Harvard para ponerlos en marcha) y avanzados (siempre en punta de tecnología). En definitiva, productos que aporten algo y sean simples.

473. UNA IDENTIDAD MUY MARCADA

La identidad de una marca es su personalidad y su imagen es cómo la percibe el cliente, por lo que la identidad debe ser igual a la marca.

474. Más que mil palabras

La imagen es un valor fundamental en la estrategia de una Empresa.

Diseña productos que se dibujen fácilmente en la mente del cliente.

475. Elaborar un molde homogéneo

Las acciones y estrategias de una Empresa deben ser coherentes con el posicionamiento que se quiere lograr de la marca y con su personalidad.

476. Pesos pesados

La imagen de marca no solo es un valor estratégico, sino determinante. Es un peso específico en el valor de la constitución de la marca.

477. Desmarcarse, harto complicado

El valor de una marca está en lo más íntimo de una persona, por lo que es muy difícil y costoso cambiarlo o moverlo.

478. Al pan, pan y al vino, vino

La imagen son las emociones; la realidad son las ventas.

479. Tarjeta con puntos

La mejor imagen de marca es que el consumidor vea de lejos el producto y no lo confunda con el de la competencia.

480. Decoración interior

Las instalaciones son un elemento muy importante para transmitir la identidad de la marca.

481. Todo uniforme

Una Empresa debe posicionarse en un eje concreto de comunicación y no dispersarse ni permitirse licencias, para no despistar a la gente.

482. FORMULA 1

Patrocinar eventos de alta competición refleja una imagen de audacia e innovación para la Empresa que los patrocina.

483. GENERADOR EN MARCHA

Es importante para una Compañía tener productos que generen noticia para que los medios de comunicación hablen de ellos. Es la mejor publicidad gratuita para una Empresa.

484. PASAMOS A PUBLICIDAD, NO SE RETIREN

La publicidad tiene que ser: 1) DIRECTA: que refleje el posicionamiento y el liderazgo, si lo tiene. 2) CLARA: en cuanto a precios de venta al público. 3) CREATIVA; si no lo consigue, hay que renovar inmediatamente los equipos creativos.

485. A PIÑÓN FIJO

El objetivo de la publicidad es transmitir el mensaje que la Empresa quiere transmitir. Luego, si además de esto, el mensaje es creativo, mejor.

486. ANÁLISIS «ACTITUDINAL»

El *marketing* está basado en el conocimiento, en profundidad, del consumidor en diferentes entornos.

487. LA HORA DE LA VERDAD

La batalla final del *marketing* se gana en el punto de venta.

488. PUNTO DE INFLEXIÓN

Los directores de *marketing,* aparte de innovar, deben tener respeto por la tradición.

489. DON MARKETING

Es curioso cómo en las Compañías cualquier gasto se mira con lupa pero si el director de *marketing* se confunde en un anuncio, gastándose unos cuantos millones de más, nadie lo suele criticar.

490. ECHARSE AL MONTE

La ventaja de las Compañías pequeñas frente a las grandes es que aquellas pueden hacer «*marketing* de guerrillas».

NEGOCIACIONES

Regates inteligentes

La convicción, la inseguridad, negociar con corruptos, la diplomacia, los razonamientos, la seducción, la cerrazón, la mala educación, hablar de más, la resistencia, los contactos, las amenazas, la discreción, la sátira...

491. ARGUMENTOS A LA VISTA
En una negociación es preferible no buscar lejos los argumentos ni los modelos. Basta con señalar los de los negocios cercanos.

492. VUELO DIRECTO
Para tener éxito en una negociación hay que ir convencido y ser convincente. Para ello hay que ir derecho al fin que uno se propone, con pocas frases y muchas imágenes.

493. ENEMIGOS ALIADOS
En una negociación, los nervios del contrario y su fatiga son nuestro mejor aliado.

494. NO ASUSTES A LA TIMIDEZ
En una negociación, si tu contrario es tímido intenta estar muy afable para templar su espíritu sin asustar su timidez.

495. NO TODOS LOS CAMINOS CONDUCEN A ROMA
Para convencer a una persona, los caminos más sencillos son los que mejor se entienden, por lo que suelen ser los mejores.

*Argumentos cortos y
contundentes
proporcionan larga vida al
negocio.*

496. LAS ESTRATEGIAS DE SEDUCCIÓN

Llevar a buen fin una operación complicada es algo muy parecido a seducir a una persona. En ambos casos tienes que estudiar una estrategia, ser pulcro, equilibradamente atrevido y no adelantarte ni engañarte pensando en el éxito final.

497. LA OPORTUNIDAD DEL MOMENTO

Lo principal de una buena negociación es conocer cuándo es el momento para negociar.

498. ESCOPETA DE FERIA

Repetir lo mismo denota inseguridad y falta de credibilidad en lo que se dice la primera vez. Hace parecer débil.

499. TRABAJAR EN LA EMBAJADA

En una negociación es mejor ser diplomático que bocazas. La diplomacia no resta autenticidad a lo que se dice y ayuda a decirlo en la forma adecuada y en el momento oportuno.

500. ACTOS DE DEBILIDAD

Cuando comiences una negociación, valora si tus buenas intenciones pueden ser actos de debilidad y con ellas le estás proporcionando criterios a tu opuesto para valorarte y ...vencerte.

501. RIESGOS A TERCEROS

El peor resultado de hablar de más es la falta de discreción de los otros.

502. LLEVARSE EL GATO AL AGUA

El éxito en una negociación es hacer creer al otro que estaba engañándose con lo que decía. Para ello solo valen las buenas razones.

503. Lo bueno si breve

En una negociación los razonamientos que gustan son los cortos.

> *El buen humor hace sonreír, el gracioso se hace sufrir.*

504. El chivato invisible

Cuando estés en una negociación, ten presente que si te acaloras o te turbas, si repites lo mismo, cómo te levantas o te sientas, si el tono de tu voz es áspero o blando, cómo mueves las manos sobre tu cabello y el rostro, es decir, todas tus acciones delatan lo que tienes escondido en tu mente y en tu corazón. Esto puede servirle al contrario para prever tus peticiones y elaborar las respuestas antes de conocerlas de tu boca.

505. Corazón deslenguado

Cuando negocies controla tus impulsos y pasiones, porque de la abundancia del corazón habla la lengua.

506. Simplemente bueno

En una negociación ten en cuenta que el hombre simple casi siempre es bueno.

507. Prever emboscadas

En una negociación difícil, si el contrario es inteligente nunca se moverá en línea recta, ya que ésta es predecible. Preferirá atacar «torcido» o por un «lateral» para aprovechar el factor sorpresa. Si el empresario, por su formación académica o carácter, es muy lineal, tenderá a combatirle con estrategias cerradas. Entonces, el contrario siempre irá un paso por delante de él.

508. Ten en cuenta lo que cuentas

En una negociación frenar la lengua y rumiar las palabras antes de soltarlas mejora la fama ante tu opuesto y probablemente tu hacienda.

Si hablas de más tu silueta aparecerá en la ventana indiscreta de los demás.

509. A TENER EN CUENTA

En una negociación si el contrario es honesto, juzga sus tonterías como razonamientos discretos.

510. CUIDAR LAS FORMAS

En una negociación antes de exponer un punto de vista, elige la forma adecuada de expresarlo. Debe reunir unos mínimos de requisitos estéticos. Ante todo no dejarse llevar por el torrente de ideas, ni dar voz a ningún pensamiento desproporcionado y huir de lo extravagante. Si aciertas, el momento no importa demasiado.

511. MISIÓN POSIBLE

La misión del empresario es la defensa de sus astucias para enriquecerse sin robar.

512. EXPOSICIÓN CRISTALINA

En el mundo de los negocios respetar los tiempos con las personas es imprescindible. Si habláramos claro, sin rodeos y exponiendo sanamente nuestras intenciones, reduciríamos el tiempo de respuesta en más de la mitad.

513. UN PERFUME SUAVE

En las negociaciones se puede ser cercano pero nunca vulgar.

514. A VISTA DE PÁJARO

La persona que al negociar no repara en los inconvenientes, es que no piensa pagar.

515. EN POSICIÓN DE «ASANA»

El éxito de una negociación complicada es lograr provocar una templanza que proporcione suavidad a la reunión. Para ello, hay que evitar el tono de voz alto en el torbellino de la pasión, aunque no se debe ser demasiado manso. Simplemente dejarse guiar por la propia discreción y

> *La elocuencia del silencio no tiene precio.*

acomodar la acción a la palabra y viceversa, con un cuidado especial para no rebasar la moderación. Cualquier exageración se aparta del propósito principal que es convencer mostrando credibilidad y seguridad en la propuesta.

516. EFECTOS SECUNDARIOS DE LA RISA

En una negociación, los ejecutivos que acompañan al empresario no deben hacerse

> *Nunca cortes el suministro energético de un buen contacto.*

los graciosos ni hablar de más. Esto molesta a las personas que no quieren perder el tiempo, que suelen ser, precisamente, las que censuran y / o desestiman.

517. CANAS TEÑIDAS

La adulación siempre supone el preámbulo de un interés.

518. HILAR FINO PARA «LIAR GRUESO»

Para hilar fino en una negociación hay que conocer el arte de impacientar al adversario comercial. Hay que tenerle ocupado en interpretar tu pensamiento y hacerle perder constantemente de vista el suyo propio. Para ello, primero hay que envolver las propias ideas y no endosarse las responsabilidades de las mismas; luego ser dueño de las palabras y que permanezcan hasta el final, en la duda, las verdaderas intenciones.

519. DELANTE DEL PEOR

Cuando negocies con corruptos, ten presente que las personas perversas parecen mejores cuando otras son más perversas. No pienses que no ser el peor pone a la persona en cierto rango de alabanza.

520. INGENUAMENTE LISTOS

La sociedad actual quiere perder la ingenuidad lo más rápido posible. Sin embargo, la ingenuidad aporta al ser humano actos inteligentes, con una lógica aplastante para resolver los problemas cotidianos. El ingenuo está asociado a poco inteligente o tonto, cuando mantener un cierto grado de ingenuidad no significa dejarse engañar. La ingenuidad es un arma muy utilizada por el gran negociador, ya que despista a los que se creen muy listos.

521. EL LENGUAJE DE LOS «SINSENTIDOS»

Cuando he negociado con políticos impulsivos y algo corruptos, he sentido que éstas personas todo lo orientan hacia el efecto escénico. Durante la conversación, he tenido que ir montando en mi imaginación el espectáculo que pálidamente me sugerían. Parece que plantean la cuestión de la realidad o irrealidad de la vida como un teatro según sus necesidades y los consiguientes problemas morales los ponen en un segundo marco teatral, como si actuaran en una doble plataforma escénica. Para ellos, todo parece ser un juego de palabras sin grandes pretensiones de que sea real.

522. GUERRAS COMPRENSIVAS

El empresario sincero comprende siempre la postura de su contrario aunque luche contra ella.

523. EL ENEMIGO INVISIBLE

La hipocresía, para que resulte útil, debe estar oculta.

524. SEDUCCIÓN FELINA

El arte de seducir al contrario precisa de la experiencia y del talento necesario para que se convierta en un oficio. Lo esencial es ser sutil y cauteloso. Por ello, el entusiasmo no resulta aconsejable. Tiene que primar la razón sobre lo demás, para evitar equivocaciones.

525. Que no falte mientras dure

Los regalos y las invitaciones ostentosas son ofrecidos por quienes piensan que los excesos son buenos para quienes se quiere abandonar pronto.

Envolver bien es convencer mejor.

526. El gran capitán

El verdadero seductor es aquel que sabe cómo no abusar de la alegría que inspira y, aunque tal vez alaba demasiado, lo hace con tanta delicadeza que sería capaz de acostumbrar al elogio a la mismísima modestia.

527. El salto al vacío

En una negociación, hay que tener presente que una ocasión perdida puede volver a darse pero un paso precipitado no suele tener remedio.

528. La cerrazón

Muchas veces en una negociación acalorada, la parte de la sinrazón no quiere ceder en nada. Para combatirla, hay que conocer que quien practica estas maneras, busca buenas razones y, aunque no las halle, las expone y las sostiene, no porque sean buenas, sino por no desmentirse.

529. La mala educación

Cuando te enfrentes en una negociación a un contrario sin educación, piensa que estas personas utilizan siempre cierto grado de astucia de baja estofa pero no son capaces de hilar estratagemas sutiles, pues éstas son producto de una educación más refinada. Para ganarle la partida, rápidamente hay que ponerse en su lugar y encarar la negociación como lo haría un hombre de su misma capacidad.

530. ESCUCHAR DEL SILENCIO

A personas sórdidas oídos sordos.

Cuando un empresario se acerca con cautela a una Empresa de la competencia que no se vende y que le gustaría comprar, inevitablemente en sus primeros contactos tiene que ocultar su atención a los ojos que le rodean y disimular. En principio, el mejor estado es el silencio y la inacción, aprovechándose de ambos para preguntar, observar y reflexionar. Tal vez de esta forma, pasando por distraído, pueda escuchar, tanto los comentarios que le dirigen, como los que le quieren ocultar.

531. ¡A MÍ, QUE ME REGISTREN!

Disimular no es otra cosa que articular, premeditadamente, los diferentes movimientos del semblante. Por ejemplo, si se tiene algún pesar, uno se da un aire de alegría y serenidad.

Negocia con instinto de noche y audacia de día.

Para utilizar bien estas armas no hay que dejar que nadie penetre en nuestras ideas, estar seguro de los ademanes, poner cuidado en las palabras y adaptar todo ello a las circunstancias. Sólo disimula bien aquel que conoce su propio pensamiento y manifiesta exclusivamente el que le es útil.

532. EMBOSCADA FATAL

El joven empresario debe aprender, lo más rápidamente posible, a que nadie sorprenda sus pensamientos en contra de su voluntad.

533. LLEGAR A TRAVÉS DEL ESPEJO DEL ALMA

La experiencia debe proporcionar al empresario la posibilidad de poder penetrar, con un simple golpe de vista, en los escudos y las máscaras con que las personas visten sus semblantes y fisionomía, obtener «radiografías» bastante certeras sobre su carácter y puntos de personalidad para evitar que le engañen, aunque no debe fiarse del todo.

534. Segundas partes, a veces, son buenas

Cuando se fracasa en una negociación en la que el contrario no tiene la razón, hay que pensar que una segunda conversación no será más peligrosa que la primera. En ella hay que hacer comprender al otro que siempre le agradará más ser convencido que ser combatido.

> *Una negociación no tiene adversarios de distinto escalafón.*

535. La indefensión del charlatán

Ten presente en una negociación que hablar de más es regalar a tu contrario más armas contra ti para someterte a su voluntad.

536. Método hexagonal

En las negociaciones hay una pureza de método de cuyos principios no conviene desviarse demasiado, ya que estas guerras se parecen mucho la una a la otra: 1) hay que elegir el terreno donde se va a negociar y lo que se va a exponer pensando que el contrario siempre está tratando de ganar tiempo; 2) inspirar seguridad para atraparle más fácilmente en alguna debilidad; 3) introducir el miedo antes de llegar a la discusión; 4) no dejar nada a la casualidad; 5) sacar una gran ventaja en caso de victoria y no exponer los recursos propios en caso de derrota; y, 6) asegurarse una retirada digna para poder conservar todo lo que se tenía antes.

> *La educación es cara. La mala educación es carísima.*

537. Débil hasta un punto

En toda negociación difícil, hay un momento en que el contrario se debilita, aunque sea mínimamente. En semejante situación, a medida que su defensa cede, las peticiones y las repulsas las hará con voz más débil y con interrupciones. Estos síntomas anuncian de un modo certero el consentimiento de algunos puntos. Es arriesgado intentar entonces la aprobación de los grandes acuerdos. Este estado de abandono hace experimentar al contrario un cierto placer y no se le debe forzar a salir de él, pues le causaríamos un mal humor que sería infaliblemente provechoso para reactivar su defensa.

538. Aguantar el tirón

El buen negociador tiene presente que, antes del primer triunfo, siempre encuentra una resistencia más o menos bien fingida.

539. ¿A sus pies?

Cuando un empresario se dirija a un empresario más rico que él, no debe abusar de los cumplidos. Hacerlo le convierte en un «humilde servidor».

540. Cortar por lo sano

El empresario debe tener como norma que lo más prudente y cortés, cuando no se entiende con una persona, es alejarse sin exponer su conducta ni preguntarle quién tiene o no tiene razón.

541. Lenguaje universal

El empresario, cuando negocie con clientes, proveedores o empleados, tiene que tener en cuenta que no hay mejor lenguaje para negociar que la franqueza, la simplicidad y evitar los requiebros.

542. Los bufones de la corte

Hay personas que creen que, para hacerse amigo de un empresario rico, deben decirle, más bien, lo que a él le agrada que lo que realmente piensan.

543. Contactos con tacto

En el mundo empresarial hay contactos que los puedes utilizar y dejar cuando quieras. Sin embargo, hay otros que es difícil guardarlos y peligroso dejarlos. Para éstos se necesita usar mucha destreza o mucha docilidad cuando falta la primera. Si conseguimos tenerlos como amigos y situarnos en sus primeras filas, sin lugar a dudas habremos adquirido una consistencia considerable en el entorno empresarial.

544. FAROLES FRUSTRADOS

El consumo excesivo de halagos puede producir servilismo.

En las negociaciones difíciles, a veces se llega a la total falta de entendimiento entre las partes y uno comienza a amenazar. El que amenaza suele decir más o menos: *procuraré explicarme con toda claridad lo que no es fácil cuando ustedes han tomado el partido de no entender... Tenemos cada uno de nosotros en la mano iguales armas para tratarnos con respeto o sin miramientos... Nuestras Compañías pueden ser amigas o enemigas... Ha llegado el momento de olvidarse de si los argumentos son buenos o malos y de hablar con franqueza. Nuestro mayor deseo es la unión pero si es preciso romperla, tenemos medios para ello... El menor obstáculo a nuestras intenciones será para nosotros como una declaración de guerra. Su respuesta no exige largas frases. Una palabra basta: sí o no.*

Pero, en los negocios, las amenazas ni dañan ni castigan. La mayoría de las veces no tienen ni el don de agradar ni el de infundir miedo, por lo que el contrario no suele estar dispuesto a ceder en lo que se le pide con ellas.

545. UN DON MUY PRECIADO

Una copa de buen vino es mejor que una buena copa de vino.

El arte de seducir debe formar parte de la personalidad de un empresario como un don para envolver organizadamente al cliente, al proveedor y al banco.

546. LA FRONTERA DE LA DIGNIDAD

Cuando negocies con un desconocido piensa que el ser más indecente es el humano. Es el único que comete delitos y faltas, a pesar de conocer perfectamente los límites de la decencia. Si tienes en cuenta esta premisa, no te llevarás sorpresas.

547. EL NUDISMO DE LA VERDAD

Cuando el joven empresario negocie con viejos empresarios y se sienta fuera de lugar, sin menospreciar a nadie, puede pensar que todos, desnudos, somos iguales.

548. Área reservada

En una negociación la mejor oratoria es la discreción.

549. Relajación total

En una negociación, hay que tener presente de antemano que resulta muy difícil «calar» al contrario y permanecer intacto.

550. Lo cortés no quita lo valiente

Para convencer a un inversor, el empresario debe utilizar argumentos concretos con palabras elegantes y bien dichas, aunque sus proyectos parezcan disparatados y temerarios.

551. Una copa de buen vino

En las negociaciones, los convites del empresario deben ser escasos pero siempre elegantes y pulcros.

552. Se ruega no murmurar

En las negociaciones es preferible no murmurar ni consentir que se murmure delante de uno.

553. Dime con quién andas y te diré quién eres

El mundo de los negocios es muy clasista. Es preciso mirar con quién se trata. Se pierden posiciones cuando se mantienen relaciones con gente de poca valía o menospreciada y se ganan cuando sucede lo contrario.

554. Diálogo de besugos

Cuando se discute en una negociación donde no cabe la demostración, lo mejor es retirarse porque probablemente no exista ni la esperanza de aclarar la controversia. Normalmente, en esta situación, la vanidad del hombre, su ignorancia y sus preocupaciones, hacen que todo argumento permanezca impreciso y lo más probable es que el contrario no entienda la situación o no quiera confesarse vencido.

555. El Sabelotodo

A veces en una negociación te encuentras ante uno que se cree sabio pues se dirige a ti, como el que habla a un necio. Tal vez te crea ignorante. Ante un tipo así, aunque tu placer sería combatirle con tu discurso, lo mejor es aparentar que eres un necio y oír su arenga; y, de cuando en cuando, proferir algún desatino que contribuirá al sustento de su vanidad y, por supuesto, a tu diversión.

556. Mirada satírica

En el mundo de los negocios, la sátira bien utilizada debe estar considerada como una lección ejemplar y no estar reñida con el respeto a las personas, siempre que no suponga críticas a nombres propios. El que utiliza la sátira debe hablar con moderación, con el ánimo de divertir y no de molestar o, simplemente, de presentar lo ridículo antes que lo cuestionable.

Tu "saldo social" dependerá de la cotización personal de tus amigos.

557. Un caos organizado

A veces, en las negociaciones duras, para quitar tensión es bueno comenzar con un pequeño revuelo. Una vez cumplimentados los saludos se puede exponer una breve síntesis de la acción, luego pasar a una observación crítica y, a continuación, contar una anécdota histórica. A partir de aquí, se entra en materia de una forma organizada.

558. Proposiciones indecentes

En el mundo empresarial muchas veces hay que negociar con corruptos. Para ganárnoslos, lo idóneo es satisfacer lo antes posible sus pecados que suelen ser, entre otros, la pereza, la ociosidad, la gula y el regalo.

559. Lobos con piel de cordero

El empresario honesto, debe desconfiar del empresario que, sin conocerle, le abre de inmediato «la puerta de su casa». La mayoría de las personas, cuando se acerca alguien desconocido, se pone en guardia porque ha establecido los límites de su «espacio vital». Este es un proceso que nadie abandona jamás y, al menos de entrada, siempre suele haber una relación más o menos «tensa». Sin embargo, los corruptos, a diferencia de la mayoría, no temen ser abordados por un desconocido. Han establecido unos límites muy amplios de su persona y siempre se relacionan en términos de superioridad, de poder. Inmersos en este poder, el temor al desconocido se convierte en lo contrario. Este estrecho contacto inmediato es su forma de advertir que, aunque piensa engañar si puede, no tiene miedo de hacerlo.

560. Carnaval de apariencias

En una negociación no menosprecies a tu adversario por su pobre atuendo o su simple vocabulario. Piensa que el mundo está lleno de hombres escarmentados.

561. El «no» no basta

Cuando a un empresario le dicen que no, siempre tiene que preguntar por qué.

562. Propagar convicción por conducción

Para convencer hay que moderar el tono de voz y reforzar los argumentos.

563. La información es la mejor coartada

Los mejores argumentos en defensa de tus intereses son la buena información.

FUSIONES Y ADQUISICIONES, NUEVOS PROYECTOS

El futuro siempre presente

Las decisiones de riesgo, las «OPAS», la oportunidad, la fe, el intermediario, el anzuelo, los tiburones, los desafíos, el abordaje, la diversificación, las inversiones, la transición, el crecimiento, los nuevos mercados...

564. IMPORTANTE IMPORTE
El precio del éxito suele estar marcado por el nivel de atrevimiento.

565. DECISIONES A TODO RIESGO
Lo más difícil para un empresario no es asumir nuevos riesgos, ya que esto es algo a lo que está habituado por su espíritu emprendedor, sino tomar decisiones sobre los riesgos que asume.

566. INVITACIONES ARRIESGADAS
Las constantes noticias de éxitos empresariales, que se publican en los periódicos y revistas financieras, muestran el caldo de cultivo del mundo de las finanzas e invitan al pequeño empresario a buscar nuevos proyectos y caer en la vicisitud del riesgo.

567. DOÑA CONSTANCIA
Los negocios son una carrera de fondo y no de velocidad. Hace falta entrenarse, coger el ritmo, comenzar a estar en forma y los resultados vienen a largo plazo. Sólo hay un método: rigurosa constancia. Mínimo para obtener resultados aceptables: dos años.

> *Destina siempre un presupuesto a un crecimiento supuesto.*

568. AMBIENTE HOSTIL

En las Compañías que se compran por medio de «OPAS» hostiles, hay que prever que los ánimos de sus antiguos dueños nunca estarán quietos. El nuevo propietario ha de tener siempre temor a que los antiguos alteren las novedades e intenten de nuevo probar fortuna. Por ello, es importante que los nuevos tengan entendimiento para gobernarse a sí mismos y valor para defenderse de cualquier acontecimiento.

569. SELECCIÓN SELECTIVA

Cuando el empresario compra una Empresa, en cierto modo se casa con ella. Debe tener presente que, en el matrimonio, si no se escoge a la pareja, además de con un amor apasionado, con entendimiento, se corre gran peligro de errar.

570. ¡ÉSTA ES LA MÍA!

La oportunidad de negocio aparece cuando menos lo esperas. Utiliza tu mente y tus recursos no para buscarla, sino para no dejarla escapar cuando se presente.

571. CONTRA VIENTO Y MAREA

Para el empresario, el proceso de creación de una nueva Empresa está marcado por una obsesión. Su desafío es abarcar esa masa enorme de temas que la configuran, ser capaz de abordarlos superando las barreras que se va encontrado. Todo ello se convierte en una actitud obsesiva.

572. SELLO DE AUTENTICIDAD

La mejor forma de conseguir la confianza de tus futuros inversores para un nuevo proyecto es demostrarles que siempre vas a ser el mismo, tanto para la alta sociedad como para la gente humilde.

573. CON CONVENCIMIENTO DE CAUSA

Cuando decidas comprar una Empresa, no comiences las negociaciones de forma tibia y perezosa, sino con el ahínco y la diligencia que el deseo te pide y con la confianza que tu negocio te asegura.

574. TODO TIENE UN PRECIO

El éxito de comprar una Compañía que no se vende es conocer qué estiman los propietarios más que su negocio.

575. LA «POSVENTA»

Cuando el empresario compra una Compañía que ha sido competencia, pasa de vencer a convencer.

576. FALSAS CREENCIAS

Tener fe en un proyecto y no ejecutarlo es creer en obras muertas.

577. EMPEZAR POR EL PRINCIPIO Y PENSAR POR EL FINAL

El empresario debe tener presente que, con facilidad se piensa y se acomete un nuevo negocio pero, la mayoría de las veces, se sale del mismo con dificultad.

578. NO DELIMITES LO DESCONOCIDO

Cuando se concibe un nuevo negocio, en la primera etapa del proyecto no hay que elaborar ningún plan y se debe aceptar todo lo que venga a la mente. Es mejor no meterse demasiado en definir, clasificar u ordenar nada. Se comenzaría mal si se pretende limitar lo que vemos extenso y esparcido. Al nuevo proyecto hay que mirarlo en toda su extensión y no como una vaga sombra de sí mismo. Una vez realizado este primer paso, ya podremos acotar y cortar.

579. CERCADO A MEDIA ALTURA

El empresario tiene que ser una persona celosa de su propio camino. Entender, desde un primer momento, que para acometer nuevos proyectos precisa un proceso continuo de integración de lo nuevo a lo ya conocido

No mengües esfuerzos ante mercados crecientes.

y tolerar sus diferencias como parte intrínseca de su proceso de aprendizaje. Su vida consiste en seguir aprendiendo y esto implica no dejar nada fuera de la conciencia y de la vista, por muy desagradable que sea. Cada personaje o negocio que se cruce por su camino forma parte de una realidad que él debe transformar y adaptar, parcialmente, en su afán de aprender más. Lo mejor es que busque personas que le enseñen cosas nuevas y se rebele contra lo establecido. En definitiva, deberá buscar el difícil equilibrio de estar abierto a nuevas influencias dejándose empapar por ellas, al tiempo que tiene que cerrarse a ellas para delimitar lo propio y lo ya conseguido.

580. No terciar en los tercios

Cuando inviertas en un negocio a futuro, piensa que un tercio lo pierdes, un tercio ni ganas ni pierdes y con el último tercio es con el que, a lo mejor, ganas.

581. Ganarle al triunfo

El empresario muchas veces ha de dar palos de ciego para acertar, por eso cuando monta una nueva Empresa ha de estar preparado para no triunfar.

Invierte sin prisa para triunfar deprisa.

582. Afianza la fianza

Un proyecto que no soporte un plan cuantitativo hay que cuestionárselo.

583. Fracaso merecido

No hay fracaso mayor que no haberlo siquiera intentado.

584. Sacar brillo

Para pulirse en un negocio hay que pasar por él.

585. Valor repercutible

El empresario que afronta las adquisiciones con humildad, revierte esta virtud en sus nuevos empleados.

586. Hechos consumados

En las fusiones, todo se calcula, todo se ajusta, todo se atiende. Todo, menos los gustos de aquellos empleados a los que se piensa despedir.

587. La función de los intermediarios

El empresario, nunca debe vender él mismo la Empresa que ha creado. Es mejor que utilice intermediarios o asesores. La valoración que da un empresario a su Empresa tiende a no ser matemática sino emocional y suele estar en función de sus necesidades o deseos, en vez del valor real. Unas veces se va por las nubes porque valora el tiempo que le dedicó y otras se queda corto porque no recuerda el dinero que se gastó. Luego, en el último momento, le costará desprenderse de lo que él creó y tenderá a firmar un acuerdo intermedio, para vender las gallinas sin el gallinero.

588. Las «weberías» están de moda

Para muchos empresarios de las PYME, tener una «web» es, simplemente, un nuevo proyecto para estar a la altura de las circunstancias. Que el internauta tenga a su disposición todos los servicios y contenidos de su Empresa, no le asegura mejorar en su negocio pero, hay que estar.

589. Visión de futuro

Cuando un empresario vaya a vender su Empresa, nunca tiene que pensar que va a hacer el gran negocio de su vida. Tenderá a valorarla a un alto precio y, al final, correrá el riesgo de no venderla. Sin embargo, si piensa que puede ser un buen negocio de una parte de su vida, atenderá las ofertas con buena visión de futuro, pensando que lo que saque podrá reinvertirlo y sacar otros beneficios.

590. La menor bronca posible

Las épocas de fusiones engañan al que quiere explotarlas. Al final, los empleados sólo tienen sed de paz y ambición de permanecer tranquilos en sus puestos de trabajo.

591. Fusionar Empresas y decantar valores

Cuando se fusionan dos Empresas, hay que utilizar lo mejor de ambas para crear una única dirección.

592. Las grandes desproporciones

Cuando una pequeña Empresa se asocia con una Compañía más grande, tiene que tener en cuenta que los casamientos desproporcionados no suelen gozar de grata durabilidad.

593. El pensamiento de un buen Presidente

Para un empresario es mejor vender negocios que cerrar negocios para que, con esa venta, se consiga mantener la mayoría de los puestos de trabajo.

594. Conflictos inevitables

Las fusiones tienen, inmediatamente, amigos y enemigos dentro de las Compañías. Los buenos profesionales se precipitan con entusiasmo y alegría y los que se han acostumbrado a aprovecharse de los favores de los grandes, vuelven la espalda a esas fusiones, cierran los ojos estupefactos y no los abren si no es para amenazar. El éxito de dirigir esta situación conflictiva y de adversidad para algunos, está en pasarla con tranquilidad y mansedumbre.

Vender un negocio a tiempo puede evitar el cierre de una Empresa.

595. Artes de pesca

El valor de la red es el mejor anzuelo para pactar o asociarse con los grandes.

596. La cara oculta de la villanía

Con respecto a los tiburones, el problema es que la cara descubierta de la villanía nunca se ve hasta que se han cerrado la mayoría de los tratos.

597. Sin opción a la inflexión

Cuando una Empresa decida invertir en maquinaria, ha de tener en cuenta que las máquinas son rápidas pero rígidas; y lo manual, aunque más lento, es flexible.

598. Saber tabular

Para conocer el valor real de una Empresa, hay que segmentar el mercado y medir cuál es su posicionamiento en cada una de las partes.

599. Renovar aptitudes

Lo bueno de ser innovador es que, si se tiene éxito, se puede definir el mercado y presagiar el futuro.

600. Afincado en el éxito

Cuando se sigue a lo largo de los años la carrera de un empresario con éxitos continuos, se llega a tener la sensación de que estas personas no tienen meta final ni desenlace. Parecen tener siempre, entre manos, un negocio más importante que el anterior.

601. Autorretratos

El empresario dinámico es aquel que disfruta cuando se desafía a sí mismo.

602. El cuarto creciente

Los mercados crecientes, frente a la uniformidad de los maduros, ofrecen al empresario una diversidad de oportunidades que pueden desorientarle en un principio y hacerle dudar de si debe abordarlos o quedarse donde está. Sin embargo, tiene que pensar que su existencia en estos mercados no sólo está justificada por la necesaria libertad empresarial del mundo en el que vive, sino por el imperativo que tiene el empresario de multiplicar al máximo todas las posibilidades de crear riqueza.

603. Misión con visión

Cuando el joven empresario monte su primera Empresa, además de su visión debe preguntarse cuál es su misión. Es decir, qué quiere hacer con su Empresa.

604. Fusión sin confusión

Cuando una PYME se fusiona con una Compañía de mayor tamaño, lo primero que pierde es la libertad. La misión de la gran Compañía será influir en la dirección de la PYME, por lo que el empresario de ésta deberá preguntarse, antes de la fusión, cuál puede ser la libertad de acción de una pequeña Empresa cuya dirección está influida por otra mucho más grande.

605. La resistencia insoportable

Un pequeño empresario que quiere evitar ser absorbido por una Compañía de más tamaño y prevé que perderá el combate, debe preparar una larga carrera de resistencia. En definitiva, la larga defensa es el único mérito que queda a los que no resisten siempre. En compensación, ésta resistencia suele subir el precio de sus acciones.

606. Quien mucho abarca...

Muchas veces la diversificación pone en peligro el futuro de las grandes Compañías. Sus propietarios deberían hacer un acto de humildad con sus empleados y reducirla a algo manejable que garantice mejor su continuidad.

Nunca te sientas vencido si de algo estás convencido.

607. Cuando el tamaño sí importa

Para abordar mercados nuevos o crear barreras para no ser abordado, el tamaño de una Compañía es un factor estratégico clave.

608. Los «Pros» y los «Contras»
DEL DISCO DURO

Cuando un empresario decide invertir en Internet, debe considerar las siguientes ventajas:

1) El cliente podrá tener acceso directo a todos sus productos, con toda la información y de forma inmediata.

2) Internet es interactivo, además permite imágenes, sonido, multimedia...

3) No hay limitaciones de espacio, lo contrario de los catálogos publicitarios tradicionales.

4) Es rápido, da más información en tiempo real y permite actualizar contenidos en cada momento.

5) Puede reducir los costes de distribución y, en muchas ocasiones, de producción y exposición de productos.

Por el contrario las desventajas pueden ser:

1) Prima la inmediatez a la calidad.

2) Es un lenguaje que no todos los consumidores hablan.

3) Y la principal desventaja es que nunca se podrá trasladar el mundo «OFFLINE» a la red, porque nadie podrá tocar el producto.

609. En buena compañía
Las nuevas ideas e innovaciones deberían ir acompañadas de un componente poético o cierto romanticismo.

610. El pasado del presente
En el mundo empresarial, innovar siempre suele suponer romper con el presente.

> *Acotar lo invisible es error más que posible.*

611. Una teoría muy práctica

Las inversiones en los nuevos proyectos deberían medirse con arreglo a los tres siguientes baremos: 1) invertir no significa crecer inmediatamente ni recuperar el dinero en poco tiempo. Hay que proyectar la inversión a un plazo concreto, preferiblemente largo, aunque después se recupere pronto y, mantenerse firme, hasta que se obtengan los resultados; 2) invertir debe significar crear puestos de trabajo nuevos o garantizar los existentes. Si no, algo falla; y, 3) no existe un modelo claro de inversión. Normalmente se trabaja sobre hipótesis y se hacen muchas cuentas pero éstas, a menudo, no resultan en la práctica. Por ello, es preferible no ser flexible con la inversión y, si se ha decidido una cantidad fija, no se debe apostar ni un céntimo más.

612. Verdadero o falso

Al empresario, si no quiere errar en sus nuevos proyectos, no le queda más remedio que indagar el carácter verdadero de las cosas y no valorarlas por las apariencias, que son casi siempre engañosas.

613. La página en blanco

Cuando el empresario crea que ya no tiene nuevas ideas para abordar nuevos proyectos, debe pensar que el mercado está y los productos se copian.

614. Hasta el rabo es toro

El empresario, aunque al principio su nuevo proyecto salga mal, no debe alarmarse y pensar que todavía puede alcanzar su objetivo.

615. Tácticas de carrera

Al montar una nueva Empresa siempre hay un proyecto; luego, lo importante es que, lo que se vaya haciendo, tenga coherencia con el proyecto.

616. A merced de...

Al empresario que ha vendido la mayoría de su Empresa a una Compañía más grande, no le queda otro recurso que estar a disposición de ésta y esperar que el otro sea generoso. Para ello, no tiene más remedio que alabarle cuando lo es y no censurarle por lo contrario.

617. ZAPATERO A TUS ZAPATOS

A veces un empresario, por avatares de la vida, se queda con una Empresa de otro sector. Su espíritu empresarial le lleva a organizarla y levantarla. Pero, antes de hacer todo este esfuerzo, que a veces hace sin darse cuenta y por pura intuición, ha de analizar si se identifica con el producto que comercia la nueva Empresa y no sólo con el mundo empresarial. Preguntarse si montaría una Empresa como ésta en el supuesto de que tal Compañía no hubiera caído en sus manos. Si su respuesta es negativa, a la larga puede sentirse incómodo en su pellejo. Hay que tener en cuenta que para construirse una casa no son suficientes los materiales y los obreros; es preciso examinar el terreno para los cimientos, la calidad de los vecinos y otras mil circunstancias como, por ejemplo, la de preferir o no una fachada de diseño a la comodidad de la vivienda.

618. SOLTAR CARRETE

Cuando se piensa en invertir en un nuevo negocio no hay que apresurarse. Cuando la primavera se adelanta, todo se hiela y se pierde.

619. EL SENTIDO COMÚN

El empresario ha de acometer negocios que, al menos, presagien la esperanza de salir bien de ellos y rechazar aquellos temerarios que puedan minar su fortaleza.

620. CUANDO YA ESTÁ TODO INVENTADO

La mayoría de las Empresas provienen de otras Empresas, por ello, lo normal es crear nuevas del mismo tipo.

621. EL REPOSO DE LA COCTELERA

Cuando el empresario piensa en invertir en un nuevo proyecto, todas sus ideas se mueven y se agitan sin fijarse, por lo que, ante tan revuelto ánimo, lo mejor es meditar.

622. Celos de humildad

Cuando un empresario vaya a vender su Empresa, para erradicar celos en los compradores, no hay fórmula mejor que hacerse el humilde.

623. Encuentros en la tercera fase

Cuando una Empresa se fusiona, debe considerar que éste es el periodo de encuentros con otra Compañía. También, es el periodo de la asimilación mutua y creciente de sus entornos que se van, poco a poco, desarrollando (aunque una termine por dominar) y que son: su cultura, su comercio, sus intercambios de influencias, su misión, sus movimientos sociales, su tecnología y sus ideas. Todo ello debe dar lugar a grandes vías de comunicación entre ambas Compañías.

624. Las «transfusiones»

Una fusión no es más que unos hechos consumados donde los empleados piden garantías para su continuidad en el puesto de trabajo. Estas garantías son una necesidad para la transición y es preciso concederlas. El empresario las otorga a veces pensando que lo que se da se puede volver a tomar. Pero la verdad es que estas concesiones no salen del empresario. Quien las concede es la fuerza del momento y, normalmente, no se pueden recoger de nuevo.

625. Con otra mirada

El hombre de negocios, cuando dude sobre abordar un nuevo proyecto o abandonarlo, muchas veces no encontrará la mejor opinión en las personas que están directamente involucradas. Es mejor que busque en otras totalmente ajenas. Con la mirada de unos seres distanciados de ese proyecto y capaces, por lo tanto, de verlo y enjuiciarlo con objetividad, provocará el choque de unos valores diferentes a los suyos. Con esta nueva mirada, podrá contemplar su futuro proyecto y sus ideas como si se tratara de un proyecto distinto, poco más o menos que desconocido. La perspectiva dependerá de la mayor o menor distancia o desproporción de las personas elegidas para consultar. Cuando esta distancia es muy grande y el proyecto es enjuiciado por personas muy alejadas de su entorno socio - cultural, suele ocurrir que es grande también el efecto sorpresa y de choque. Cuando la distancia es menor, suele también ser menor el efecto de choque. De lo que podemos concluir cuán crítica y constructiva puede llegar a ser la visión de un nuevo proyecto si se obtiene el punto de vista de una persona ajena al mismo.

626. LA PANACEA

Una Compañía crece cuando consigue compartir, con todo el Grupo, la política de recursos humanos, la imagen de marca, los valores, las competencias tecnológicas, la informática y la fortaleza financiera.

CRISIS Y REESTRUCTURACIONES
Renovarse o morir

Reestructurarse uno mismo, la vacuna de la crisis, el menosprecio, las suspensiones de pago, las deudas, la irresponsabilidad...

627. EMPRESAS DE CARNE Y HUESO
En los tiempos de reestructuraciones o crisis, el empresario sabio y justo vive más la vida de sus empleados e intenta hacer más respirable y humana su Empresa.

628. TODOS A CUBIERTA
Los buenos marineros son aquellos que, en la *calma chicha,* invierten su tiempo en sanear y limpiar el barco. Los ciclos bajos de ventas son los mejores para perfeccionar la Empresa.

629. LA VACUNA CONTRA LA CRISIS
Los periodos de reducción de costes son tomados como la sanguijuela de la Empresa. Sin embargo, la realidad es que suelen ser una auténtica vacuna.

630. LA «CUATRICROMÍA» DE LA REESTRUCTURACIÓN
Hay cuatro factores claves cuando se quiere reestructurar una Empresa: 1) implantar métodos nuevos ya probados en otras Empresas; 2) adaptar lo existente a los nuevos cambios; 3) formar a los reticentes empleados que habitualmente se oponen a los cambios; y, 4) diagnosticar con precisión.

631. Secuelas latentes

Hay empresarios que, emocionalmente, nunca superan la ruina o una suspensión de pagos. Esta situación es para ellos un duro golpe, que si no los remata, los deja verdaderamente muy maltrechos. Con el paso del tiempo y algunos nuevos proyectos en marcha, el espíritu parece sanar pero es solamente apariencia. Se trata sólo del mecanismo de reanudación de las costumbres. Cuando cree que ha sanado y olvidado, pueden aparecer las terribles secuelas con toda su fuerza.

632. Salir del «coma empresarial»

Puedes arrugarte ante una crisis pero estírate cuando comiences a ser consciente de la magnitud de la misma.

633. Cuidar la línea

La reconversión de una Empresa en pérdidas suele pasar por cambiar su línea administrativa por una línea de servicios al cliente.

634. El precio de aprender

El impagado es un fenómeno que suele repetirse, por lo que aprende bien del primero para intentar que sea el último.

635. Activa lo pasivo

Para reestructurar una Empresa lo primero que hay que hacer es rentabilizar los activos existentes.

636. No a cualquier precio

Reestructurar una Empresa y reducir costes no debe significar penalizar la calidad.

637. Evitar los traumas

En una Empresa en crisis hay que reducir costes sin un trauma a largo plazo.

638. INFORME DE DAÑOS

La solución a corto plazo de un negocio que pierde dinero es cerrarlo; y, a largo plazo, es intentar conseguir que pierda menos.

639. NO SABE, NO CONTESTA

En una Empresa en crisis, a veces parte del problema consiste en que los directivos no tienen las respuestas que el empresario busca.

640. LA HONRADEZ NO ENTRA EN CRISIS

Si el empresario tuviese que pasar por inconvenientes y estrecheces, no debe bajar la guardia en cuanto a su honradez y pensar que el espíritu noble siempre se ve favorecido.

641. UNA DEUDA NO ES UN ERROR

En los periodos de crisis, la mejor forma de hacerse respetar por los acreedores es reconociendo las deudas.

642. DR. JEKIL Y MR. HYDE

El acreedor es una especie de maniático que parece sometido a todo tipo de variaciones atmosféricas. Hoy está dispuesto a pactar; mañana quiere destruirlo todo a sangre y fuego; más tarde se transforma en un bonachón... A veces, dice que sí a todas las proposiciones encaminadas a dar fin al asunto pero, a los dos días, quiere garantías y, a fin de mes, pretende ejecutarlas. El poder del tiempo es el mejor diablo para no pagar a un acreedor.

643. CUANDO EL TRAJE QUEDA GRANDE

Si una Empresa camina hacia el desastre no suele ser por la mala fortuna sino porque el empresario no ha sabido jugar bien con las inmensas posibilidades del mercado.

644. DETECTIVE «PROBADO»

Cuando un empresario se arruina debe investigar más allá de lo aparente, la causa, la explicación o el motivo de su fracaso.

645. A PIE DE ESCOMBROS

Volver a empezar en el mismo negocio es menos complicado que comenzar de nuevo otro. Esto reduce los errores cometidos anteriormente y sitúa al sentido común con una lógica aplastante.

646. DESEOS INCONFESABLES

Algunos empresarios deberían arruinarse una vez en la vida para hacerse una buena cura de humildad.

647. EFECTO BOOMERANG

He visto a empresarios crecer y arruinarse. Me he preguntado siempre el por qué de esos vaivenes y solo encuentro respuesta en el corazón. Dirigieron sus Empresas con más sentimiento que metodología.

648. NO HAY MAL QUE POR BIEN NO VENGA

El exceso de infortunio puede hacer visionario al empresario arruinado y levantarle

649. LA VERDADERA AMISTAD

El empresario que se arruina se da cuenta de que para muchas personas, quizás demasiadas, vale lo que tiene. Cuando cae y levanta la mano para pedir ayuda, los pájaros salen en desbandada. El que se queda a su lado es el verdadero amigo. Lo positivo de la ruina es que te permite conocer mejor a las personas, probablemente más que con el éxito.

650. PASAR HOJA

Toda ruina tiene el dulce recuerdo de lo que pudo ser el negocio y el amargo sabor de lo que es. Para levantarse rápido hay que huir del primero y analizar concienzudamente el segundo.

651. HIPOTECA FAMILIAR

Cuando un empresario se arruina y no tiene nada más que una idea para emprender de nuevo su carrera empresarial y cree que su trabajo no es suficiente para financiarse de entrada, no debe permitir que un familiar caritativo invierta en él. Sí no le va bien, el familiar perderá su dinero y el empresario su apoyo moral que va a necesitar más que la financiación.

Los momentos de ruina te ayudan a descubrir la riqueza de las personas.

652. LA COMPASIÓN ES FRUTO DE UN RELATO CON PASIÓN

El empresario que relata su ruina sólo consigue causar compasión y pesadumbre pues la ruina de una Empresa no suele tener remedio ni consuelo.

653. SALIR TIESO PERO NO TÍSICO

Las suspensiones de pago, además de ser difícil salir de ellas, suelen ser traumáticas tanto para el empresario como para el proveedor. Normalmente el único que sale ganando es el abogado. Es preferible negociar con los proveedores que con la justicia.

654. DE PROFESIÓN: HUMANO

—Estoy harto de suspensiones de pagos —escuché un día decir a un abogado que ganaba cuantiosas sumas con este tipo de pleitos. Le pregunté, asombrado, por qué si con ello ganaba mucho dinero. Me respondió: —Cada vez que una Empresa quiebra tengo la sensación de que quiebra una parte del hombre.

655. Expertos en letras

No acudas al abogado cuando no te paguen, sino cuando no quieras pagar.

656. Con la misma vara de medir

Las suspensiones o quiebras son procesos muy largos. Aunque el empresario acuerde el precio del servicio con el abogado, surgen muchas variables que no estaban en contrato y que suelen ser lo más caro del pleito. El problema para el empresario es que el abogado minuta las variables según lo que dicta el Colegio de abogados, por lo que cobra lo mismo un buen profesional que otro que no lo sea tanto.

657. El precio de las deudas

En momentos de crisis, ten presente que burlar una deuda no es lo mismo que burlar a la justicia. La justicia puede que no te la encuentres por ningún lado pero al acreedor puedes encontrártelo en cualquier esquina y en cualquier momento. La justicia no habla, no mira y tiende a archivar, mientras que el acreedor, por poco que le debas, hablará sin cesar, te mirará fijamente y no olvidará jamás.

Cambia la caridad por la claridad.

658. ¡La bolsa o la vida!

Cuando un empresario quiebra o suspende pagos premeditadamente, comete un robo que, desgraciadamente, no siempre toma la ley bajo su protección. Los grandes perdedores son los empleados que se quedan en la calle y la multitud de proveedores que suministraron sus artículos confiando en su reputación y en su solvencia y ya no cobrarán jamás. Él se ha quedado con todo y no les deja más que los ojos para llorar. El salteador de caminos es preferible a este tipo de quebrado, porque aquel ataca pero al menos arriesga su cabeza y uno puede defenderse.

659. ACTUALIZAR EL PASADO

Ocho claves para adaptar una Empresa obsoleta a un mercado moderno:

1) Flexibilidad jurídica. No pasa nada por convertirse de S.A. en S.L.

2) Adoptar un nuevo modelo organizativo.

3) Incrementar las inversiones.

4) Crear una nueva imagen que anule la obsoleta.

5) Diversificar productos y servicios.

6) Mejorar los procesos de gestión con las nuevas tecnologías.

7) Orientarse al cliente.

8) Adquirir un compromiso con la calidad.

660. AIRES NOCIVOS

En una Compañía, los vapores del aburrimiento y el descontento matan la vitalidad del aire. Estas circunstancias minan la capacidad de los empleados, envenenan la atmósfera y ahogan la Empresa.

661. LA HONESTIDAD NUNCA OLVIDA

El empresario honesto, que pasa por una suspensión de pagos, jamás consigue olvidar. Su honestidad le ha enseñado que olvidar no es cuestión de memoria.

No es buena la compasión cuando la Empresa atraviesa una depresión.

662. EL AVE FÉNIX

La ruina es una situación esencialmente trágica para el empresario, aunque algunos se niegan a tomarla trágicamente. El cataclismo de cierre del negocio ya ha ocurrido. Entre deudas y embargos, el empresario debe empezar a construir nuevos y pequeños proyectos que le permitan nuevas y pequeñas esperanzas y, tal vez, nuevas y pequeñas Empresas de las que vivir. No es un trabajo fácil ya que no hay ante él un camino llano que le conduzca al futuro. Pero, si quiere recuperar su condición de empresario, está obligado a superar los obstáculos por muchos que sean los cielos que hayan caído sobre él.

663. La gota que siempre queda

Esquivar acreedores es aumentar tu patrimonio hipotecario como persona y como empresario.

El empresario no puede desalentarse nunca aunque esté pasando por una crisis. Tiene que pensar que no hay nada imposible para su fuerza. Y, aún cuando tuviera un día la desgracia de sucumbir, le quedará al menos el consuelo de haber combatido con todo su poder. Tiene que confiar en que la fuerza que hoy no posee, podrá tenerla mañana. No ha de pensar esto para vivir más tranquilo, sino para alentarse y usar todas cuantas fuerzas le queden.

664. Cuestionarse el «mea culpa»

En situaciones de crisis, el empresario deprimido se pregunta muchas veces: *¿cómo puedo vencer mis problemas cuando ya no tengo valor para combatirlos?* Mi consejo es que tema menos confesar su debilidad que sucumbir a ella y que, la fuerza que ha perdido sobre sus sentimientos, la conserve sobre sus actos. Debe pensar, que no hace mucho tiempo, probablemente, se creía bien seguro de no tener que sostener jamás una lucha contra la ruina; que quizás su orgullo le haya castigado pues, seguramente, antes de caer habrá sido muchas veces advertido. Sería dos veces culpable si continúase su imprudencia conociendo su debilidad.

665. Llegar a la orilla a nado

Saber perder supone volver a emprender.

El empresario, ante un problema importante, debe medir con prudencia su posibilidad de aturdimiento.

666. Puertas blindadas

El empresario debe analizar los errores y aparcarlos. Si se atormenta por temor a volver a errar y no los olvida, renueva a cada instante el modo de pensar en ellos y se convierte en una víctima de sí mismo.

667. El juego de la bolsa

Al empresario, a veces, le ofrecen un nuevo proyecto. Con un convencimiento equivocado, lo acepta, invierte dinero y comete un error. Pierde su dinero y además pone en peligro la continuidad de la Empresa de la que vive. Ha tenido buena fe y, tal vez, no debe culparse pues se ha equivocado porque tiene el derecho de la posesión. Sin embargo, debe meditar que su error no puede imputarse sólo a la fatalidad de las cosas y a la mala suerte. En estas tempestades suele haber mucha dosis de irresponsabilidad.

668. Blanquear la Empresa a través de los «enanitos»

Muchas veces hemos conocido, con sorpresa, que grandes Compañías Multinacionales con más de un siglo de existencia caen en la bancarrota, de la noche a la mañana, porque sus gestores se han convertido en ladrones. Estos falsos ejecutivos deshonran la profesión y también la legitimidad de una vieja Empresa que tantas décadas ha estado sometida al derecho hereditario. Normalmente, ellos terminan en manos de la justicia y, curiosamente, la Compañía, aún en la quiebra, sobrevive. Estas Multinacionales siempre han remolcado a infinidad de pequeñas Empresas, por lo que en ese momento de carestía los proveedores las remolcan. A pesar de la crisis y el desfalco, los planes de viabilidad son pacientemente estudiados por economistas y auditores que tratan de recomponer la Empresa para que suministre de nuevo la felicidad, que no es otra que el trabajo y el capital para pagar los sueldos. Sus empleados que, por el inminente cierre hormigueaban coléricos y agitados, con el único fin de mantener su empleo, dejan a un lado la cuestión de los derechos y trabajan sin desperdiciar un minuto dando el máximo valor a las cuestiones materiales. Cuando una de estas viejas y grandes Multinacionales sufre tal ataque entre el pasado y el porvenir, casi siempre resiste y sale de los números rojos no por accidente sino por necesidad. Sobrevive porque alimenta demasiadas bocas y por ello debe existir.

669. Un ejercicio de introspección

Para reestructurar bien una Empresa, antes hay que reestructurarse uno mismo y aceptar que la reestructuración probablemente sea causa de la propia mala estructuración; amedrentrarse por haber tenido que llegar a ella y buscar la fórmula de no tener que volver a «aguar la fiesta» a tus empleados y proveedores.

Un empresario honesto no necesita memoria pues no tiene que mentir.

670. La verdad bien empleada

Las situaciones de crisis y poco consumo del mercado afectan terriblemente al pequeño comerciante con pocos recursos. La caja diaria baja, los empleados pasean por la tienda con las manos a la espalda y en la puerta de entrada siempre hay uno apostado, mirando aburrido al horizonte en busca del cliente que no entra. El comerciante observa el comercio y le parece mucho más lleno de existencias aunque tenga el stock habitual. El futuro se vuelve negro y, todos lo nuevos proyectos decaen. El empresario se da cuenta de que sólo con una política de reducción de gastos podrá mantener el negocio. Es mejor contar la verdad a los empleados para hacerles entender que sólo así se podrá continuar.

Las desavenencias suelen ir precedidas de varias advertencias.

671. Traje de camuflaje

En los momentos de crisis hay que huir con dignidad de los tiburones que saquean las Empresas y pasar desapercibido.

672. Padre, yo me confieso

En los momentos de crisis, el paternalismo es un arma de doble filo. Por un lado puede ayudar a que la Empresa se mantenga, pues el empresario aúna sus recursos y esfuerzos propios a los de sus empleados que suelen estar entregados. Por otro lado, en estos tiempos difíciles redobla las cargas, pues a la hora de mantener un puesto de trabajo no se diferencia si el empleado es bueno, mediocre o malo porque todos son hijos del mismo patrón.

673. ÓRDAGO A LA GRANDE, CHICA, PARES Y JUEGO

El empresario, en situaciones de crisis como suspensiones de pagos o reestructuraciones complejas, no puede firmar «pactos de caballeros». La guerra está declarada y sólo puede vencer fingiendo que es un maestro de las finanzas, aunque temporalmente las esté pasando «canutas». Para ello, debe desconcertar y abrumar a sus proveedores no dándose por enterado de los insultos de estos; envolverles con su palabrería para dejarles sin respiro e intentar vencerles así, a fuerza de ingenio. En esta situación, sólo tiene su lenguaje, por lo que éste tiene que adquirir más sustancia propia; como si fuera un poder capaz de cambiar por si solo la realidad y las voluntades.

674. CON LA RUINA SIEMPRE SE PIERDE

Un empresario arruinado es un hombre de muchos enemigos y pocos amigos.

675. LA JUBILACIÓN FORZOSA

El empresario arruinado se siente como un hombre jubilado sin derecho a serlo.

676. MIRADAS REVIRADAS

Al empresario arruinado, su competencia le mira con ojos de menosprecio aunque le nombren con lástima.

677. MIENTRAS HAY VIDA, HAY ESPERANZA

Cuando un empresario se arruina y cae en una depresión, debe pensar que el único mal extremo es el que acaba con la vida.

678. SABER PERDER

Cuando se hace un mal negocio, siempre hay alguien que sale ganando. Si nos ha tocado perder, no lo olvidemos pero empecemos de nuevo en otro sitio. Pensemos que las cosas humanas no son eternas.

679. GENIO Y FIGURA

El empresario arruinado debe mantener la rectitud aunque tenga el juicio desprendido de la esperanza y haya perdido la facultad de trabajar y moverse con firmeza hacia un fin determinado.

680. EL DEUDOR SIEMPRE EN EL RETROVISOR

Estáte alerta cuando un cliente que te debe dinero no negocie la deuda contigo. No le admitas pagos aplazados. Seguro que no los cumple.

681. POSITIVISMO ANTE TODO

El empresario debe pensar siempre, que cuando un negocio parece que termina, lo que ocurre en realidad es que empieza otro.

Pasar inadvertido despista al depredador y refuerza al emprendedor.

III

Universidades

Con plena facultad

UNIVERSIDADES

Con plena facultad

La savia, los beneficios del conocimiento, enseñar, recién licenciado, compartir experiencias, formas de estudiar...

682. DE SAVIA BRUTA A SAVIA ELABORADA

El universitario es como un vino de reserva; se apuesta por una materia prima, se invierte en un proceso de enriquecimiento y afinado y, tras el paso de los años, se le supone elaborado. Una buena parte del camino ya está recorrido. Después, dependerá únicamente de su descorche y del modo de empleo para obtener realmente un buen vino.

683. PASAPORTE A LA LIBERTAD

La Universidad es un deber tanto cultural como empresarial para el joven y futuro empresario. Los conocimientos que éste adquiere arrojan valiosos beneficios que le ayudarán a ser más feliz y a vivir mejor los retos de su Empresa y de su tiempo.

684. BINOMIO RENTABLE

La Universidad tiene un compromiso con la Empresa: formar a personas que no fracasen. La Empresa, por lo tanto, debería estar muy cerca de un socio tan decisivo en su futuro.

685. ASIGNATURA PENDIENTE

El Docente debería tener en cuenta, que es difícil instruir a un alumno para el mundo empresarial si antes no se ha vivido en el mundo empresarial.

686. AGUA LIMPIA

Los alumnos son esponjas que lo absorben todo. Pero, una Universidad con prestigio debe garantizar agua limpia.

687. APRENDER A ENSEÑAR

En una economía global los porcentajes son muy importantes. En un porcentaje muy alto, la frustración o la curiosidad por aprender de un universitario depende del Docente.

688. EL VALOR SUPUESTO

Cuando un alumno supera el tercer curso de la carrera, podremos decir de él que es un buen chico y que sus perspectivas son razonablemente buenas. Hasta entonces, solo podemos creer lo que él nos dice.

689. LA ZORRA Y LAS UVAS

Los universitarios que opinan que la Universidad es una fábrica de parados son los más parados a la hora de buscar «fábricas».

690. SUELDOS EN ESPECIE

Lo importante para un recién licenciado que se incorpora a su primer trabajo no es lo que cobre sino, lo que pueda aprender, aunque sea sin cobrar.

691. COMPARTIR PARA AVANZAR

Una sociedad avanza en la medida en la que se comparten las experiencias entre el mundo empresarial y el mundo universitario.

692. NO TODO ESTÁ EN LAS AULAS

El universitario que no quiere acceder a puestos técnicos debe prepararse para hacer lo que haya que hacer, donde haya que hacerlo y con quien haya que hacerlo. Esto es lo que forja una forma de ser con posibilidades de futuro en el mundo empresarial y en el personal.

693. SIN CHULETAS

El universitario debe estudiar contrastando y relacionando cosas, que es lo que ayuda a reflexionar y a prepararse para el mundo profesional.

La Universidad es parte del beneficio de la Empresa.

IV

El factor humano

La variable constante

CLIENTES
El activo más potente

Las necesidades del cliente, la relación con el cliente, la fidelización, el contacto, la calidad, la estrategia cliente, la voz del cliente, reclamaciones, oportunidades de mejorar, el posicionamiento...

694. V.I.P

El cliente es el origen y el centro de la actividad de una Empresa.

695. ATRACCIÓN EMOCIONAL

En este nuevo siglo, la relación con el cliente no se ajusta a la perfección de las normas clásicas, sino que debe estar también basada en la intensidad emocional. El ejecutivo tiene que tener un carácter especialmente social, culto, crítico y sobre todo sensible; y, esto último, no sale de los MBA ni de las enciclopedias.

696. CESTA SIN «RESERVA»

En los negocios, a los clientes hay que hacerles el menor número de regalos posibles, pues a la larga, el que los recibe se piensa que en vez de ser una concesión del que los da, es una obligación.

697. LA INTELIGENCIA NO SE COMPRA

No se debe relacionar nunca el dinero con la inteligencia. Así se entenderá mucho mejor a los clientes.

698. PUENTES DE UNIÓN

Cada vez más, las Empresas no venden, sino transmiten servicios a los clientes.

699. ENCANTADOS DE SERVIRLE
La relación con los clientes no debe ser funcional sino emocional. El continuo trato y franqueza, descubre mutuamente los corazones de los unos y de los otros, hace que se comuniquen con sinceridad las personas y se unan las voluntades. Para conseguir este objetivo, hay que satisfacer «acogedoramente» al cliente.

700. ¡EL OFERTÓN!
Una Empresa debe ser capaz de ofrecer a sus clientes un nivel alto de tranquilidad y despreocupación.

701. DE CARA AL CLIENTE
La orientación pro-activa a los clientes es fundamental para mantener el negocio y desarrollar nuevos proyectos.

702. SÉ FIEL PERO MIRA CON QUIÉN
Para fidelizar al cliente hay que crear proximidad hacia el mismo.

703. EL SOCIO DE HONOR
El mejor socio de la Compañía es el cliente fidelizado.

704. LIQUIDACIÓN ANTICIPADA
Con el cliente no hay que solucionar su problema sino anticiparse al mismo.

705. PROYECTOS INTEGRANTES
Cuando el empresario integra al cliente en su proyecto, suele obtener un grado de fidelización muy alto.

706. CONTACTOS «READY»
Mantener las buenas formas en el mundo empresarial es la mejor manera de mantener vivo el contacto.

707. RECOGER MUESTRAS

A la clientela de referencia hay que estudiarla para poder abordar con éxito a la clientela potencial.

Una compra satisfecha es el mejor regalo para el cliente. Lo demás es intentar satisfacer la actitud de compra.

708. SER Y ESTAR

En la venta no existe planteamiento filosófico sino presencial. Es decir, estar con el cliente.

709. DIAGNÓSTICO Y TRATAMIENTO

La esencia del *marketing* es detectar las necesidades del cliente y satisfacerlas.

710. MÁS VALE PAGADOR EN MANO...

Fideliza al buen pagador y deja en manos de tu Relaciones Públicas a los «grandes pagadores».

711. «NO NEWS, GOOD NEWS»

La calidad en una Empresa se refleja cuando el cliente no tiene necesidad de cambiar a su proveedor.

712. ADOPTAR MEDIDAS A MEDIDA

La mejor labor comercial es incrementar el conocimiento del cliente e implementar formas alternativas de pago que se acoplen mejor a él.

Para sensibilizar al cliente debes ser tan sensible como te permita éste.

713. FACILIDAD DE TRATOS

Ser rápido, eficiente y hacer fácil su vida, es la mejor relación emocional con el cliente.

714. Estrategias de captación

La estrategia de clientes se define en: 1) clientes que hay que retener (los que ya lo son); 2) clientes que hay que rescatar (los que lo fueron y perdimos); y, 3) clientes que hay que conectar (los nuevos).

715. La voz del cliente

Una actitud paliativa en vez de preventiva frente a las reclamaciones de los clientes es una mala gestión de la voz del cliente.

716. Con voz y voto

Una forma de desplegar la cultura-cliente en una Empresa es transmitir la voz del cliente al comité de dirección.

717. Ventanilla de reclamaciones

Con la reclamación del cliente, hay que pararse a tratar el problema y analizar el incidente.

718. Tu otro «PC»

El primer proyecto que tiene que tener una Empresa es el proyecto «Prioridad Cliente».

Los clientes se tienen, se retienen y se obtienen.

719. Zona cero

Al cliente hay que ponerle en el centro de la Empresa. Para ello hay que conocer mejor al cliente y medir constantemente la eficacia comercial.

720. Todo es mejorable

Con el cliente hay que pensar que siempre hay una clara oportunidad de mejorar.

721. Mover ficha

En el mundo empresarial hay que preguntarse, constantemente, dónde ubicar al cliente dentro de los nuevos proyectos y cómo relacionarle con ellos.

722. La fuerza del impacto

Finalmente, el objetivo de las campañas de publicidad es llegar a los clientes adecuados en los momentos adecuados.

Un buen relaciones públicas podrá hacer bueno a un mal pagador.

723. ¿Y, cómo es él?, ¿a qué dedica el tiempo libre?

El consumidor actual es abierto, inconformista y con un sentido práctico elevado.

724. La «Biodiversidad»

El cliente no existe como tal. Existe el cliente y las circunstancias en las que se encuentra. Para hacer frente a la diversidad de perfiles hay que estar, permanentemente, ampliando las ofertas.

725. Criterios de demanda

Rapidez, confianza y garantía es lo que el cliente espera de su proveedor.

726. Criterios de oferta

El nivel de servicio hay que estar midiéndolo constantemente para valorar el grado de calidad que ofrecemos a nuestros clientes.

727. Dúctil y maleable

Adaptar la oferta al cliente conlleva, casi siempre, adaptar la logística de la Empresa y la cualificación de los empleados.

728. Usted está aquí >

El posicionamiento de cara al cliente es el posicionamiento real de una Empresa.

729. UNA IMAGEN EN MOVIMIENTO

Para competir en un mercado maduro y sobre saturado hace falta agilidad y reactividad. Por ello, a las Empresas no les queda más remedio que intentar que el consumidor perciba su imagen más como concepto de innovación que de tradición.

730. «LEY MOTIV»

El lema de una Empresa debiera ser: nos debemos a los clientes, damos lo que nos comprometemos a dar, dependemos unos de otros y nos desarrollamos a la vez.

731. ¿QUÉ HAY DE NUEVO VIEJO?

El consumidor esta dispuesto a invertir más su dinero si el mercado le ofrece innovaciones.

732. SATISFACCIÓN SATISFECHA

Un problema repetitivo que tenga un cliente con un producto, debe ser elevado a la máxima instancia dentro de la Compañía. Lo contrario es querer tener una visión parcial de la satisfacción del cliente y, esto, puede llevar a la Empresa rápidamente a la quiebra.

733. EL PAN NUESTRO DE CADA DÍA

La mejor fidelización del cliente, es que el usuario sienta que la Compañía aporta algo a su vida diaria.

734. RELACIÓN POTABLE Y CANALIZADA

La relación con el cliente esta canalizada a través de la red comercial pero la Central tiene la obligación de tener una relación directa y estar constantemente mejorando.

PROVEEDORES

Auténticos termómetros de mercado

Viejos proveedores, proveedores fuertes, el regateo...

735. Ciruelas pasas

Dejar a un proveedor, después de una larga andadura juntos, podría asemejarse a un divorcio después de cincuenta años de matrimonio. Es decir, una temeridad o un acierto tardío.

736. Todos son importantes

El empresario ha de conseguir implantar en su Empresa la filosofía de que todos los proveedores son importantes, sean grandes o pequeños.

737. Viejos conocidos

Siempre ha de suponer una satisfacción para el empresario volver a trabajar con los viejos proveedores.

Al margen de tu interés trata a todos con la misma exquisitez.

738. Coche grande, ande o no ande

Es preferible trabajar con proveedores fuertes. Digieren mejor los impagados en su cuenta de resultados.

739. El león y el ratón

Para el proveedor de una Multinacional, lo peor no es su grandeza sino su debilidad.

740. Valores en alza

Lo que más suele valorar el empresario de su proveedor es su honestidad.

741. Con denominación de origen

Cuando un vendedor de una pequeña Empresa ofrezca su producto a una gran Compañía, el responsable de ésta no debe frustrar nunca su ilusión dando la callada por respuesta. Tiene que ser claro en las decisiones, le interese o no y, debe tratarlo, como trataría a un gran proveedor. En éste gesto está «la buena educación». Además, los vendedores tienden a cambiar de Empresa y en un futuro puede llegar a necesitarle.

742. Sinónimo de negociar

Proveedores de cualquier clase deben viajar en primera clase.

Regatear en los negocios es sano e imprescindible. Lo contrario suele ser dejarse engañar de antemano.

EMPLEADOS

Herramienta clave

La contratación, la lealtad, las ambiciones, la formación, la motivación, el hipócrita, el respeto, la masificación, los celos, la promoción interna, la «empleabilidad», el paternalismo, el desarrollo, las estocadas, la movilidad, la cualificación, la confianza, la censura...

743. ¿QUIÉN ES QUIÉN?

Para el empleado, el directivo debe ser el jefe y el empresario, el guía. Con el primero hay que pelear y con el segundo marchar.

744. LA CRUDA REALIDAD

En las grandes organizaciones, suelen triunfar mejor los empleados que suplantan su mediocridad con entrega, flexibilidad, horarios largos y disponibilidad incondicional que los empleados brillantes que, por su seguridad en su capacidad de trabajo, imponen las condiciones, las emplean con eficacia y profesionalidad y respetan su vida personal ante todo.

745. FORMAR A INEXPERTOS O CONTRATAR A SABIOS

Formar a un empleado sin experiencia es costoso pero también lo es contratar a un buen profesional. A la hora de decidir, hay que valorar ambas cosas. El empleado sin experiencia te ofrece la sabiduría que tú le des y un espíritu sin vicios pero tendrás que pagar sus errores. El otro te ofrece su sabiduría, sus vicios y no haber cometido sus errores contigo, tema harto peligroso ya que no conoces la magnitud de los mismos.

746. DE LEY
La lealtad de un empleado se mide por su capacidad de resolver positivamente los problemas cotidianos.

747. TOMAR ARTE Y PARTE
El empleado debe tener hacia la Empresa en la que trabaja una fidelidad consolidada y una ambición satisfecha.

748. REPERCUSIONES POR DEFECTO
Empresa y empresario son dos en una misma carne con tal fuerza que hace que no tengan más que una voluntad. Por ello, los defectos del empresario suelen repercutir en la Empresa y son, normalmente, los empleados los que padecen los lastres.

749. CORREA DE TRANSMISIÓN

Preguntar es la forma más sana de aprender saludable.

El empresario debe inspirar compromiso, auto-desarrollarse y ser capaz de desarrollar a sus empleados.

750. ERRAR ES HUMANO, PERO...
Cuando un empresario comete un error, abuchearse a sí mismo es más gratificante que ser abucheado por sus empleados. Por ello, lo mejor es que rectifique y esconda el error si puede.

751. PERSONALIDADES DE ALQUILER
En las Empresas, alrededor del empresario siempre hormiguea una turba de pelotas. Montan guardia a su sonrisa pensando que agradar a un jefe rico es poner el pie en el estribo para aspirar a su poder y a su fortuna. Estos buscadores de porvenir son hábiles y diplomáticos para ser aceptados, aunque piden favores sin escrúpulos. Saben establecer buenos lazos de unión entre ellos y hacen llover, en torno al empresario, a otros

Ante un mote, buen humor sin rebotes.

pelotillas pedigüeños. Al avanzar, consiguen hacer progresar al resto; prosperan y distribuyen buenas promociones y buenos ascensos. Es todo un sistema de pelotilleros en marcha, a espaldas del empresario. Son un semillero de aspirantes que ocultan su ambición bajo el nombre de vocación profesional.

752. UN BUEN TRANSMISOR
El empresario debe transmitir sus conocimientos a los empleados con sencillez y de una forma útil, que disipe los temores de los ignorantes e impida las caídas.

753. AL CÉSAR LO QUE ES DEL CÉSAR
El empresario debe ser un distribuidor de riqueza y dar a cada empleado lo que es suyo.

754. LA EMPRESA VA BIEN
Sentir la alegría de los empleados en el trabajo y el sentimiento del trabajo bien hecho es la mejor muestra de que el trabajo va bien.

755. DE BIEN NACIDO ES SER AGRADECIDO
El empresario consigue el éxito, trabajando duro, superando las dificultades y apoyado en los empleados que son los que le ayudan a conseguirlo. A ellos, el empresario debe mostrarles su agradecimiento de continuo.

756. PILOTO MEJOR QUE COPILOTO
El empleado debe pedir formación a la Empresa pero una gran parte debe autodesarrollarla.

757. MENSAJE INCUESTIONABLE
El empresario debe inculcar a sus empleados la idea de que solamente quién pregunta tiene ganas de aprender.

758. EL SUFICIENTE
Si el negocio funciona lo suficiente, el empresario puede pensar que sus empleados lo hacen todo suficientemente bien.

759. Días grises

El empleado que trabaja siempre en lo mismo, le es difícil equivocarse pero tampoco aporta mucho valor añadido. Desde éste tipo de situación, no se abordan los problemas desde perfiles diferentes.

760. El precio del empleado

Si los empleados hacen el trabajo del empresario, este tendrá que pagar muchas veces el precio de la calidad por no hacerlo él mismo. Tiene que pensar que este precio, normalmente, suele ser más bajo que el tiempo que le ocupa realizarlo.

761. El beneficio de la duda

La fuerza del empresario ante sus empleados es dudar de todo.

Corrige por convicción y no hagas leña de cada error.

762. Asfixiado pero no derrotado

El empresario tiene que tener siempre en cuenta con sus empleados, que nadie está obligado a dar más de lo que puede.

763. Inversión de futuro

A veces al empresario le cuesta más ayudar a un empleado a hacer su trabajo que hacerlo él mismo. Pero a la larga, es la única forma de conseguir no tener que hacerlo él.

764. Realidad chocante

Para «desertizar» una Empresa solo es necesario la falta de comunicación entre los empleados y la dirección. Esto significa que cada uno habla un lenguaje único y no puede comunicarse con el resto, que padece de lo mismo.

765. El don del buen vivir

El empresario pasa el mayor porcentaje de su tiempo en la oficina y cerca de sus empleados. No debe malgastar su tiempo ni hacérselo malgastar a ellos. Si no tiene demasiado trabajo, es mejor que reduzca su jornada laboral y, antes de perder el tiempo en la oficina, ganarlo en su ocio.

766. Pequeñas armas

Cuando el empresario salga de la oficina a hacer unas gestiones fuera, es preferible que no informe de cuándo va a volver. Simplemente puede decir: *volveré en breve. Si me retraso os avisaré.* Sus empleados se relajarán menos al no saber cuándo va a aparecer de nuevo.

767. El náufrago

El empresario que se siente solo y sin equipo, no es un buen gestor de recursos humanos.

768. Escamotear los motes

Cuando el empresario se entera de que sus empleados le han puesto un mote, es mejor que no se dé por aludido. Tiene que pensar que ellos le conocen mejor a él que él a ellos.

769. Estimulación en acción

La motivación de los empleados es una parte esencial de la Empresa. Un empleado motivado cuida la Empresa como si fuera de él, sin embargo, un empleado desmotivado cuida sólo de su puesto de trabajo.

770. Bienes colaterales

Algunas veces, el empleado realiza trabajos que le dejan indiferente en el fondo de su ánimo. Sin embargo, si el empleado conoce bien su oficio se sentirá proyectado, no solo a desarrollar el trabajo, sino también a enriquecerlo, probablemente, para disimular mejor su falta de adhesión.

771. Correcciones constructivas

El empresario tiene que motivar a sus empleados como motivaría a sus hijos con los estudios. Cuando hacen algo mal, regañarles no conduce a nada. Es preferible desgastarse y esforzarse en enseñarles cómo hacerlo bien.

772. Monaguillo antes que fraile

Un jefe tiene que detectar, lo antes posible, las fortalezas y debilidades de sus empleados; y, prestarles los medios de formación adecuados para potenciarlos o combatirlos.

773. ¿Consejero o Delegado?

Delegar en los empleados es la mejor formula para no delegar en uno mismo.

774. Rico, rico

Se deben buscar empleados ricos en sentimientos. Suelen ser ricos en cualidades.

775. Retribuciones sensoriales

A un empleado, no solo ha de importarle el salario. Tiene que sentirse valorado, útil, que la Empresa desarrolla su talento; sentir que está orgulloso de pertenecer a esa Compañía.

776. Recursos directivos

Un director de Recursos Humanos tiene que ser un ferviente creyente de que no hay personas que no tengan un puesto en una Compañía; simplemente, hay que buscarles el puesto adecuado.

777. Incansable profesión

Un director de Recursos Humanos tiene que estar preguntándose constantemente: *¿quiénes son las personas adecuadas para cubrir las necesidades de negocio de la Compañía?*

778. Selección natural

En una selección de personal que se realizó en una Multinacional, quedaron finalistas tres universitarios. Las personas de recursos humanos encargados de realizarla, no se ponían de acuerdo en quién seleccionar para el puesto. Los tres universitarios habían superado satisfactoriamente las pruebas, tanto psíquicas como de idiomas y de presentación de diferentes casos a los que se les había sometido en público. Decidieron consultar con el presidente sobre qué pasos deberían dar para desbloquear esta situación. Éste reunió de nuevo a los tres universitarios y, delante de su equipo, les preguntó que harían si no salían seleccionados para el puesto. Uno dijo: *lo intentaré con otras Empresas*; el otro: *tal vez monte mi propio negocio*; y, el último dijo: *seguir estudiando y preparándome antes de buscar un nuevo trabajo, porque esto significaría que no estoy todavía preparado*. Esta última contestación fue decisiva para elegirle a él.

779. UNA BUENA VACUNA

Motivar a los empleados es prepararles para los malos tiempos que puedan avecinarse.

780. NO VERTER CULPAS

Cuando un empleado no sabe hacer su trabajo, piensa, antes de despedirle, que probablemente no hayas sabido instruirle bien.

781. EL ESCUDO DEL HIPÓCRITA

Los empleados que se apresuran a protestar suelen ser hipócritas asustados que corren a ponerse a cubierto.

782. JUSTO LO BUENO

Colgarse en la espalda el cartel de «bueno», al empresario sólo le ayuda a que los empleados tiendan a tomarle el pelo. Lo importante con los empleados no es ser bueno, sino justo.

783. Archivar en la «p»

Muchas veces el empresario no tiene tiempo de reunir a todos sus empleados y hablar con ellos. Los horarios no coinciden, el estrés del día a día... Utilizar la *intranet* es mejor que nada pero hay que ser consciente de que ello conlleva una falta real de comunicación. A la larga, los empleados reciben las órdenes, no de una persona, sino de un ordenador que pueden suprimir con sólo tocar una tecla o imprimir la orden y tirarla, en el acto, a la papelera.

> *La rentabilidad suele ser directamente proporcional a la "empleabilidad".*

784. Cercanía premeditada

El empresario debe estar cerca de las preocupaciones de sus empleados si quiere ganarse su lealtad.

785. El «ojo vago»

En las Empresas, el noventa por ciento del trabajo mal realizado es fruto de la pereza de los empleados.

786. El plan del holgazán

Para el empleado perezoso, los trabajos fáciles se convierten en difíciles; los difíciles en muy difíciles; y estos últimos los desestima de inmediato sin ninguna pereza por imposibles.

787. Foto matón

La censura más alta que puede recibir un empresario de sus empleados es que es tolerante y fácil.

788. Amigos pero no amantes

La secretaria personal de un empresario debe acomodarse a su manera de ser; dejarle obrar en sus negocios sin resistencia ni antes ni después de los hechos; no distraerle con palabras ni señales en las negociaciones o en cualquier acto comenzado. Creyéndole en peligro, comprender su naturaleza y su pensamiento hasta el punto de no velar por él. En definitiva, cumplir con su trabajo de atenderle con admirable delicadeza y con el instinto de no excederse en ciertos cuidados que pueden estorbar.

789. RESPETABLES CERCANÍAS

De forma natural, el empresario debe infundir a sus empleados respeto. Comprenderán que tienen ante sí un hombre fuerte, probado a sí mismo y que, por el respeto, puede ser cercano.

790. EL HOMBRE MASA

Los psicólogos opinan que las personas tienden a masificarse dentro de la Empresa. Si el empresario denota esto en sus empleados, tendrá en el futuro grandes problemas. La masificación da lugar a una falta de inquietud, de afán de superación; y conduce a un terrible mal que contagia a todos: la mediocridad.

791. CONSECUENCIAS DEL SILENCIO

Callarse con un empleado sólo sirve para confundirle a él y para que el empresario se estrese.

792. SIN RODEOS

El empleado debe hablar de forma resuelta con su jefe, con una mezcla de respeto y libertad.

793. ANÁLISIS DE CONTRASTE

Es preferible no dar órdenes a los empleados si no van servidas de controles periódicos que comprueben el cumplimiento de las mismas.

794. NO PIDAS PERAS AL OLMO

Es importante que el empresario conozca a sus empleados y sepa lo que le puede pedir a cada uno de ellos. Es preferible no pedir de más pues, casi seguro, le defraudarán.

795. LOS CELOS BIEN CONDUCIDOS

En una Empresa, los celos entre los empleados pueden ser un veneno con un poder fatal. Pero si el empresario los sabe manejar bien, pueden ser la mejor arma para progresar.

796. Durmiendo con tu enemigo

En una Empresa un empleado desmotivado es un enemigo «de la causa»; y las Empresas tienen un ingrediente emocional «de causa» muy alto.

797. La cantera

El empresario siempre sueña con encontrar al empleado adecuado para el puesto adecuado. Esto solo suele lograrse mediante la promoción interna. La externa tiende a quedarse en un sueño.

798. Estar solicitado

El sueldo de un empleado está en función de su nivel de profesionalidad y éste puede medirse por el nivel de «empleabilidad». Es decir, el número de ofertas que recibe al año para trabajar en otras Compañías. Por esto, el empleado debe pedir que, por su trabajo, se le pague una parte en dinero y otra en formación continua para que su valor en el mercado aumente día a día.

799. Bien empleado

Un empleado satisfecho es un empleado fiel. Hay que tener en cuenta, también, el caso contrario.

800. El precio justo

El empresario debe pagar bien a sus empleados para no abusar de ellos. De esta forma no tendrá que darles confianza ni concesiones.

801. La voz de la Empresa

Los empleados pueden ser los mejores o peores embajadores de lo que la Empresa quiere transmitir al exterior.

802. Su otra familia

El orgullo de los empleados por pertenecer a su Empresa, es la mejor medicina para la supervivencia de esa Compañía en el mercado.

803. LAS CARTAS ENCIMA DE LA MESA

Trasparencia de información y resultados es el mejor método de implicar a los empleados en la estrategia de la Empresa.

804. JUNTOS Y REVUELTOS

Es cierto que la Empresa paternalista es más humana porque mide a sus empleados, además de por la eficacia en su gestión, por el grado de bondad o malicia que tengan.

805. COMPAÑEROS INSEPARABLES

El futuro de la Industria depende de las personas. Éste es el recurso más importante de una fábrica. De ellas depende el manejo de los útiles y de las máquinas.

806. LA SEGURIDAD INDUSTRIAL

La dirección industrial debe ser rigurosamente respetuosa con la seguridad de sus empleados. Una máquina estropeada se puede arreglar; una mano cortada es para toda la vida.

807. CERRADO POR FALTA DE EMPLEADOS

El absentismo es la gran tragedia del mundo empresarial.

808. DESARROLLO EVOLUTIVO

Lo importante para un empleado es la capacidad que tenga de evolucionar dentro de una Empresa.

809. LO QUE EL TEST NO VE

Cuando selecciones a un empleado, lo más importante no es lo que sabe sino las posibilidades que tiene de aprender.

810. A IMAGEN Y SEMEJANZA

Los empresarios deben pretender contratar empleados tan buenos como ellos.

811. SE RUEGA TOCAR

Cuando quieras dar a conocer un error a un empleado para que rectifique, no especules con el entendimiento sino argumenta con ejemplos palpables, fáciles, inteligentes, demostrativos, casi tan matemáticos que no se puedan negar.

812. FLACO DE ENTENDEDERAS

Los empleados tontos superan su «ego» siendo codiciosos.

813. EL SERMÓN INNECESARIO

Cuando un buen empleado cometa un gran error, prescinde del sermón, de la moral y de las alusiones. Como buen empleado que es, ya tiene un sitio dolorido, por lo que no lo toques más. Háblale como lo haces ordinariamente y hazle creer que es la misma persona que antes. A fuerza de reflexionar, lo comprenderá.

814. PEDIR «ENTRE LÍNEAS»

Lo que un empresario pide a su empleado no es la parte técnica que da por hecho que la conoce, sino la capacidad de interpretarla y transmitirla.

815. LA PLUSVALÍA

Cuando una Empresa consigue que un empleado valga mucho más cuando salga que cuando entró, ha conseguido un buen plan de formación continua.

816. LA FORMACIÓN ES DE UNO Y DE OTRO

La Compañía sólo cubre parte del desarrollo total de un empleado. El resto, si quiere estar actualizado, es competencia de él.

817. ANALIZAR APTITUD PARA EVALUAR ACTITUD
La formación es una característica estratégica en una Empresa. A partir de la misma, se puede evaluar el potencial del empleado y la promoción profesional.

818. LA LLAVE DE LA PROMOCIÓN INTERNA
Una Empresa que invierte en formación, aspira a ser dirigida por personas que puedan ocupar diferentes puestos en diferentes departamentos, a lo largo de su trayectoria laboral.

819. EL MARGEN DE MANIOBRA
La Compañía debe proporcionar herramientas para el desarrollo del empleado pero el empleado debe tener la responsabilidad de planificar su propio futuro.

820. IMPLICACIÓN EN EL PROGRESO
El absentismo del empleado a los cursos de formación que le proporciona la Empresa define la falta de implicación directa del empleado en la Compañía.

821. RECURSOS DE CARNE Y HUESO
Los recursos humanos construyen o destruyen empleo. No suele haber término medio.

822. ARMAS DE SUPERVIVENCIA
La Empresa no puede ofrecer al trabajador empleo para toda la vida pero, al menos, le debe brindar posibilidades de encontrar un mejor empleo en el futuro a través de la formación que reciba.

823. LOS VALORES DE UN EQUIPO
El trabajo por proyectos implica un férreo compromiso del equipo.

El liderazgo no se compra.
Se gana.

824. Cambios asistidos

Para que un empleado cambie, hay que informarle y hacerle participar.

825. A vuestra disposición

El empresario está obligado a escuchar a todos sus empleados y responder a cada uno de ellos.

826. Pilotar la nave

Los empleados esperan del empresario que administre el negocio con justicia, con habilidad, buen juicio y con buena intención de acertar. Saben que si falta a estos principios, siempre irán errados los medios y los fines.

827. ¡Hasta siempre!

Cuando tengas que despedir a un empleado, ya que le castigas con hechos, no le trates mal con palabras.

828. En clave de discreción

El empresario debe dar siempre a valer su oficio, por lo que el reparto de beneficios entre sus empleados no debe ser vistoso sino provechoso y para todos. También, cuando sea espléndido con un empleado, ha de serlo recatadamente y sin alardes, para que los otros empleados no le tachen de hipócrita y vanidoso.

829. El primer empleado

Una de las mayores ventajas que tiene un empresario sobre sus empleados es saber ser empleado.

830. Crear escuela

El empresario debe exigir a sus empleados cortesía con los clientes teniendo en cuenta que la escuela de la misma cortesía debe ser él.

831. Gestionar bien los recursos humanos

Una de las funciones más importantes para el empresario, en la gestión de su Empresa, es hacer ver a sus empleados que están progresando.

832. El valor de la honradez

Cuantos más empleados honrados tenga una Empresa más se valora a su empresario.

833. Siempre queda

Si un empleado lo hace medianamente bien, luego tiene la satisfacción de lo profesional y de lo humano.

834. Derechos legítimos

El empresario justo reconoce de inmediato el derecho del empleado a ser respetado, por lo que no abusa de él.

835. Es cosa del jefe

Hay empleados que no piensan, solo obedecen creyendo que, en compensación, no son responsables de sus actos.

836. Objetivos no subjetivos

Los objetivos de los empleados siempre tienen que ser cuantificables y guardar relación con los del año anterior.

837. Armas de presión

Generalmente, las huelgas brotan siempre por un hecho material aunque en realidad son un fenómeno moral.

838. Pegar primero

Lo más importante para un empresario ante una huelga, es conocer los pasos que van a dar sus empleados. Esto es fácil ya que, aunque no se puede adivinar de antemano qué es lo que hará un hombre determinado, sin embargo se puede prever con precisión lo que hará el promedio de una cantidad de hombres, a través de la estadística.

839. LA PROFESIONAL DE LA LIMPIEZA

En las grandes Compañías, hay una empleada que no está demasiado valorada, teniendo en cuenta que a diario analiza muchos defectos y virtudes del resto de los empleados. Chequea a todos los presentes sin que, habitualmente, nadie denote su presencia. Si le preguntáramos a esta empleada «invisible» por las costumbres del director general, podría respondernos si es o no minucioso con los documentos y los tiene celosamente guardados en su estantería o si, lo corriente, es que estén revueltos por encima de la mesa del despacho; si es limpio en sus formas o si, en soledad, tiene el hábito de meterse el dedo en la nariz o de hurgarse los dientes con las uñas; si es o no consecuente en el actuar con sus colaboradores o si blasfema contra ellos en solitario después de adularles en público; si dice, a menudo, por teléfono a los colaboradores que tiene a su cargo: *es tu problema, soluciónalo o estarás pronto en la calle... si te lo prometí no me acuerdo,* cuando se supone que no debe hacer promesas y, si las hace, es para cumplirlas. En definitiva, puede definir aspectos de su personalidad que a diario se reflejan en su gestión como una losa, que el presidente nunca conocerá y que serían clave en el momento de promocionarle. Esta empleada «invisible» es la señora de la limpieza, cuya profesión es rondar por la mesa de todos sin que nadie la vea.

840. EFICACIA BIEN UTILIZADA

Para progresar en una Empresa es importante ser eficaz. Para esto, el empleado tiene que saber resumir y contrastar siempre la información antes de presentarla como un resultado.

841. LA OTRA CARA DE LA MONEDA

Desgraciadamente para la sociedad, en el mundo empresarial el incremento de rentabilidad no suele pasar por el aumento de personal sino por el incremento de ventas y productividad con el mismo o menor número de empleados.

842. Virtudes cardinales

Responsabilidad, compromiso, adhesión e implicación son valores muy importantes en un empleado.

---

843. Portavoces a pie de obra

Los empleados de todos los departamentos, para mantener su puesto de trabajo, están obligados a transmitir la voz del cliente a la dirección de la Empresa.

---

844. Abierto a crecer

El buen empleado es aquel que encuentra placer en preguntar, tiene ganas de escuchar y ansiedad por abordar cualquier tema nuevo que surja.

845. Moros y cristianos

La lucha de poder dentro de una organización supone la división de los empleados. Cada uno escoge a su líder y ejecuta sus encargos. Con ello se interponen entre las estocadas de unos y otros. Al final, muchos comprobarán que su ruina procede de su propio entrometimiento.

846. El poder transversal

Cuando las Compañías deciden gestionar transversalmente sus recursos humanos, los directivos pierden poder a favor de los empleados que pasan a intervenir directamente en las decisiones.

847. Yo te tiro y tú, al primer bote, me pasas

El empleado pelota tiene un orgullo voluble que siempre se lo presta a la persona a la que sirve.

848. Productividad en alza

En una Empresa, la productividad se aumenta potenciando la autonomía y participación en el trabajo del empleado.

849. POLÍTICAMENTE CORRECTO

La mejor política de empleo estable es vincular los incentivos de los empleados a los resultados. Con ello, la Empresa y el empleado van juntos.

850. EMPLEAR BIEN LAS CANAS

Tener en cuenta a los empleados mayores, que tienen capacidad de progresar y a los que se puede formar para los cambios, es mejor estrategia que prejubilarlos.

851. DIRECTAMENTE PROPORCIONAL

La rentabilización de las nuevas tecnologías debe ir en consonancia con el mantenimiento del empleo.

852. LA SELVA VIRGEN

La competencia interna entre departamentos puede dar lugar a la canibalización de la Empresa.

853. CON «P» DE PROGRESO

En una Compañía hay que trabajar con criterios de progreso en todo lo que afecte a las personas.

854. VER Y PREVER

Anticiparse, arriesgarse y tomar decisiones son valores muy importantes en un empleado.

855. LA PERTENENCIA

Organizativamente, un empleado pertenece a un departamento; pero, desde el punto de vista de estrategia de Empresa, debe pertenecer a la Empresa.

856. Cuando la jerarquía no se ve

No tener una organización jerarquizada no quiere decir que la Compañía no esté organizada. La jerarquía obliga pero no implica a los empleados.

857. Pasajeros con bagaje

La movilidad del empleado en una Empresa le da una aproximación resolutiva a los problemas de la Compañía.

858. Soluciones en la página de empleados

Lo importante de un empleado no es lo que sabe sino la capacidad que tenga de resolver problemas y decidir dentro de su nivel.

859. Eternamente hipócritas

La competitividad que existe entre los empleados de las grandes Compañías hace que, para algunos, éstas sean un vivero de hipocresía. Todo vale con el fin de sentarse en la silla del que está un puesto por encima. Para escalar, estos «hipocritillas» fingen que están haciendo sacrificios heroicos por la Empresa y, por el camino, no tienen reparos en desprestigiar a cualquier compañero molesto en el logro de sus objetivos. En su cabeza conviven, tumultuosamente, la grandeza del sueño y la astucia del engaño cotidiano. Suelen ser personas ambiciosas pero oportunistas que creen tener el porvenir y el éxito en sus manos, gracias a su tenaz hipocresía.

860. «Compromisos de cualidad»

La cualificación de los empleados, es de vital importancia en una Empresa, teniendo en cuenta los, normalmente, cortos periodos de vida de los productos.

861. El crédito de la confianza

La mejor muestra de confianza que recibe un empleado es la franqueza de su jefe. A partir de ahí, solo dependerá de él aumentarla. Cualquier error será una señal para devolver al jefe todos sus temores, pudiendo destruir para siempre la confianza.

862. CUSTODIAS COMPARTIDAS

El empresario debe tener presente con su gente de confianza, que éstos, aunque no sepan las interioridades de sus sentimientos, conocen sus actos; si éstos no son correctos, los empleados podrán mantenerlos en secreto mientras trabajen para él. Sin embargo, también debe conocer que no hay casi nadie que tenga un secreto que ninguno sepa.

863. NO LO SÉ PERO PUEDO INFORMARME

Cuando un empresario rico le pida un consejo a un empleado que está en un cargo medio, éste no debe engreírse, sino pensar que el jefe le honra con su entera confianza. Debe meditar que, si él merece esa opinión favorable por parte de su máximo jefe, probablemente no se la debe únicamente a la relación personal y, el hecho de haberla obtenido, es una razón poderosa para trabajar más y más para merecerla. Simplemente debe exponer con franqueza su modo de pensar y tener la prudencia de no creerse más sabio que él, aunque su consejo, el empresario lo emplee en beneficio de su negocio.

864. INVOLUCIÓN LABORAL

Hay empleados que no tienen ingenio; sólo saben lo que les han enseñado y no inventan nada. Por esta razón, cuando las circunstancias no se prestan a las fórmulas usuales y les obligan a salir del camino trillado, se quedan como un estudiante. Cualquier variación que no sea muy común basta para desconcertarles y no saben cómo remediarlo sin recurrir a su jefe. Estos empleados no progresan nunca porque, a las personas, se las mide por sus hechos.

865. CALORÍAS GRATUITAS

Hay empleados que, cuando les pides su opinión, exponen lo que hay, pensando que el jefe sabrá lo que es. En definitiva, no aportan nada nuevo.

866. Todos para uno y uno para todos

Cualquier empleado en una Empresa está obligado a contribuir a desplegar la identidad de marca, contribuir a la satisfacción del cliente, contribuir a la eficacia comercial.

> No malgastes tu horario trabajando más de lo necesario.

867. Métodos coactivos

El empresario que remunera mal a sus empleados, además de comportarse con temeraria insensibilidad, no conoce los sentimientos de ellos. Este mezquino no manda, lo único que ocurre es que tiene más dinero del que le corresponde y obliga a la gente a trabajar probablemente bajo la amenaza de que, si no aceptan el trato, sólo les queda el paro. A ellos les gustaría decirle que se guardara su dinero pero no pueden permitirse esos lujos. Que no se engañe pensando que, con su dinero, compra sus servicios como debiera ser. Lo único que hace es coaccionar brutalmente.

> Analizar tus puntos vulnerables, te arrojará resultados rentables.

868. Valores intangibles pero muy cotizados

El buen ambiente en el trabajo a veces suple un mal salario.

869. Sensibilidad abierta

El empresario, siempre dentro del trato de respeto, tiene que ser un poco tierno con sus empleados aunque en algunas ocasiones se lo haga pasar mal. Esta ternura natural es, en realidad, la conciencia clara que aleja a las personas de ser como monos. Ser tierno no significa perder el orgullo, ni la dignidad, ni la integridad. Simplemente hay que tener la honradez de no reprimir la ternura por cualquier circunstancia. La Empresa precisa, de manera especial y urgente, personas que tengan clara la conciencia, que estén en contacto los unos con los otros de una forma más tierna, más delicada.

870. La dignidad frustrada

Cuando un empresario despide injustamente a un empleado, normalmente le ofrece dinero, aunque no demasiado. El empleado debería responderle:

guárdese el dinero, ya que así no tendrá manera de tranquilizar su conciencia. A pesar de su dignidad, casi nunca puede decirle esto.

871. LA VERDAD Y NADA MÁS QUE LA VERDAD

La transparencia de información en una Empresa es un riesgo porque se dan a conocer las debilidades de la Compañía. Pero también es una ventaja porque nada queda en el cajón y los empleados son conscientes de la realidad.

872. CUENTO CHINO

Finalmente, el objetivo del empresario no es otro que procurar la riqueza para que sus empleados no pasen carencias.

873. REDOBLE DE TAMBORES

El empresario que, premeditadamente, se rodea en su Empresa de mujeres hermosas, cambiará el sentido común y su objetivo profesional por la falsa bondad.

874. MEJOR SIN MARCAS APARENTES

El empresario no tiene por qué vestir de una forma determinada. Puede hacerlo a su gusto pero ha de tener en cuenta que no puede pedir a sus empleados que hagan lo que él no hace.

La formación es el pasaporte mejor empleado para un empleado.

875. EL EMPLEADO DE AL LADO

Las «aldeas» son un buen nido para captar empleados para las Empresas ubicadas en las grandes ciudades y formarlos. La persona que sale de una «aldea» es porque verdaderamente quiere trabajar y sólo vuelve allí para descansar.

876. TACHA LO QUE NO PROCEDA

Hay muchos más empleados que se jubilan después de una vida profesional agradable que empresarios con éxito, por lo que debe ser más fácil sentirse feliz desarrollando una actividad profesional como empleado que como empresario.

877. EL MANDATARIO DE ABORDO

Muchas veces, las Empresas las dirigen los empleados fuertes, incluso más que el propio empresario. El empleado fuerte respeta y por esto piensa que es digno de respeto, por lo que no admite injusticias de sus jefes. El empleado débil, consciente de su flaqueza, profesa respeto por el fuerte y el ejemplo de éste suele detenerle en sus debilidades.

Canaliza la competitividad interna para evitar una rivalidad sucia.

878. CON PLENO CONVENCIMIENTO

El empresario tiene que llegar a conseguir que su grupo acepte su liderazgo sin discusión alguna y no porque sea el que tiene el dinero. Debe dominar porque sus empleados reconocen que sabe exactamente lo que busca, cómo obtenerlo con el menor número de problemas y al coste más bajo. Para conseguir esto tiene que conocer muy bien a la gente que trabaja para él y saberla conducir provechosamente.

879. EL FISCAL OCULTO

A veces te encuentras con empleados que hablan siempre mal de la Empresa, utilizando la sátira como censura malsana y nombrando a sus superiores sin ningún respeto. Este tipo de crítica generalizada e imparcial que fustiga lo bueno y lo malo, no va contra nadie en concreto, sino contra todos en general. Si alguien, en particular, se siente ofendido, es que su conciencia le acusa viéndose retratado en el objeto de la censura.

Cuestiónate la actitud del empleado que nunca pregunta.

880. LAS BUENAS HERENCIAS

El empresario tiene que dedicar su mayor esfuerzo a todo aquello que, a su entender, debe saber el empleado y transmitirlo como si fuera la mayor herencia para su Empresa; y, por lo tanto, para los otros empleados que han de venir.

881. A GUSTO O A DISGUSTO

El empleado que está contento con su trabajo experimenta, cuando lo hace, un principio espiritual, fino y agudo, en el que le es posible utilizar a su gusto cada uno de sus sentidos, darle vuelta a cada uno de sus pensamientos y observarlos desde todos los ángulos. Se siente feliz siempre que es capaz de realizar algo concreto con habilidad y destreza. Esta destreza tiene para él un encanto especial y reconfortante que le da más capacidad para lograr el éxito. Todo esto tiene que venir solo, no se debe buscar. Su aparición tiene un efecto benéfico; si se prodiga llega a fatigar o a restar fuerzas.

882. COMPAÑEROS DE VIAJE

El departamento de recursos humanos está en toda la vida del empleado. Primero tiene que seleccionar al adecuado; luego identificar su talento; desarrollar este talento; y, preparar la sucesión, antes de que se jubile o cambie de empresa.

883. EJE TRANSCENDENTAL

El punto de diferenciación en una Empresa ya no está en el producto (los puede copiar la competencia), sino en los empleados que la gestionan.

884. LA PERSONALIDAD A EXAMEN

El modo de comportarse con los clientes externos e internos define si un empleado tiene potencial o no lo tiene.

885. LA LABOR DE UN DETECTIVE

Las acciones de formación deben tener lugar tras identificar los aspectos mejorables.

**Talante y disposición
sobre talento y don.**

DIRECTIVOS
El Timón decisivo

Las decisiones, tipos de ejecutivos, la complicidad, la profesionalidad, los errores, las habilidades, el mérito, la precisión, la prudencia, la adulación, el caza-mejoras...

886. CONTRATACIÓN DEL MEJOR

El empresario, para seleccionar y contratar al mejor directivo entre la selva de los que se hacen llamar por este nombre, debe aplicar su gran lucidez a la comprensión del comportamiento humano y de sus motivaciones más recónditas.

887. EL TALÓN DE AQUILES

Seleccionar bien a un directivo exige la difícil tarea de reconocer bien sus debilidades.

888. TELA DE ARAÑA O TALANTE DE HORMIGA

El directivo que puede hacer crecer muy deprisa a la Empresa, también puede hundirla muy fácilmente.

889. CARRERA SIN OBSTÁCULOS

La puerta del despacho de un empresario no debe estar nunca cerrada y la de un directivo debe de estar siempre abierta.

890. EL REFLEJO DE LA LIMPIEZA

Un comercio limpio siempre tiene al frente un gerente aseado.

891. SABES AQUEL QUE DICE...

Desconfía de los ejecutivos que cuentan muchos chistes en el trabajo. No sólo pierden el tiempo en contarlos sino también en recordarlos.

892. UN VALOR DIRECTO

El mundo de la Empresa es una honrosa profesión que se mide por el valor de las personas que la dirigen.

893. LA ANULACIÓN DE LA ADULACIÓN

Adular al jefe es un síntoma claro de inseguridad. El jefe debe desconfiar del empleado adulador ya que la inseguridad merma la capacidad de decidir y ésta es la mejor virtud del ejecutivo, se confunda o no.

894. LENTES DIVERGENTES

El problema de las divergencias entre los ejecutivos de las Compañías, es que intentan hundirse unos a otros dejando que se verifiquen acontecimientos que deben evitarse y que a ellos les tocaba guardar y vigilar.

895. UNA DE CAL Y OTRA DE ARENA

Cuando el empresario no esté de acuerdo con sus directivos, para convencerles debe darles la razón en algo. Hay que pensar que el hombre vive de afirmación más que de pan.

896. DON MEDIOCRE

Los directivos que carecen de sensibilidad y creatividad dedican más tiempo a copiar mal que a gestionar bien.

897. HASTA NUNCA

Al directivo codicioso solo le mueve el interés egoísta. Piensa que cumple con su deber pero engendra el mal en su equipo y esa falta de solidaridad le excluye de la Empresa. No tiene sitio en un mundo de progreso.

898. PRESENTE DEL SUBJUNTIVO

Los directivos deben diseñar y poner en práctica la Organización del mañana con las personas de hoy.

899. El motor

El directivo tiene que ser el motor del cambio y para ello tiene que implicar a sus empleados como un engranaje de la misma maquinaria.

Un buen directivo debe valer más de lo que a la Empresa le cuesta.

900. El cazador

Un directivo debe tener orejas grandes, boca pequeña, ojos muy abiertos y ser un «caza-mejoras».

901. De tal palo tal astilla

Algunas veces te encuentras en las grandes Compañías que áreas de mucha responsabilidad, están dirigidas por personas mediocres que ocupan puestos directivos. Te preguntas como es posible que lleguen a ocuparlos. Está claro que el que los admitió o seleccionó era otro mediocre.

Es esencial aprender a negociar, incluso, la razón.

902. Pantalones bajados

A veces, un empresario agobiado por el trabajo y otras circunstancias del día a día, se doblega a los «chantajes» de un directivo. Entonces, se establecerá entre ambos una guerra emocional y profesional. El directivo se «saltará» todas las veces que pueda las reglas cotidianas que le fueron impuestas cuando formalizó su contrato de trabajo e intentará establecer una soberanía indiscutible sobre su jefe, para dejar claro sus pretensiones ante los otros empleados de «sustituirle», de «eliminar al jefe», de demostrar «quién manda de veras». Hay que tener en cuenta, que los «mandamientos» que impone un empresario a sus empleados, son los límites que él considera necesarios para el desarrollo de su Compañía y, en cierto modo, una forma de establecer su «soberanía». El ambiente «libre de mandamientos» anima a la falta de límites y, si el empresario lo permite, probablemente pierda en ocasiones la claridad de criterio mezclando argumentos de gestión, de exigencia máxima de calidad y de rigor, con otros personales que nada tienen que ver con los objetivos y el progreso de su Empresa. En definitiva, si se somete a este «chantaje», probablemente justifique su frustración con un comportamiento lleno de

Anticiparse a una situación es robarle al tiempo el balón de la decisión.

incongruencias y contradicciones, aunque nade en la abundancia. Y, lo peor es que no podrá quejarse a su directivo porque sentirá que ha perdido el control sobre él.

903. LA ELASTICIDAD DEL RIGOR

Las decisiones de un directivo cuando son excesivamente rígidas pueden llegar a ser artificiales. No deben imponerse a los datos sino surgir de ellos.

904. EL CUENTO DE «PULGARCITO»

Los directivos mediocres, cuando informan de su trabajo nunca son puntuales. Tienden a contar las acciones corta y sucintamente dejándose en el tintero por descuido, malicia o ignorancia lo más sustancial.

905. CIELOS DESPEJADOS

Un empresario ha de tener en cuenta, con sus directivos, que el hombre es un animal imperfecto. Por lo que no ha de ponerles trabas donde tropiecen y caigan, sino quitárselas y despejarles el camino de cualquier

El buen género carece de género.

inconveniente para que, sin pesadumbre, dirijan sus departamentos intentando alcanzar la perfección que a él le falta.

906. CARA O CRUZ

Para conocer si tu directivo es honesto, vigila como responde a los regalos y servicios inoportunos que le ofrecen los proveedores.

907. CONFIANZA CON FIANZA

El empresario, a veces no puede comprender a un directivo cercano en el que ha puesto grandes esperanzas para gestionar su negocio. Entonces, debe meditar que, estas esperanzas son una visión espectacular y superficial y que, esta perspectiva en primeros planos, es muy poco adecuada para conocer la profundidad psíquica propia de los directivos de su Compañía.

908. Presunta inteligencia

El empresario, por su posición, inevitablemente siempre desconfía un poco de la inteligencia de sus directivos. Estos, es mejor que lo tengan en cuenta y se muevan a su lado con sentimientos más humanos que materiales.

909. Oportunidades castradas

Algunos directivos mediocres de grandes Compañías, tienden a infravalorar a los pequeños proveedores. Cuando éstos les ofrecen sus proyectos, la mayoría de las veces no los estudian con profundidad e, incluso, los desechan de antemano dando la callada por respuesta. Con esto, lo único que consiguen es que tales proveedores, de los que se alimenta la Empresa en un porcentaje muy importante, ofrezcan sus proyectos primero a su competencia antes que a ellos.

910. Visión por infrarrojos

Cuando la Empresa está pasando por un mal momento, hace falta un directivo visionario.

911. Valor de mercado

Si al empresario le abandona su mejor directivo y se pasa a la competencia, no debe considerarlo ni bueno ni malo, ni tiene por qué rebajarle o elevarle el ánimo. Su peso específico en la Empresa resulta algo más que un combate.

912. Ambiente muy cargado

Una Compañía mal gestionada por sus directivos provoca enseguida la resistencia del resto de los empleados. Los directivos pueden pensar que es poco sólida y que son sólo vagos movimientos de tracción sobre la dirección pero cada mes comprobarán que crece la hostilidad y ésta pasará de sorda a patente.

913. Línea comunicando

Entre los directivos con los que he tenido que «lidiar» a lo largo de mi vida empresarial, el director de *marketing* ha sido el más «escurridizo». Cuando no me conocía, normalmente no solía ponerse al teléfono y, por descontado, casi nunca devolvía la llamada. He llegado a la conclusión de que es porque se dedica a algo tan etéreo como el *marketing* que se esfuma fácilmente.

914. Inspirar, espirar

Para inspirar compromiso no hace falta ser el jefe.

915. Ver la paja en ojo ajeno

Los directivos mediocres suelen tener el particular entretenimiento de censurar escrupulosamente y sin misericordia las faltas ajenas.

916. La mejor participación

El orgullo de un ejecutivo por la Empresa en la que trabaja es el reflejo de la calidad en la Empresa.

917. Los «Direc-tipos»

Hay ejecutivos que hacen ver a su presidente que les va la vida en su trabajo y hay otros que dejan claro que hay tiempo para todo. Los primeros son de semblante serio, parece que siempre están ocupados y sólo viven para el jefe en vez de para la Empresa. Los segundos, sonríen constantemente y se les ve felices con lo que hacen, dedican a sus colaboradores el tiempo necesario y sacan adelante la Compañía aunque a veces se olviden del presidente.

918. El fruto del compromiso

El resultado del cambio en una Compañía es fruto de los compromisos de los directivos.

919. CÓMPLICES

La complicidad entre directivo y empleado es fundamental en la consolidación de nuevas estrategias.

920. DE PROFESIÓN: DIRECTIVO

La profesionalidad de un directivo se valora por su capacidad de anticiparse a las situaciones y decidir sobre ellas.

921. LA FUERZA DEL EQUIPO

Los directivos no tienen que temer el hecho de ceder poder a favor del trabajo en equipo.

922. RELATIVAMENTE CERCANO

El directivo debe aprender a relativizar los problemas aproximándose a ellos.

923. EL MENOS COMÚN DE LOS SENTIDOS

He escuchado a muchos empresarios decir que, en los negocios, lo que prima es el sentido común. Sin embargo, la experiencia me ha demostrado que algunos empresarios suelen carecer de éste. Si lo tuvieran, no se embarcarían en aventuras tan aparatosas aunque fueran muy rentables. Por ello he llegado a la conclusión de que los que tienen que tener mucho sentido común deben ser los directivos.

924. RESPETAR LOS PROTOCOLOS

El directivo debe tener en cuenta que, en una Empresa, no se debe resolver un problema sin atender a los procedimientos.

925. EL TIEMPO TODO LO PONE EN SU SITIO

El ejecutivo que esconde sus errores no podrá evitar que el tiempo revele lo que oculta su astucia y que sus acciones torpes terminen saliendo a la superficie. Aquel que cubre sus faltas, tarde o temprano, el tiempo le avergüenza.

926. La deslealtad

En las grandes Compañías, para desgracia de los accionistas, muchas veces los directivos prefieren empleados leales a empleados honestos.

927. Falso techo

Para un directivo, seducir a su jefe buscando una promoción que no merece resulta a veces muy difícil, sobre todo si el jefe es honrado. Hay que tener en cuenta que a este tipo de hombres honrados, los objetos seductores les distraen pero no les llenan y, aunque les ofrezcan placeres, ellos buscan virtudes.

928. No pasa nada y si pasa, no pasa nada

El directivo mediocre siempre piensa que sus errores son involuntarios y que un error involuntario no es un crimen, por lo que no hay por qué combatirlo. Pero la realidad, es que los problemas siempre suelen ser involuntarios, en el momento.

929. Dudas preventivas

El empresario debe transmitir a sus directivos que no duda de su maña pero que los buenos nadadores también se ahogan.

930. Útil o sutil

Cuando un empresario quiere que le entiendan sus directivos con agilidad, debe evitar ser sutil. La sutileza sólo se emplea para expresar una verdad evidente en un lenguaje que muy pocos pueden entender.

931. El teatro empresarial

El directivo debe tener una habilidad especial para las descripciones y un ojo de artista para los efectos.

932. Premios acumulativos

El directivo tiene que tener presente que su mérito para el jefe casi siempre estará en: «el que hace más es siempre el que lo hace mejor».

> *Intenta siempre oír más allá del eco de tu voz.*

933. Los directivos emergentes

El mundo empresarial del siglo XXI será esencialmente femenino. La mujer no solo dirigirá de manera habitual los principales departamentos de gestión, sino que llegará, también, de forma habitual a la presidencia. Serán los motores dinámicos, problemáticos y resolutivos de la Empresa de este siglo. La imagen que el pasado propició como objetos de contemplación quedará definitivamente borrada.

934. Exponer no imponer

El directivo siempre tiene que tener presente que él no defiende su modo de pensar sino, simplemente, lo expone. Es al empresario al que le corresponde decidir. Sin embargo, si la decisión es diferente a la expuesta, debe insistir en conocer los motivos que ha tenido el jefe para saltarse los suyos.

> *La adulación produce distorsión y merma la capacidad de decisión.*

935. Esfuerzo añadido

El entorno empresarial es tan agresivo que obliga a la mujer directiva a dejar de ser cálida y cercana para demostrar que es eficaz.

936. Pintor «realista»

Entre todos los puestos directivos, el más implacable es el de director financiero. Esta persona que lo ocupa, convierte el estudio de la Empresa en una meta, en si misma, desprovista de juicios de valor y de opiniones. Le da igual que los empleados sean agradables o penosos; él solo se ocupa de balances aunque sean agobiantes y asqueantes y de juzgar, cuanto menos, al ser humano. Su trabajo es valorar todo e incluirlo en las cuentas, cada detalle, de una manera imparcial presentando lo horrible y lo bello tal cual sea. No puede hacer concesiones de ningún género ya que, ser implacable, es el aval de su profesionalidad.

937. DIRECTIVA Y DEMOSTRATIVA

Una constante afirmación de su voluntad y un afán de mando son los síntomas de la mujer directiva. Para no frustrar su voluntad de dominio se ha dotado de un instinto más cultivado, un talante impositivo más refinado y sutil. Éste es su verdadero encanto.

938. A SUS ÓRDENES MI GENERAL

El empresario es el amo. Por ello ha de tener una astuta compresión de las cosas que hable con los directivos o con el consejo de administración, ejercer su poder sobre estas mujeres y hombres llamados prácticos y ser más práctico, más astuto y más dominante.

939. NO HAY TREGUA

Al buen ejecutivo, aunque sea tímido, no le queda más remedio que atreverse a diario si no quiere que le pisen los que vienen detrás.

940. PRECISIÓN MERIDIANA

El mundo empresarial necesita ejecutivos precisos, cuyas definiciones no sean engañosas y cuyas opiniones no desaparezcan dentro de las siguientes.

941. ESPEJITO, ESPEJITO

El empresario debe pensar siempre con respecto a sus directivos, que el espejo reluciente puede empañarse y oscurecerse con cualquier aliento que le toque.

942. ENTRE TANTOS, HAY DE TODO

Entre muchos, hay dos tipos de directivos: uno, el que piensa que no todos pueden ser jefes y, otro, el que cree que todos los jefes no tienen por qué ser seguidos con fidelidad. El primero es un respetuoso empleado que dobla la rodilla enamorado de su propia servidumbre obsequiosa y honrada y va pasando el tiempo al lado de su jefe nada más qué por «pienso» hasta que se hace viejo.

Las luchas del "macho dominante" vulneran la seguridad de la manada.

El otro, ateniéndose a las formas del respeto, conserva su trabajo sólo al servicio de su persona y, con meras apariencias de obediencia a su jefe, prospera con él. Una vez que se ha forrado, se rinde homenaje sólo a sí mismo. Su dedicación profesional, aun pareciendo que es para la Empresa, es sólo para sus fines personales que saldrán a la luz cuando las acciones exteriores le ofrezcan un clima propicio.

943. Conduce con prudencia

Cuando un empresario compra una Empresa para expansionarse, sus directivos no deben entrar en si esta nueva adquisición ha sido útil, inútil o perjudicial para la Compañía. Tienen que pensar que, a partir de ese momento, un proyecto puede convertirse en dañino o provechoso según se maneje la prudencia de los que van a dirigirlo.

Al mediocre, como al virus, hay que combatirle desde dentro reforzando las "células" buenas.

944. Yo me mi conmigo

Muchas veces, un empleado se siente frustrado al darse cuenta de que, si no quiere perder su puesto de trabajo, tiene que hacer estrictamente lo que le manda su jefe, aún estando en desacuerdo y con la creencia de que la orden será perjudicial para la Empresa en la que trabaja. Intenta convencer a su jefe del error pero no consigue exponer su opinión. Este tipo de jefe es incapaz de atender la opinión de un empleado al que considera inferior porque le manda. Hay que tener en cuenta que, para la mayoría de los mediocres, una sociedad les parece muy buena si es semejante a la suya y gradúan por esta regla el mérito de los otros. Por eso, consideran que solo lo suyo es lo correcto.

945. Ilustrísimo «ejecutivillo»

Algunas Empresas contratan a un aristócrata para utilizar sus contactos. Este tipo de ejecutivo es contratado porque, mil años antes de nacer, murió uno que se apellidaba como él, y que, tal vez, fue un hombre de provecho aunque él sea un inútil.

946. CAJÓN DE SASTRE

Una Empresa debe ser una mezcla de ejecutivos ambiciosos con excesivo deseo por el dinero, de cobardes que, a la hora de acometer nuevos proyectos, pequen de sobrada prudencia; y, de temerarios con un valor precipitado.

947. APRENDIZ DE OFICIOS VARIOS

El directivo de esta era tiene que ser «pluri-disciplinar». No puede ser un especialista de un campo determinado. Debe abarcar muchos campos del conocimiento pero sin renunciar a la profundidad y el rigor. Es decir, sin ser un experto en ningún campo en concreto, debe llegar a tener una comprensión amplia y profunda de todos ellos. Esto no significa dispersión ni falta de límites. Se trata de una formación basada en el autoconocimiento, observando a los demás y aprendiendo del entorno, intercambiando información con estos, en un proceso continuo. El que lo consiga, tendrá la ventaja sobre los demás de tener delante de sí un conocimiento transparente basado en la amplitud y diversidad de fuentes, que podrá utilizar en beneficio de la Empresa y de su progreso personal dentro de la misma.

948. PREDICAR CON EL EJEMPLO

El directivo debe ejercer la crítica y la autocrítica con una fuerza implacable en un intento permanente de mejorar el mismo. Tiene que tener claro que a partir de su esfuerzo, se forma al empleado que dirige.

949. MEDITAR SIN RECLUTAR

Cuando el directivo medite sobre un problema, tiene que tener claro que reflexionar no es buscar adeptos.

950. El «copiota»

El directivo que copia a su subordinado y presenta el informe de éste como suyo, cuando le pillan, suele afirmar que, aunque le agradaba

> **Un mal ambiente puede ser el detonante para que una Empresa reviente.**

el trabajo de su empleado, en realidad lo ha adaptado a las necesidades y preceptos de la Empresa. Defiende en algo la postura de aquel pero le otorga ligereza en sus acciones y en los textos y él se adjudica la grandeza. Y, sobre todo, en lo que concierne a lo esencial del trabajo, dice que él le instruyó para realizarlo dedicando todo su tiempo; y que lo que le presentó en un principio, no tenía nada que ver con el actual. Por ello, considera que las reglas de «suspenso por copiar» no debían ser aplicadas de forma tan estricta, ya que el trabajo final es fruto de su reflexión, de poner a prueba su voluntad, de no dejar decidir libremente a su empleado y de su razonamiento sobre la actitud que había que seguir. Piensa que, es más virtuoso que malvado y, por alguna debilidad humana, no se merece caer en la desgracia de que su empleado se le suba a «la chepa». *En definitiva* —terminará diciendo— *el éxito del informe me lo deben a mí.*

951. «Los poli-ejecutivos»

En todo tipo de Empresas, pero en especial en las grandes Organizaciones, suele haber un tipo de ejecutivo que se preocupa más por hacer «política de Empresa» para progresar, que de realizar con profesionalidad su trabajo. Son personas cuyas personalidades viven dentro de unos cuerpos flexibles y manejables, por lo que tienen aprendidas todo tipo de posturas para hablar, escuchar, admirar, despreciar, aprobar y reprobar, desde la acción más importante hasta el gesto más frívolo. Cambian de cara más que de traje y, con el mismo tono, dicen una verdad o una mentira. Saben frases de mucho boato aunque tengan poco calado y tienen una gran provisión de cumplidos, de enhorabuenas y de pésames. Han adquirido, a costa de esforzarse en hacer «política de Empresa» en lugar de «gestión de Empresa», cantidades ingentes de ceños, sonrisas, carcajadas y hasta, si se tercia, suspiros y lágrimas, para hacer creer a su entorno que están dotados de un gran entendimiento humano. Son veletas que no dan sentido alguno a valores profundos como la amistad, la verdad, las obligaciones, el deber, la justicia y otros muchos que la buena gente mira con tanto respeto. Sin embargo, la realidad es que estos individuos sacan fruto de su estrategia y suelen estar más cerca del presidente que otros con más talento. La mayoría se enriquecen y consiguen dirigir las más importantes áreas de gestión. Si fracasan, sus superiores les encubren y les sitúan en cargos de menor responsabilidad ejecutiva pero con igual o mejor remuneración. El empresario debería preguntarse, a menudo, cuántos de los suyos pertenecen a esta raza y meditar que está financiando la carrera de personas que malgastan sus esfuerzos en ejercicios inútiles para la Empresa.

SOCIOS Y ACCIONISTAS

Legítimas porciones

La mejor sociedad, el engaño, el conocimiento recíproco, el interés, la vinculación, el divorcio...

952. LA MEJOR COMBINACIÓN

La mejor sociedad es la del listo con el inteligente. El listo es frío y calculador y el inteligente es creativo y emocional. El inteligente ha de tener en cuenta que, sin el listo, puede fracasar más fácilmente; mientras que el listo sin el inteligente a lo mejor no progresa mucho pero lo más probable es que conserve su negocio.

953. MOTIVO DE DIVORCIO

Meter una sola vez la mano en una caja que es de dos, sin el permiso de uno, significa perder al socio.

954. DOMINAR EL ENGAÑO

Cuando descubres que un socio te engaña, sopesa antes la parte emocional que la racional, ya que has de dominar la primera para que no te traicione cuando ataques con la segunda.

955. ALGO MÁS QUE CONOCIDOS

El socio no tiene por qué ser el mejor amigo. No nos olvidemos que la vinculación societaria es, esencialmente, económica. Estar demasiado unidos puede conducir a tomar excesivas confianzas por alguna de las partes. Mejor mantener un discreto punto intermedio.

Ingenio y sagacidad es la mejor mezcla para una sociedad.

956. El sometimiento consentido

Cuando un socio se somete a otro, éste reacciona mal cuando el sometido deja de hacerlo.

957. Sabio y resabio

Una buena sociedad es aquella que está formada por un ingeniero y un vendedor.

958. Nobleza obliga

A veces, un empresario con buen corazón tiene un socio que no entiende el sentido de su inocencia. Éste piensa que, porque el primero sea buena persona, puede dominar su corazón y encadenarle, de tal modo, que se convierta en un ser fiel solo a él. Para evitar esta situación de fidelidad mal entendida, el socio bueno debe recordarle de continuo que, el hecho de ser un buen socio, no significa que el dinero lo gane a su costa.

959. Conservando las apariencias

Cuando percibas que tu socio emplea contigo una «ceremoniosidad» forzada, es que la calidez de vuestra relación se enfría y empieza a decaer. En ese momento pueden comenzar las trampas aunque se conserven las apariencias.

960. Conocimiento recíproco

Cuando dos personas van a asociarse para montar un negocio, cada uno de ellos debe estudiar al otro; observar su carácter, buscar y conocer lo antes posible lo que conviene ceder para tranquilidad de ambos y hacerlo sin disgusto porque es recíproco y se ha previsto. A partir de aquí, probablemente nazca entre ellos una común benevolencia y el hábito que fortifica y favorece poco a poco una amistad y una confianza que, unidas a la estimación, formarán una sólida Sociedad en beneficio de todos. De esta forma, si por divergencias se separan en el futuro, los defectos de uno y otro no les pare-

Una sonrisa forzada es una emboscada anunciada.

cerán chocantes e insoportables repentinamente, porque no se habrá formado alguna idea de perfección entre ellos y nadie se sentirá humillado ni herido en su vanidad. Hay que tener en cuenta que en estos momentos de problemas, se agrian los espíritus, aparece el mal humor del que nace el odio, moneda con la que se paga de refilón a los empleados.

961. CAUTOS AL PRINCIPIO

Cuando las Empresas ofrezcan a sus accionistas buenos resultados mensuales, éstos deben meditar que no significan una consolidación anual.

962. LO SUCIO DEL SOCIO

Para un empresario no hay nada más inesperado, más sorprendente y más desagradable que descubrir que un socio le está robando. A partir de ahí, la simpatía obligada se convierte en antipatía y, el disgusto, en el fatigoso trabajo de separarse del socio.

963. REVELAR POSTURAS

Antes de formar sociedad con otros empresarios ten presente que el bien y el mal se oponen como el blanco y el negro. Pregúntate de qué lado estás y de cuál están ellos.

INTEGRACIÓN EMPRESARIAL
La asignatura pendiente

964. LA CAPACIDAD DE LA DISCAPACIDAD

- La principal barrera para un empleado con discapacidad no es precisamente su minusvalía, sino la barrera mental del empresario al admitir en su entorno un modelo no estereotipado.

- La imagen externa «roba» gran parte del peso específico de un C.V. en el momento de acceder a un puesto de trabajo. Por esto, una persona con discapacidad suele verse obligada a tener que demostrar, constantemente, un valor añadido para «suplir» su minusvalía.

- Ofrecer un puesto de trabajo a una persona con discapacidad tiene grandes posibilidades de éxito. No solo se le brinda a este empleado la viabilidad de poder desarrollarse profesionalmente, sino, también, se le abre la oportunidad, muchas veces única, de demostrar su valía a sí mismo y a los demás. Estaremos contribuyendo a aumentar su autonomía personal y su autoestima, condiciones estas, indispensables, para que una persona pueda sentirse como tal: persona.

- Contratar a una persona con discapacidad es apostar por las diferencias. En una sociedad plural y diversa como la nuestra, admitir esto es estar abierto al aprendizaje y, por lo tanto, a crecer. Las diferencias, precisamente, son las que nos hacen a todos más iguales en nuestra condición humana.

- La discapacidad en la Empresa no debería tener un capítulo aparte. Cualquier signo de protagonismo hacia un colectivo determinado, deja entrever que esa situación no está realmente normalizada. (Una situación socialmente normalizada no tiene día de...)

- El empresario, no obstante, también tiene que tener en cuenta que la discapacidad no es salvoconducto de nada. A la hora de contratar

221

a una persona con minusvalía deberá valorar todos los «bienes» y los «males» terrenales a los que estamos sujetos todas las personas.

- Uno de los principales enemigos de una persona discapacitada para encontrar trabajo, es la «desinformación» del empresario en cuanto a las contraprestaciones que puede obtener por este tipo de contrataciones laborales. Hay que tener en cuenta que la falta de información siempre provoca una huída.

- Cuando un empresario tenga dudas sobre la posibilidad de contratar personas con discapacidad en su Empresa, debe meditar que todos somos minusválidos en algo y no por ello dejamos de ser válidos en algo.

- Hacer accesible un puesto de trabajo o una WEB, tiene coste cero si se tiene en cuenta desde el principio. Por ejemplo: antes de comenzar una obra, pensar en el ancho de puerta de un aseo, no grava el presupuesto y, sin embargo, sí puede imposibilitar el paso de una silla de ruedas si no se ha previsto.

- La función primordial para una Empresa es generar, de forma sostenida y a largo plazo, valor para el accionista. Es decir, las Empresas tienen que ser rentables pero tampoco deben olvidar su compromiso con la sociedad. La integración laboral y la creación de empleo para discapacitados es una clara apuesta de gestión por la «rentabilidad social». Estos retos solidarios deberían ser universales.

- Desgraciadamente, la mujer discapacitada sufre «dos minusvalías»; una es la suya propia y la otra es la herencia social de una sociedad como la nuestra, todavía machista, de la que la Empresa tampoco está exenta. Y ello suele repercutir tanto en las oportunidades como en el sueldo.

- No es necesario buscar un Stephen Hawking para rendir pleitesía al mundo de la discapacidad. Al igual que en el mundo de los «validos», también existen muchos «premios Nobel» camuflados bajo el humus. El desafío del Empresario audaz pasa por saber detectar la madera donde otros solo vieron leña.

- Lamentablemente un empresario es mucho más sensible y receptivo a la discapacidad cuando tiene en su entorno cercano a alguien que la sufre. Esto es igual de lamentable que el hecho de poner un semáforo en un cruce peligroso, solo después de que se haya producido uno o varios accidentes mortales.

- Trabajo y discapacidad no deben ser sinónimos de «limosna por caridad» sino de «oportunidad como los demás».

V

El selectivo «Reflex 35»

Un valor que no cotiza en bolsa

Anécdotas empresariales
y reflexiones sobre:

La fortuna, el talento, el cierre de la Empresa, el valor del dinero, las bajas pasiones, lo importante de una Compañía, ir hacia delante, el rostro y el corazón, los empresarios turbios, la era de oportunidades, conocer para convencer, una segunda oportunidad, las relaciones sentimentales, los tiburones, contratar a familiares y amigos, el falso éxito, tipos de empleados, el cofre y el candado, la vejez del empresario, la mujer en la Empresa, la perra vida del empresario, una de punto.com, reflexiones en la mitad de la carrera empresarial, la seducción en los negocios, vender o no vender, renovar lo obsoleto, el refugio del millonario, el destino del presidente, las huelgas, los chismorreos, la opulencia y la miseria, pautas imprescindibles en la vida de un empresario, las armas del empresario, los trepas, expatriados...

965. La Diosa Fortuna

Después de haber vivido muy de cerca cómo una persona, partiendo de una idea sencilla, que casi rayaba en una ingenuidad bochornosa, la maduraba, la elaboraba y la convertía en una auténtica necesidad al servicio de la sociedad, he llegado al convencimiento de que la fortuna está tan cerca del hombre que, en la mayoría de las ocasiones ni tan siquiera éste es capaz de poder llegar a enfocarla, dado el escaso espacio existente entre la evidencia y su propio ojo empresarial.

966. El talento «de ley»

En los inicios de mi carrera empresarial conocí a un empresario arruinado que vivía modestamente altivo, retirado del mundo de los negocios y de una corta renta que había salvado no sabemos cómo. Rondaba los setenta años y había sido un hombre poderoso, buscado y agasajado.

Organizaba todos los meses en su casa una tertulia a la que asistían empresarios muy influyentes, de toda España, propietarios de grandes compañías. Bebíamos café y té, nunca alcohol por respeto a nuestro anfitrión, ya que unos años antes había tenido graves problemas con la bebida, tal vez impulsado por la pérdida de sus Empresas, aunque ya estaba rehabilitado. Se hablaba de política, deportes, de la sociedad en general y se hacían contactos.

El anciano empresario era de estos hombres con una situación de ánimo desprendida de la esperanza pero parecía que nada se le escapaba y nada le engañaba. Daba la sensación de que conocía bien el fondo de la vida, de la humanidad y del destino. En todo decía lo justo con una especie de abatimiento noble y desinteresado. Me insistía siempre para que asistiese. Como la tertulia se componía de empresarios escogidos y yo era joven, propietario de una pequeña Empresa y desconocido, me sentía admitido por tolerancia. Una vez le di a entender que me encontraba fuera de lugar entre tanto hombre imponente y con talento. Me miró grave y me dijo: *amigo, no es a veces la educación igual al talento. Hay dos clases de talento, el que posees realmente y el que te prestan. Aquí puedes encontrar muchos prestados.* No entendí el significado de su comentario y le pedí que me lo explicase, a lo que me respondió: *los hombres con talento propio son sabios, los hombres con talento prestado son hábiles. El empresario con talento propio confía en su poder, es partícipe personal y útil para su Empresa, se compromete, se enfrenta. El empresario hábil maniobra con el poder, trabaja a cierta distancia no por actos consumados sino por aceptación de sus ideas, mira sólo por su conservación, se apodera del barco cuando ha naufragado.*

967. LA MEJOR OPORTUNIDAD

En un almuerzo con un empresario que tenía una de las principales Empresas de conservas del país, éste me comentó que había descubierto que su director general no tenía tanta virtud y fuerza natural como para no dejarse atropellar por los regalos que le ofrecían sus proveedores. Siempre había sido un hombre leal y ahora se le presentaba el terrible dilema de despedirle o perdonarle. Esta situación le había afectado mucho y me pidió mi opinión. Como nunca había estado en una situación similar, sólo pude responderle: *la mejor oportunidad que te puede dar la vida es una segunda oportunidad. Pregúntaselo a los que han superado un cáncer. Tal vez, si te ha sido fiel, debas concedérsela.*

No volvimos a hablar del tema y pasados unos meses almorzamos de nuevo juntos. Le pregunté qué había hecho con su directivo y me dijo: *»lo que me comentaste de la segunda oportunidad, me hizo reflexionar. La verdad, es que la triste condición humana es tal, que no existe hombre alguno que no tenga flaquezas; y si se piensa en la diversidad de temperamentos, la educación de cada cual, así como que la vida esta tejida con errores, desaciertos y faltas, es más fácil comprender las debilidades del prójimo. Esto lo he visto constantemente en el mundo: la ridiculez en todas sus manifestaciones.*

»Sin embargo, a mi director general le debo parte de mi progreso y la concordia diaria que hace posible poder abrir las puertas de mi Empresa cada mañana. He preferido no despedirle. Le he quitado los regalos y le he recordado la virtud que encierra en sí la buena fama.

968. LA OBSESIÓN DE LA AMBICIÓN

A lo largo de mi vida empresarial me he cruzado innumerables veces con el sentimiento de la ambición en todas sus variantes. Las experiencias más cercanas han sido con empleados.

A veces uno se encuentra con una persona en un cargo medio en el que se denota una ambición extremadamente codiciosa y, se piensa que, de seguro, hará lo imposible para intentar llegar a un puesto directivo; y otro, en el mismo cargo medio, quién, con su talento, uno no se explica cómo no ha llegado ya a director general.

El primero da la sensación de que los cinco sentidos del hombre se reducen a una desmesurada ambición. De noche sueña y de día solo piensa en progresar y enriquecerse como sea. En su ánimo, la naturaleza no es hermosa, ni las diversiones son divertidas, ni la comida le satisface, ni la conversación le gusta, ni la salud le reconforta, ni la amistad le enriquece, ni el amor le fortalece; nada le importan las cosas que no adelantan un paso para quitarle el puesto al que está por encima de él. A lo largo de la vida, los demás hombres pasan por alteraciones de gustos pero él no conoce más que un gusto que es el de adelantarse y así comprende todas las infinitas casualidades de la vida humana. Para él, todo inferior es casi un esclavo, el igual es un enemigo y el superior un tirano al que hay que hacer abdicar. Desprecia al hombre sencillo, aborrece al discreto y, en público, aunque sea un inepto, quiere parecer sabio. En vez de hombre se siente un semidiós, por lo que está lleno de maquinaciones para ocultar ante los demás sus flaquezas, vicios y, tal vez, algunos delitos de los que se sirve para progresar. Cree que la mala intención puede suplir al talento. Sin embargo, a pesar de que es un frenético agitado en su delirio, suele resultar divertido para los que le ven de lejos y no ostentan esa desmesurada ambición. Esta diversidad de ardides, astucias y artificios es un gracioso espectáculo para quien no la teme.

Luego está el segundo, el que no te explicas como no ocupa ya un cargo de director general. Éste puede ser una persona que, en su juventud, pasó por la Universidad y luego hizo carrera en varias Empresas. Esta variedad parece que le ha hecho mirar con indiferencia la ambición. Sabe que el mérito oculto en el mundo empresarial es despreciado y, si se manifiesta, atrae contra sí la envidia y a sus secuaces; por ello, prefiere estar retirado en un puesto intermedio donde pueda ser útil su talento y su buen corazón. Si puede, beneficia a otros compañeros para que progresen en vez de hacerlo él.

Sin embargo, respetando las inquietudes de cada uno, este empleado aunque sea una buena persona, será siempre un mal empleado y, ser un buen empleado, es una obligación que contrae la persona al entrar en una Compañía si quiere trabajar en equipo, que se le estime y que no le miren como a un extraño.

Es una lástima para la Compañía la pérdida del talento de estas personas, que parece que han cogido el retiro antes de tiempo, en contra de los empleados de ambición desmesurada, que se mantienen dentro, aunque sean un estorbo. Estos empleados con talento, que están en edad de servir a la Empresa, deberían estar buscando siempre ocasiones para ello, aún a costa de disgustos. No basta ser un buen empleado para unos pocos, hay que procurar serlo para la totalidad de la Empresa.

Es verdad que no hay carrera empresarial que no esté sembrada de trampas lo que, a veces, la convierte en un camino árido y desabrido pero esto no debe ahuyentar la ambición de la persona que camina con firmeza y valor. También es cierto que este empleado trabaja con mucha prudencia y no sabe adular a sus superiores; teme verse sometido a siniestras interpretaciones de su trabajo, unas veces a causa de la envidia, otras de la ignorancia y sabe que su talento puede arruinarlo un jefe mediocre en un instante. Pero el empleado que conoce la fuerza de emplearse a fondo con su talento, valor y ambición, sabe que vale la pena sacrificarse en beneficio de la Empresa, aunque con ello se exponga a los defectos de los hombres que le dirigen. Ser un buen profesional siempre tiene la compensación del trabajo bien hecho.

La postura de la conservación simple y propia del puesto de trabajo es tan opuesta al bien común y al progreso de una Empresa, que una Compañía compuesta mayoritariamente por empleados de este tipo, termina siendo dominada por los ejecutivos primeros, con ambiciones propias y pocos escrúpulos.

La ambición bien encauzada siempre ha llevado a las personas honestas a despreciar los vicios y emprender cosas grandes. El noble entusiasmo de la ambición es el que siempre ha hecho progresar a la Empresa, detenido las OPAS hostiles, asegurado el empleo, creado mujeres y hombres que son el verdadero honor del mundo empresarial. De éstos han provenido las acciones y consecución de los objetivos más altos, de los sueños más irrealizables, imposible de entender por quien no esté poseído de la misma ambición y fácil de imitar por quien se halla dominado por ella.

969. NUNCA ES TARDE...

El cierre de una Empresa por su fundador supone a veces su muerte en vida. Esto fue lo que le pasó a un buen amigo mío.

Tuvo que cerrar su Empresa y cayó en una depresión. A pesar de que había salvado algo de capital para vivir humildemente, se sentía incapaz de comenzar de nuevo. Le veía a menudo con su tristeza, abatido y sin posibilidad alguna de salir del agujero en el que se encontraba. Así pasó un año y nuestros encuentros llegaron a ser un auténtico «rosario de lágrimas».

En ese periodo me propusieron participar en la creación de una nueva Empresa. Había que comprar el «master franquicia» de una patente americana dedicada a la limpieza de falsos techos y luminarias. Me parecía un tema interesante, con mucho futuro y, aunque había que hacer una primera inversión importante, podíamos crecer rápidamente basándonos en la concesión de franquicias. Pensé que era una gran oportunidad para mi pobre amigo y le llamé para vernos.

Quedamos en un cafetín cerca de su casa y apareció como siempre, cabizbajo y con aspecto de jubilado sin derecho a serlo. Le intenté animar con el nuevo proyecto y, como confiaba en el negocio, me ofrecí a prestarle el dinero para entrar. Además, existía la posibilidad de que fuese un socio ejecutivo y se encargase de un área, lo que suponía un sueldo y una actividad diaria. Me agradeció todo pero me respondió que se sentía acabado, inseguro y, por lo tanto, incapaz de abordar ningún proyecto empresarial. Le animé a que se superase y le dije que tenía que buscar una salida a su situación. Me respondió: *cómo puedo vencer mis problemas cuando ya no tengo valor para combatirlos.* Aquello me exasperó de tal forma que decidí contarle lo que pensaba de él, con el riesgo de perder nuestra amistad. Le dije: *no hace ni siquiera quince meses que te creías bien seguro de no tener que sostener jamás tu lucha contra la ruina y quizás tu orgullo te ha castigado pues, seguramente, antes de caer, habrás sido advertido muchas veces. Serías dos veces culpable si no sales de esta situación conociendo tu debilidad.* Me respondió: *tienes mucha razón pero, a pesar de que he analizado mis errores, no puedo aparcarlos por mucho que lo intento y me atormento pensando que, si comienzo de nuevo, puedo volver a errar. No olvidarlos renueva a cada instante el modo de pensar en ellos y me he convertido en una víctima de mí mismo. Para mí, olvidar no es cuestión de memoria.* Yo no cejé en el intento y le dije: »*te entiendo pero, aunque hayas perdido la fuerza sobre tus sentimientos, deberías conservarla sobre tus actos para salir, ya no de tu ruina, sino de tu problema interior, aunque sólo sea por el consuelo de que lo has combatido con todas tus fuerzas.*

»*El empresario arruinado está obligado a rendir homenaje de tristeza durante algún tiempo pero perseverar en el dolor es una conducta obstinada, teniendo en cuenta que ha competido en un mercado donde*

cada día mueren y nacen muchas Empresas. Con tu actuación, mues-
tras una torcida voluntad respecto al mundo de los negocios, un espíri-
tu sin fortaleza, un entendimiento simple y sin educar, aspectos impro-
pios y absurdos para la razón de un empresario, que debiera conocer
que el éxito y el fracaso es un tema acostumbrado desde que montó su
primera Empresa hasta hoy y que debe ser así.

»Tienes que echar por tierra ese dolor inútil y no culpabilizar a nada
ni a nadie y pensar que todavía el mundo empresarial es cercano a ti y
puedes volver a conquistarlo.

Aguantó «el chaparrón» arrugado en la silla y después de unos minutos sin hablar, me respondió: *acepto tu propuesta pero yo pondré mi*
dinero. Quiero mantenerme en mis principios aunque, por estar arrui-
nado, haya perdido la facultad de trabajar y de moverme con firmeza
hacia un fin determinado.

970. DE CAPITAL IMPORTANCIA

Cuando era joven, conocí a un empresario que de electricista autónomo
había llegado a construir un imperio en el sector de las instalaciones
eléctricas.

Tenía una personalidad arrolladora y sincera y, allá donde iba, conseguía
captar la atención y el aprecio de los presentes. Una vez le pregunté
qué negocio montaría si tuviese que empezar de nuevo con poco dinero
y me respondió que alquilaría un pequeño despacho y, con una secretaria,
comenzaría con una Empresa de reformas: *sólo necesitas el cliente, el*
resto lo puedes subcontratar. Seguí su consejo y monté una Empresa
dedicada a las reformas y a la decoración de interiores.

En las amenas conversaciones que mantuve en su casa, yo solía salir
pletórico de conocimientos sobre la humanidad y el mundo empresarial.
Entre lo mucho que aprendí de él, lo más importante fue, algo tan sencillo,
como conocer la verdadera necesidad del dinero en el mundo de los
negocios. Recuerdo que una tarde, frente a la chimenea del salón de su
casa, me comentó, más o menos: *»muy a menudo, cuando era joven y*
no tenía nada, apretaba los dientes y trabajaba y trabajaba sin parar
hasta que el dinero comenzaba a manar. Se trataba de una cuestión de

voluntad y de poder. Entonces el dinero era más mágico que real y ciertamente un triunfo conseguirlo. Me sentía orgulloso de ganarlo, de sacarlo de mi trabajo.

»Luego, con la experiencia, me di cuenta de que el dinero era una permanente necesidad; si fuera a morir pero viviera diez minutos más, siempre necesitaría más dinero para algo, para cualquier cosa. Con la única finalidad de que los negocios sigan mecánicamente hacia delante se necesita dinero, de lo demás se puede prescindir como si tal cosa pero del dinero no.

»Es curioso, cómo también con el paso del tiempo, aunque tengas mucho dinero, no te importa que los proyectos y negocios sean o no de primera clase, lo importante es que te reporten dinero.

971. LAS BAJAS PASIONES

En una época me asocié a un empresario dentro del sector de los Tour Operadores, con el que monté una agencia de viajes especializada en viajes culturales. Desarrollamos juntos el proyecto hasta poner en marcha el negocio pero, más adelante, como yo estaba en el sector textil, dejé la gestión en manos de mi socio. Para él, esta aventura era una pequeña diversión que, si salía bien, le daría la posibilidad de comprar mi parte; y, si salía mal, no perdía demasiado pues era una sinergia más de sus negocios dentro del sector turístico.

Nuestra Sociedad hizo que me acercase más a su vida personal y observé que era un auténtico pervertido. Cuando salía del trabajo, parecía convertirse en un «niño-hombre» que estaba dominado por su perversidad. Sin embargo, cuando aparecía en el mundo empresarial, este pervertido se convertía en un auténtico «adulto» para los negocios, agudo como una aguja e impertérrito como un trozo de acero y con una visión reveladora y comercialmente inteligente. Defendía sus intereses con astucia, dureza y con un empuje medido y eficaz. Parecía que la perversión en su vida personal le daba una claridad de visión en todo lo referente a asuntos materiales y le infundía cierta fuerza sobrehumana.

Cuando yo hablaba con los ejecutivos de su equipo, todos parecían estar orgullosos de sus triunfos y solían decirme: *cómo progresa este hombre y nos ayuda a progresar a todos. Nos alegramos de estar a su lado y de que, en cierto modo, nos deba el progreso también a noso-tros.* Pero con el tiempo, comprobé que conocían sus bajas pasiones y que, en un rinconcito de su corazón, le despreciaban. Aunque le servían en los negocios y le obedecían en todo, pensaban que cualquier vaga-bundo valía más que él.

972. Personas del mundo

Por avatares empresariales, durante una época de mi vida pasé largas temporadas en Hong Kong. La comunidad de expatriados era muy gran-de y solíamos darnos cita una vez al mes en un hotel de la ciudad, para intercambiar opiniones, esencialmente relacionadas con el mercado chino.

En estas reuniones conocí a un hombre que estaba de director gene-ral de una multinacional francesa del sector farmacéutico. Entablé una buena amistad con él y me invitó en varias ocasiones a su casa donde conocí a su mujer y tres hijos, que le habían acompañado durante todo su periplo profesional por seis países del mundo, a una media de cuatro años por estancia. El hombre esperaba que éste fuera su último destino antes de ocupar un cargo de consejero en la Central de París.

Cuando por fin le llegó tal destino, organizó una comida de despedida entre los amigos que habíamos estado cerca de él durante sus años en China. Asistieron directivos de muchas multinacionales y empresarios locales.

En los postres, los nuevos expatriados que se incorporaban ese año le pidieron que diera su visión de lo para él había sido su vida de «Expa-triado». Se levantó, nos deseó éxito en nuestra trayectoria profesional y a continuación dijo, más o menos: »*cuando un directivo acepta dirigir una Compañía de un país desconocido, normalmente de entrada se encuentra en la orilla del precipicio, porque no tiene una verdadera idea del lugar en el que va a desembarcar. Si para él no fuese una experiencia nueva por el hecho de haber ocupado otros puestos internacionales, será más capaz y hallará menos obstáculos. Pero no basta el conoci-miento de otros países para juzgar al nuevo, teniendo en cuenta que, aunque en países vecinos lo exterior como el ejercito y el lujo es uniforme,*

las leyes, los vicios, las virtudes y la política son diferentes y por consiguiente las costumbres.

»Por ello, antes de instalarse tiene que enterarse bien de su historia,
leer sus autores, conocer su política, hacer muchas preguntas, muchas reflexiones, apuntarlas y repasarlas con madurez, tomarse el tiempo
necesario para cerciorarse de lo que se forme de cada cosa y toda
esta enseñanza transmitírsela al equipo que le acompañe.

»Cometería una imprudencia si habla de un país que es un enigma
para él, aunque esto es fácil. Podría hacerlo con sólo conocer unas
cuantas costumbres extrañas cuyo origen no le tomaría trabajo indagar, ponerlas en la mesa de reuniones con un estilo algo jocoso y soltar
algunas reflexiones satíricas con ligereza como otros muchos lo han
hecho. Hay que tener en cuenta que, muchas veces, para aparentar
que se comprende perfectamente, basta con reír, aplaudir, agitarse y
hacer signos de aprobación mirando a los demás. Pero esto no es otra
cosa que mover como un asno las orejas y a él le han contratado para
dirigir una Compañía sin imprudencias y no caer en frivolidades.

»Para conocer la verdad de su entorno, al principio deberá pasearse
por la Empresa haciéndose notar poco, acompañado de directivos que
vean más allá de la superficie por donde pasan y no se dediquen sólo a
transmitir quiénes son los empleados «sospechosos»; instruirse por
parte de empleados sinceros que se atrevan a decirle: «de eso no
entiendo». Como persona de mundo, tendrá que catalogar rápidamente a unos y a otros. El amor propio está en la expresión austera y
altiva; el adulador tiene ojos alegres y manos rápidas a juntarse en el
aplauso; el olvidadizo aire somnoliento; el perezoso suele estar con los
brazos cruzados y así sucesivamente. De esta forma, aprenderá de la
gente y podrá distinguir las costumbres que son comunes a las de
otros países en los que ha estado y las que son peculiares. Para despo-
jarse de las preocupaciones, todo lo que le sorprenda y con el juicio que
se haya formado sobre ello, deberá tratarlo abiertamente con estos
empleados sinceros. El conocimiento del origen, las opiniones y las
costumbres, es una clave precisa para dirigir una Compañía y la mejor
medida de la razón y la verdad.

»*Con su experiencia, terminará hallando la mayor parte de las cosas conforme a la idea que él mismo se había figurado y los informes que transmita a sus superiores de la Central no estarán viciados por problemas personales de falta de integración. Sólo se habrá adaptado a su nuevo empleo el día en que piense que, aunque añore su lugar de origen, nació allí de forma accidental como podía haberlo hecho en otra parte del globo.*

973. La historia se recicla

Un empresario propietario de un grupo de Empresas dentro de los sectores de limpieza, seguridad y mantenimiento de edificios, organizaba reuniones una vez al mes. Había alquilado una enorme mansión en una zona residencial para este fin. Solía reunir entre diez y quince empresarios, todos propietarios de grandes Compañías.

Por aquel entonces, yo tenía una pequeña Empresa editorial. Como era buen amigo del anfitrión, solía invitarme para que hiciese contactos con el fin de intentar conseguir los contratos de las revistas corporativas de las Empresas, cuyos dueños asistían. Para mí era una oportunidad única de negocio y, sobre todo, de aprender de aquellos poderosos empresarios a los que, desde mi situación, me era muy difícil acceder de una forma tan cercana.

Sentados en una gran mesa rectangular que había en el centro del salón principal, comíamos exquisiteces, bebíamos las mejores reservas y se cerraban los acuerdos. En una ocasión tuve la suerte de sentarme al lado de un empresario muy rico.

Era un hombre de unos cincuenta y cinco años, alto y fuerte. En pleno invierno se cuidaba de estar muy bronceado y conservaba todo su cabello sin canas. Poseía un barco de gran eslora, al que solía invitar a muchos de los comensales. Aproveché mi situación privilegiada y, en la conversación, expuse un nuevo proyecto ajeno al sector en el que yo trabajaba, con el fin de atraerle y conseguir su financiación. El empresario no mostró interés alguno y, con evasivas, dirigió la conversación hacia mi Empresa editorial. De paso, me preguntó extensamente sobre muchos aspectos personales de mi vida y familia.

Si algo había aprendido con este tipo de gente, era a ser humilde y a no pasarme de listo, por lo que no insistí de inmediato.

Después de contarle mi pequeño periplo por el mundo editorial, quise averiguar por qué no había mostrado interés en el proyecto que yo le había expuesto al principio, también para conocer su opinión por si pudiera estar equivocándome. Se volvió hacia mí y, con una sonrisa pausada, más o menos me dijo: »con el tiempo, he llegado a la conclusión de que, desde el origen, el mundo empresarial ha cambiado muy poco. En la actualidad sigue siendo primitivo, excepto en el trato abusivo que le han dado los hombres.

»Por ello, lo que realmente me importa conocer de una Compañía es su cultura, sus productos, su nicho de mercado, sus alianzas y su economía. De todo esto se hace la historia de esa Empresa, compuesta por los que la dirigen y los que obedecen. Cuando una nueva Empresa nace, no se inventa nada nuevo. En todo caso, se vuelve a fundir lo viejo. Todo lo más que puede suceder, es que el empresario lance un producto diferente al mercado y, porque otros estén anticuados, sea admitido masivamente.

»En definitiva, todo proviene de lo anterior, por lo que el empeño del empresario debe estar en no abusar ni engañar al público con sus servicios, dado que no ha inventado nada nuevo. Por todo esto, me interesa más lo que ya tienes que lo que pretendes tener.

Me quedé desconcertado y no supe comprender por qué un hombre que había emprendido tantos negocios con éxito, tenía una opinión tan metafísica sobre el entorno empresarial. Cometí el error de no atreverme a pedir que me lo explicase. Nunca volvimos a cruzar nuestros caminos, aunque he ido conociendo sus avatares empresariales a través de los medios de comunicación.

974. PROSTITUTOS DE COSTUMBRES

He conocido a muchos «trepas» a lo largo de mi vida empresarial. Esta caterva la forman las personas pretenciosas que, sin duda, son los más serviles y despreciables seres con los que se enfrentan en las Empresas los empleados con talento.

Visten elegantemente y se adornan de cierto lujo: relojes caros, coches ostentosos... Les gusta hacer creer a sus jefes que tienen cualidades de las que, generalmente, escasean. Practican el conocido adagio de que aquello de lo que se carece es de lo que más se presume.

Estos «trepas» experimentan un extraño orgullo al llamar «don» a su jefe; se saben a la perfección las fórmulas y etiquetas del tratamiento con las personas poderosas y les satisface lograr —como a los actores— la expresión que conviene a cada momento.

Además, poseen la facilidad de adular con el estilo y reserva, adecuadas a su posición en la Empresa. Son ociosos aunque parece que trabajan incansablemente. En realidad dedican su tiempo a «estar cerca del jefe», pendientes de lo que pueda proporcionarles y se apresuran tanto a servirle en todo como a traicionarle. Para ellos, la palabra «jefe» equivale a solicitud y no es poca la que emplean cuando se trata de atrapar dinero.

Piensan que son los sucesores y que están obligados a dar ejemplo al resto de los empleados sobre cómo administrar la Empresa cuya guarda estará pronto en su poder. Les gusta simbolizar la caridad y cubren con su amparo a los que les siguen. Ejercen una vigilancia estrecha sobre sus subordinados y tienen las palabras aprendidas para consolar al que despiden, amonestar al ambicioso, arreglar las discordias que ellos mismos han creado y utilizar a los débiles haciéndoles creer que les protegen de los abusos de los fuertes.

Llegan a ser ricos y consideran que dominar es encantador. Su guerra en la Empresa en tan cruel que parece más cosa de fieras que de humanos y tan perversa que prostituyen las costumbres. En su determinación no hay quien les detenga: ni los elevados gastos a cuenta de la Empresa, ni el trastorno a los empleados, ni las leyes, ni la moral, ni los sentimientos hacia el prójimo. Y para colmo, tienen seguidores que les ayudan y les encubren con hipocresía.

Su fría crueldad la califican de fortaleza y consideran que, con su actitud, no violan el principio de lo que define a una Empresa: la creación de riqueza para el entorno que la trabaja. Se encuentran cómodos en su opinión de que, el entorno, son sólo ellos.

975. Cuando la cara no es el espejo del alma

En aquella época, habitualmente intentaba caminar todas las mañanas de mi casa a la oficina. Reservaba este paseo para ordenar las ideas del día. Era un trayecto de unos treinta y cinco minutos que me permitía llegar despejado y organizado.

Una mañana caminaba delante de mí un exitoso intermediario financiero que tenía su propio chiringuito. Vestía camisa azul claro y traje de chaqueta cruzada de color azul tostado. La corbata era rosa pálido y sobre los hombros se había colocado un gabán de pelo de camello. Habíamos coincidido en varias ocasiones en diferentes restaurantes que ambos frecuentábamos, donde se suelen dar cita los hombres populares y financieros para seducirse entre sí.

Nunca me había gustado su personalidad. Era de esos hombres sagaces que parecen tan cuidadosos con las personas como con el negocio, ya que consideran que ambos habitan juntos. Dan la sensación de que conocen el valor de un minuto pero no del futuro. Viven con un lujo ostentoso y gustan de ser vistos con hombres y mujeres de todas las razas, hablando el idioma de todos los intereses. Le enmarcaba en una generación de *yuppies* que revientan por parecer talentos superiores, dominados por el interés inmediato, imprudentes en la expansión de sus negocios pero hábiles en vencer y que todo lo dirigen exclusivamente al éxito, por lo que son astutos y no repudian la bajeza.

Me acerqué con cautela y pude percibir que aquella mañana su rostro no reflejaba su personalidad arrogante y vigilante, sino todo lo contrario, parecía abatido. Palpé su hombro anunciando mi presencia y se volvió. Me miró atento y vi una lágrima en su mejilla pero no sacó su pañuelo y aceptó su tristeza con dignidad. Inmediatamente pensé en una desgracia, tal vez la muerte de un familiar o una grave equivocación en su vida de hombre económico. Le pregunté si podía ayudarle y me sugirió que tomáramos un café en un bar cercano.

Esperando al camarero, me comentó que, por las mañanas, compraba el cupón de la ONCE a un ciego en la estación de metro cerca de su domicilio. Todos los días jugaba a un doble juego: en tiempo real, con la compraventa de acciones forzando temerariamente la suerte e interactuando con ella y, en tiempo diferido, con el cupón, donde la suerte le venía impuesta. Me pareció un auténtico ludópata. Le gustaba charlar unos minutos con el ciego, tema que me extrañó en una persona que parecía apreciar más la inmensidad que la pequeñez. Sin embargo, esa mañana el ciego no estaba y un compañero le sustituía. Preguntó por él y éste le dijo que había muerto la noche anterior atropellado por un coche cuando volvía a su casa. Sentí que estaba terriblemente afectado y su imagen de hombre hábil, apresurado y falso, se me transformó en humana.

Ese día pensé que no hay arte para hallar en el rostro el modo de ser de la mente y del corazón.

976. AGUAS PANTANOSAS

El empresario honrado en un momento determinado de su vida, puede poner en duda su honestidad y pensar que por el camino de la corrupción podrá enriquecerse más rápidamente. Sus sentimientos están divididos y en ellos encuentra una interna contradicción. En su seno, la sorda codicia, la insensibilidad y la estúpida inercia libran una lucha sin tregua con su honradez.

Se entabla una gran batalla entre dos mundos. Mira a su alrededor y ve que, no pocos empresarios precisamente, son millonarios bajo el imperio de la corrupción y así ha sido en todos los países y épocas y esto se hace visible en su entorno cercano y en todas partes. Puede, incluso, llegar a creer que, tanto el empresario honesto como el corrupto, empuñan las armas por la misma causa, que es hacerse ricos; y que los dos ejércitos siguen una misma bandera, pero no es así. En esta guerra quien venza tendrá una figura diferente y será de otra raza distinta. Yo estuve una vez al borde de este abismo.

Un empresario que había ganado mucho dinero en muy poco tiempo con negocios turbios, me propuso un negocio ilegal, fácil y sustancioso, aunque me lo presentó como legal. Para hablar del tema me invitó a su mansión. En ella todo era esplendoroso y nuevo. Se respiraba un lujo que rayaba en el mal gusto con el que pretendía deslumbrarme desvelándome incluso el precio de cada uno de los muebles. Intuí que todo aquello olía a dinero robado. Hasta los criados parecían esforzarse por mantener la compostura frente al desprecio.

En mi trayectoria empresarial he conocido a varios empresarios de este tipo. Pertenecen a una especie cuyo estado natural es descarado y grosero. Son muy altivos, no se ruborizan ni se ofenden por nada y olvidan, rápidamente, las humillaciones si a cambio obtienen un lucro material. Se meten en todo y se mueven incesantemente hablando con todo el mundo. Curiosamente, algunas veces llegan a equipararse en prestigio con los más poderosos, incluso con los empresarios honrados. Para lograrlo reinan, por así decirlo, con los más necios entre los abogados, profesionales, charlatanes y desvergonzados de cada oficio.

Cuando salí de aquella casa me convencí de que, aunque me dieran la mitad de todo lo que roban, no quisiera vivir con ellos. Cualquier día me traicionaría; no podría contener siempre la expresión de desdén que me inspiran. A los dos días le comuniqué que no emprendería el negocio con él.

El mayor daño que se puede provocar a un corrupto es demostrarle que, aunque nos puede perjudicar si no le seguimos, no tenemos miedo de ser honrados ni de luchar contra él. Ésta es una tarea que se merecen el resto de las personas honestas que lucharon contra la corrupción y ante cuya dignidad no se puede volver la espalda. Se entabló una batalla entre los dos y me hirió muchas veces con sus dardos de maldad pero, curiosamente, las heridas las curé fácilmente y me hicieron todavía más fuerte.

Esto, tal vez, fue el fruto que recogí por no adentrarme en el camino de los pillos.

977. CONOCER PARA CONVENCER

Una vez entablé negociaciones con un empresario que llevaba veinte años postrado en una silla de ruedas. El hombre se dedicaba a la importación de televisores, vídeos, sistemas de audio y ordenadores. Por aquel entonces, yo tenía una correduría de seguros y pretendía asegurar a dicho empresario sus ventas en España y Marruecos contra posibles impagados.

Mi propuesta era muy razonable, carecía de letra pequeña y todos salíamos beneficiados, por lo que yo tenía prisa en cerrar el acuerdo. Sin embargo, no lograba convencerle y a veces tenía la sensación de que pretendía engañarme. En su rostro siempre estaba la expresión vigilante de las personas a las que la vida les ha decepcionado de una forma pasmosa. Pensé que su fuerza residía en su ingenio y en su astucia para la argucia, por lo que, si conseguía que se relajara y prescindiera de estas habilidades, le atraparía con mi propuesta. Le invité un fin de semana a la finca de un amigo.

El lugar era paradisíaco pero él observaba aquellos bellos parajes fingiendo contemplarlos con irónico desprecio. Entonces comprendí la problemática del tullido. En los dos días que pasé con él y con su mujer, pude conocer que son personas que tienen claro que les ha faltado tan poco para perder la vida, que lo que les queda tiene para ellos un gran valor. Han perdido tanto, que su capacidad de sufrimiento ha quedado un tanto menguada y por esto desconfían y son muy lentos en tomar decisiones.

Enfoqué mi propuesta a partir de su realidad, con calma y sabiendo que nunca aceptaría la totalidad. Pasados unos meses, conseguí cerrar gran parte del acuerdo y al año siguiente el resto.

978. DISTANCIAS CORTAS

A lo largo de mi carrera empresarial, he conocido muchos empresarios que mantuvieron relaciones sentimentales con su secretaria. Unos, los que se enamoraron de verdad, se casaron con ellas y la Empresa no se vio afectada, todo lo contrario. Él apagó su soledad y la compañía de una mujer tan cercana a sus problemas cotidianos le ayudó a crecer. Otros, los que consideraron que esta relación no tenía que ser nada más que un desliz, terminaron divorciándose de su mujer en contra de su voluntad, no sin antes tener que despedir de su vida a la otra relación, con el consiguiente dolor para todos y, normalmente, la Empresa se vio afectada negativamente por sus problemas personales.

Esto me ha llevado a considerar que, si no es para casarme, no vale la pena tener relaciones sentimentales con mi secretaria.

979. CON DINERO AJENO

Entre los muchos *tiburones* que he conocido en mi vida empresarial, hubo uno con el que todavía mantengo una buena amistad. Compró dos viejas Empresas en suspensión de pagos, vinculadas entre sí. Una fabricaba sartenes y utensilios de cocina y otra distribuía estos productos.

La fábrica tenía más de ochenta años de existencia, cien empleados y una maquinaria bastante obsoleta con la que no se podía fabricar a costes competitivos. Para sacarla de la suspensión de pagos y que fuera viable, era necesario una reestructuración total, nuevas máquinas y reducir la plantilla a menos de la mitad.

La distribuidora tenía una plantilla de sesenta empleados y como no podía mantener los costes con los productos propios, distribuía también los de la competencia. En el último año había perdido la mayoría de las representaciones. Las grandes superficies obligaron a los fabricantes a negociar directamente con ellos y esto abocó a la Empresa a la suspensión de pagos. Como tenía una red comercial muy capilarizada, mi amigo *el tiburón* la quería reorganizar para utilizarla en la distribución de productos de consumo diario en hostelería. Siempre, en estos casos, lo verdaderamente valioso es la marca y ésta estaba muy reconocida en el mercado nacional y en el europeo.

Como la ambición de mi amigo le llevaba a desear inmediatamente nuevas Empresas, una vez saciado el apetito con la compra de la anterior, contrató a dos consultoras externas, especializadas en reflotar Empresas, para él poder dedicarse a seguir devorando. No se fiaba de ellos y me pidió que fuese el responsable de gestionar ambas crisis. En realidad, lo que quería de mí era que vigilase el día a día de los consultores y los gastos. Me ofreció una pequeña participación en las Empresas a cambio de mi trabajo. Consideré que el tema podía tener futuro y me embarqué en la aventura.

Mi amigo marcó unas directrices con las que, como siempre, no arriesgaba un céntimo.

En la fábrica, había que enviar al mayor número de empleados al fondo de garantía salarial, prejubilar con un año de carencia en la indemnización, además de convencer a los bancos para que suscribieran una tercera hipoteca sobre los bienes inmuebles y con este dinero comprar máquinas nuevas. También había que involucrar a los proveedores en el plan de viabilidad para que condonasen las deudas a cambio de mantenerles como tales, o negociar con ellos una quita por debajo del 50%.

En la distribuidora, había que seleccionar a los mejores vendedores y despedir al resto también con un año de carencia en el pago de la indemnización. Los comerciales que se quedasen tenían que convertirse en autónomos sin indemnización alguna y había que gestionarles un crédito avalado por ellos mismos para la compra del vehículo de reparto. Mientras tanto, se tenían que cerrar acuerdos con otras fábricas para la distribución de sus productos directamente en hostelería.

Me pareció que tensaba demasiado la cuerda pero puse a trabajar a los consultores y fui descubriendo lo diferentes que eran unos de otros, a pesar de que se dedicaban a lo mismo.

La consultora encargada de reflotar la fabrica, la formaban consultores con excelente *currículum* académico. Desembarcaron pensando que había que cambiarlo todo. Apoyaban sus tesis con paridades sacadas de los libros, que relataban lo que había sucedido en otras Empresas, también con el fin de demostrar la inutilidad de los directivos que habían gestionado la Compañía hasta su crisis. Practicaban el «divide y vencerás», premiando a unos y castigando a otros. Hacían creer a los empleados que los que les eran fieles hallaban un padre que les podía ayudar y los que se apartaban, encontraban un maestro que les corregía. Conseguían que unos les considerasen buenos para la situación de crisis y otros demasiado poderosos para combatirles. Eran listos, fríos y feroces. Buscaban medios ejemplares de justicia; despedían sin reparos; ejecutaban avales; pleiteaban contra impagados y ahogaban o engañaban a los proveedores que todavía les apoyaban. Coqueteaban como auténticos charlatanes con todos, para tener a su disposición a unos cuantos que luego abandonaban con bastante ligereza.

Metido en la batalla, llegué a creer que fracasarían. En mi opinión, utilizaban métodos generales sin precisar el conocimiento particular de los empleados, del origen de la crisis o de sus complicaciones. Querían sacar a todas las Empresas en crisis con el mismo método, curar a todos los enfermos con el mismo medicamento, y esto era, no sólo ridículo, sino dañoso para el que lo usase. Me presentaron un plan de viabilidad muy duro de afrontar. Suponía el despido del ochenta por ciento de la plantilla. Mi opinión era diferente. Pensaba que un veinticinco por ciento de reducción de plantilla, entre acuerdos de despidos y prejubilaciones, sería suficiente y nos evitaría el enfrentamiento con los sindicatos, muy introducidos dentro de este sector.

La otra consultora, la responsable de la distribuidora, utilizaba un método más sencillo, sin especulaciones, nacido del conocimiento de su experiencia y no de los libros. Estudiaban la política de gestión de la Empresa cuando no estaba en crisis y las variaciones con respecto del sistema actual. Utilizaban mucho tiempo en hablar con los directivos y con los empleados que no habían decaído de su vigor, con los positivos, que eran los que podrían remontar la Empresa. Preferían formar a los empleados para los cambios que despedirlos o prejubilarlos; negociar a engañar; condonar deudas a pleitear. Me presentaron un plan de viabilidad en el que el número de despidos no llegaba al diez por ciento y la cartera de futuros clientes lo suficientemente repartida como para que cada comercial pudiera hacerse cargo de una zona.

Con la ejecución de dos planes de viabilidad tan diferentes, llegó un momento en el que me encontré perdido y pensé que una de las dos consultoras no estaba haciendo bien su trabajo. Consulté con *el tiburón* y me dijo, más o menos: »*la pregunta del millón es la que tú me haces ahora: ¿Cuál de los dos métodos es mejor para solventar la crisis? Conozco muy bien el juego de ambas consultoras pero, en su momento, yo no he sabido responderme a esa pregunta, por ello contraté a las dos y luego a ti.*

»*Los que están metidos en la fábrica se juegan su prestigio en el mercado, que para ellos es minutar lo más posible para que su cuenta de resultados siga a la alza y sólo pueden hacerlo si tienen éxito. Los otros entienden que el éxito reside en su profesionalidad. Les interesa más el diploma que la minuta. Por esto, los primeros, teniendo presente que los recursos son de otro, los apuestan todos y si ganan no retiran lo ganado y vuelven a apostar para intentar cobrar triplicado si se vuelve a ganar. Quieren desbancar a la banca. Mientras que los segundos, solo se juegan un pequeño porcentaje de lo ganado en la siguiente partida y si pierden, cambian el juego y se retiran a reflexionar. Por eso te he ofrecido participar. Tú tendrás que ser el equilibrio de los dos extremos.*

El final no llegué a vivirlo. Mi amigo vendió su participación en las dos Empresas a mitad de camino y a mí, como accionista minoritario, no me quedó más remedio que seguirle.

Más tarde, tuve relación de nuevo con el consultor de la distribuidora y me comentó que la primera se retiró de la fábrica al poco tiempo de salir nosotros y ellos asumieron sus competencias sacando a ambas Empresas de la crisis.

980. PRESO DE LA BENEFICENCIA

En una época de mi vida empresarial conocí a un empresario que cogió un buen ciclo económico y se enriqueció rápidamente. Sin embargo, no pudo superar la crisis posterior que hubo en España y se arruinó hasta el punto de venir a pedirme empleo.

Era un hombre entrañable, de los que se aprecian a primera vista. Mi relación personal con él había sido muy intensa y llegamos a conocernos bien. También tuve una extensa relación comercial pues mi Empresa proveía a las suyas de productos de oficina. Cuando entró por la puerta, percibí de inmediato su soledad.

Salimos juntos a comer y, a pesar de su situación económica, no me dejó pagar. Charlamos sobre muchas cosas del pasado y la conversación derivó hacia la quiebra de sus Empresas. Me atreví a preguntarle cuál fue el mayor error que cometió con ellas. Sabía que era una pregunta dura de responder y tal vez ambigua, ya que supuse no era uno solo sino muchos los errores que se cometen hasta llevar a la quiebra a una Compañía pero también sabía que un empresario conoce cuál ha sido el peor de todos. Me respondió inmediatamente: *caí preso de mi beneficencia.*

No me atreví a preguntarle más porque vislumbré un sufrimiento profundo en su rostro e intenté dar un giro a la conversación. Sin embargo, me pidió que le escuchase, pues necesitaba decirme algo que no podía hablar con nadie. Me dijo, más o menos: »*cuando tenía las Empresas, muchos solicitaban mis favores y como poseo un corazón propenso a la amistad, los concedía. Caí en la tentación de utilizar mi posición y mis medios, no sólo para generar riqueza y Empresas, sino para hacer el bien entre amigos y parientes. Proporcioné empleo a toda mi familia y a muchos amigos y les situé en los puestos directivos.*

»*Antes de complacer a toda esta gente, debí haber reflexionado e intentado entibiar el ardor que me causaba este deseo de hacer el bien a otros. Aunque sitúes desinteresadamente a un amigo en un empleo, no puedes pensar que él se hará merecedor del mismo por su talento o por la obligación de devolverte el favor. La ingratitud es lo frecuente, probablemente tú ya tendrás suficientes ejemplos.*

»*Qué puedo decirte del caos interno que se desencadenó. Cuando las cosas iban bien, la Empresa era una gran familia o, al menos, a mí me lo parecía pero cuando comenzaron a ir mal, dejé de tener familia para tener enemigos.*

»*He llegado tarde a la conclusión de que el empresario no es dueño de los empleos que proporciona su Empresa, sino simplemente el administrador, sin vínculos de amistad, ni parentesco, ni gratitud. Por lo tanto, tiene que saber negar el favor de la amistad a las personas de su mayor aprecio a favor de un desconocido con más talento.*

»*En definitiva, si quiere gestionar correctamente su Empresa, sólo debe disponer libremente de su sueldo y de su propio patrimonio.*

El hombre trabajó para mí durante dos años, dando muestras de una humildad firme y agradecida. Después, se jubiló.

981. VER CON EL CORAZÓN

Conocí a un empresario del sector de la construcción en las Baleares, muy rico y poderoso. Era un buen hombre que había salido de pobre, trabajando muy duro. En aquella época quería montar una Compañía aérea para dar servicio entre las islas y la península. Me habló de su proyecto y me ofreció participar.

Antes de tomar alguna decisión, le propuse que comentáramos los pros y contras del ambicioso proyecto con un buen amigo, que era el director financiero de una gran Compañía aérea de España. Tras una serie de reuniones, elaboramos un plan de negocio pero mi amigo el financiero concluyó que el proyecto era descabellado. Además, había que tener en cuenta que muchos otros antes que nosotros, habían fracasado. Pronosticó que, con la inversión que pensábamos hacer, si el turismo no decaía esa temporada y el combustible no subía de precio, en nueve meses estaríamos arruinados. En caso contrario, no duraríamos ni cuatro meses.

Yo me retiré pero el obstinado empresario siguió adelante con el proyecto. Montó la infraestructura, alquiló los aviones y en nueve meses tenía todo intervenido, además de la constructora y los bienes personales embargados. No obstante, a pesar de su ruina, parece que este tipo de empresarios tiene siete vidas, por lo que rápidamente se rehizo construyendo en otras zonas de España.

Me pregunté cómo fue posible que un hombre con su madurez empresarial hubiera podido cometer semejante equivocación aún habiéndole advertido. Llegué a la conclusión de que algunos empresarios suponen que el éxito se halla en el fin, cuando lo cierto es que únicamente se halla en el concepto que tengamos de ese fin. Les es difícil desentrañar el significado de las cosas, así como poderlas definir y separar y se contentan con lo que de ellas piensan sin que sea posible otra confortación, cuando en los negocios hay que intentar siempre conseguir la diferenciación verdadera, aunque vaya en perjuicio de la consecución del proyecto o de la propia ambición. El hombre adopta con más facilidad las ideas en las cuales encuentra su gusto, que aquellas que no consiguen tal cosa, aunque por sí mismas sean más fáciles de entender y reporten un beneficio más positivo.

Luego, también está el amor propio que da lugar a infinidad de ridiculeces cuando no se mantiene en los términos justos que a uno le conciernen.

Este empresario se quiso mantener en sus ilusorios sueños de riqueza, como si jamás hubiese anhelado otros, más como un loco que como un sabio. Le bastó con creer que poseía el éxito y que, tal vez, podía compartirlo con más personas, su familia y amigos, ya que es sabido que el goce se duplica cuando se disfruta en compañía. Aquellos aviones suyos volando, halagaban de tal forma a sus ojos que, al contemplarlos, su ilusión le hacía encontrar en ellos maravillosos reflejos de éxitos, que no cambiaría por nada del mundo.

982. Biodiversidad empresarial

Una vez nos ofrecieron a un grupo de empresarios, entre los que yo me encontraba, la compra de una participación en una Empresa mixta, cincuenta por ciento del Estado y el resto de accionistas particulares. El Gobierno quería deshacerse de su parte y los otros accionistas no estaban interesados en comprar la totalidad de sus acciones, aunque querían ampliar su participación.

La Compañía se dedicaba a la restauración y mantenimiento del patrimonio artístico del Estado. Como era una Empresa muy especializada, había conseguido introducirse en otros mercados y restauraba monumentos y palacios en otras ciudades de Europa, incluso en países árabes. Tenía el problema de que convivían funcionarios con empleados de contrato laboral abierto, muy mezclados entre ellos en los diferentes puestos de dirección y cargos medios. La privatización total de la Empresa suponía la pérdida de derechos para los funcionarios si continuaban en la Compañía y también se preveía que, una vez privatizada, el Estado sacase a concurso las obras de restauración en vez de adjudicarlas directamente.

Sin embargo, podía ser un suculento pastel si se hacían las inversiones adecuadas y se organizaba bien. Tras una serie de reuniones, firmamos una carta de intenciones con una cláusula que nos permitía integrarnos dentro de la Compañía por un periodo, con el fin de conocer el negocio más a fondo y poder tomar una decisión final. Desembarcamos y nos dividimos el trabajo entre el grupo de empresarios que pensábamos comprar. Cada uno formó, por sorteo, parte de un departamento, pues ninguno estaba especializado en un área concreta, tan sólo en la gestión general. A mí me tocó afrontar los recursos humanos.

En primer lugar mantuve una corta entrevista con la mayoría de los empleados, que me sirvió para hacer un análisis de personalidades y mi propia clasificación para enmarcar a las personas según su talento o profesionalidad y, sobre todo, para conocer quién sobraba. Aproximadamente, más de la mitad de los entrevistados, los di por aceptados. El resto, en los que tenía mis dudas, los dividí en seis tipos de empleados y, tras una segunda entrevista, en cada apartado fui poniendo el nombre de cada uno de ellos.

El análisis fue el siguiente:

1) El «empleado-Dios»: es una persona de feroz independencia cuyo afán es complacer el oído de su jefe para ponerle la zancadilla. Es tal la confianza que tiene en sí mismo, que pretende nada menos que sentarse en la mesa de su superior y hacerle su subordinado. Es un devoto del amor propio y de la adulación a los que rinde culto constante. No crea equipo y es peligroso para la unidad de la Empresa. Progresa rápidamente. No interesa.

2) El «empleado-Gracioso»: se queda siempre a salvo de las luchas internas especializándose en fijar las reglas del género cómico en sus actos y conversaciones. Entre su jefe y sus compañeros llega a tener cierta autoridad, indiscutible en la materia. Considera que cualquier propuesta o argumento puede destruirlos con la risa en un instante. Su ascenso suele depender, muchas veces, más de las bufonadas que de su talento, por lo que progresa si hace gracia a su jefe. Como no es ambicioso, se rodea de una forma natural de personas inteligentes que aprecian su simpatía, por lo que suele tener buenos contactos. Si combina equilibradamente su buen humor con el trabajo, se le puede sacar buen partido en un puesto de responsabilidad. A tener muy en cuenta.

3) El «empleado-Serio»: está sometido a un voluntario tormento, antes de presentar su trabajo al jefe, de modificarlo muchas veces, suprimiendo, añadiendo, aclarando, rehaciendo, incluso a veces guar-

251

dándolo en un cajón para sacarlo al cabo del tiempo a ver qué efecto le hace y vuelve a rectificarlo antes de darlo, si no le gusta como ha quedado. Se expresa con mesura y doctamente, con el fin de que nadie pueda hacerle ningún reproche pensando que éste es el camino de alcanzar un ascenso. La recompensa de recibir la aprobación de sus jefes y unos cuantos más, le cuesta muchos desvelos, mermas en el sueño, preocupaciones y cuidados que alteran su salud, cayendo con frecuencia en una vejez anticipada, sin contar con los sufrimientos de las rivalidades y envidias que su perfeccionismo suscita. Su estado de ánimo no le permite progresar demasiado por su cuenta. Hay que tenerlo siempre cerca de las decisiones importantes y recompensarle, ya que le compensa dejarse la vida por buscar la aprobación de sus actos, por lo que, normalmente, no deja cabo suelto en su trabajo.

4) El «empleado-Extravagante»: este empleado realiza todo lo que le viene a la mente y lo comenta sin la menor sospecha de que aquello pueda ser una sandez. Desde el primer momento piensa que es genial y no le importa que le desdeñen unos cuantos ya que, en compensación, cree que el resto suele aclamarle. En cualquier lugar que se halle, se le nota. Es un charlatán y no vacila en atreverse a hablar, se ríe de todo y discute con cualquiera porque su exceso de locuacidad le hace imprudente. Aunque no sepa sobre un tema, ello no es obstáculo para que se atreva a decir que lo sabe casi todo. Tiene un concepto abstracto de la Empresa y no ve la piedra en la que puede tropezar pero, como es extremadamente sutil, progresa con cierta facilidad. El balance con él suele ser más negativo que positivo, aunque muchas veces sus jefes no lo ven, porque les impregna de su falsa genialidad. No interesan porque no aportan nada ni ayudan a crecer a otros. Por el contrario, hacen perder el tiempo a cualquiera que les escucha.

5) El «empleado-Copión»: tiene una gran dedicación a dar como propio lo ajeno, sobre todo si viene de un puesto inferior. Aunque más tarde o más temprano se descubra su superchería, sabe que disfrutará algún tiempo de la alabanza de su jefe producto del trabajo de otro. A pesar de que lo único inventado por él es, si acaso, el título del

informe, expone el plagio extasiado como si fuera la cosa más importante del mundo. Subsiste a costa de copiar y explotar el talento de los demás y esto lo sabe hacer muy bien. No vale para la Empresa. Hay que reconocer a los que le hacen el trabajo y promocionarles.

6) El «empleado-Discreto»: suele ser el que más se burla y se divierte con los actos de los demás. Se apoya en otros compañeros también discretos y juntos intentan eclipsar al jefe para conseguir los ascensos. Su estrategia suele ser dividir a la Empresa en dos bandos. Uno, ellos; y, el otro, algunos fingidos adversarios que les contradigan, para que la contienda adquiera notoriedad frente a la dirección de la Empresa. Luego arreglan la contienda haciendo creer a los jefes que son los salvadores de la polémica y con ello se ganan su confianza. Progresan despacio pero suelen llegar a los puestos más altos. Tienen más ambición de poder que de dinero, por lo que aportan grandes beneficios al progreso de la Compañía. Interesa tenerles muy mezclados en vez de juntos.

Como conclusión, fue una buena experiencia conocer la biodiversidad de empleados que forman una Empresa, tanto por los que acepté desde una primera entrevista, como por los que luego analicé desde unos parámetros un tanto particulares y que no aconsejo siga ningún director de Recursos Humanos.

Sin embargo, estos a mí siempre me han servido para saber cuáles son los empleados más comunes, con el fin de intentar situarles en los puestos más adecuados.

983. Sabia pobreza y necia fortuna

Hacia la mitad de mi etapa empresarial, conocí a un ingeniero colombiano, una especie de «sabio» muy tímido que luchaba día a día con su carácter. Juntos sacamos adelante muchos proyectos empresariales, surgidos de sus propias ideas.

Se trataba de un hombre que, a pesar de sus profundos conocimientos, era modesto y sencillo como un niño y hablaba con mucha humildad de lo que con ellos era capaz de hacer, aunque para los demás fuesen extraños y novedosos. Físicamente era un hombre de baja estatura, muy delgado y casi calvo. En los quince años que mantuve relación con él, sólo le conocí un traje, un par de zapatos, dos corbatas y siempre el mismo gabán gris. No hablaba nunca de su vida personal, por lo que era difícil establecer lazos afectivos pero, con el paso del tiempo, llegué a apreciarle mucho.

A pesar de sus geniales ideas, siempre andaba escaso de recursos y, a menudo, buscaba financiación entre un grupo de empresarios en el que yo me encontraba. Elaboraba sus planes de negocio concienzudamente, pero como el dinero manda y su timidez no le ayudaba, al final se quedaba con participaciones muy pequeñas de sus proyectos empresariales. Estos eran muy innovadores y se ganaba dinero rápidamente pero también surgían, rápidamente, problemas entre los socios.

El hombre se sentía incapaz de afrontarlos. Parecía que huía de los temas espinosos, consciente de que el proyecto que acometía, aunque fuera idea suya, era difícil y complicado y él dependía de los inversores. Vendía su participación en cuanto aparecían discrepancias y se entregaba a un nuevo proyecto. Una vez me comentó que ahorraba todo el dinero de las ventas de sus participaciones para poder invertir en su «gran idea», sin necesidad de socios.

En aquella época desarrollamos una patente que nos permitía enlatar plátanos en almíbar (los conserveros no podían hacerlo porque los plátanos se ponían negros una vez enlatados); un porta-esquís de dimensiones muy reducidas y mínimo peso, que el esquiador podía llevar encima mientras esquiaba para utilizarlo al término de la jornada, (mantenía los esquís rectos y aguantaba un peso superior a los cincuenta kilos); un parasol delantero para los automóviles, que posteriormente se instaló también en aviones; una paleta, de peso reducido, para el transporte de mercancías fabricada en un material que soportaba una carga cuatro veces mayor al de las paletas de madera y plástico que había en el mercado; y otras muchas patentes que enriquecían a los que se acercaban al sabio ingeniero para financiar sus inventos. Nunca le vi envanecido de sus geniales ideas y en el mundo de los negocios siempre hay que envanecerse del saber, al menos de uno.

Tras salir del último negocio que emprendí con él, le perdí la pista por unos años.

Un día me llamó un abogado conocido de ambos y me comentó que se encontraba en la ruina total y que, en el plazo de dos días, sería desahuciado de su casa. Decidí ir a verle, a un chalet en una zona residencial de Madrid. Era un crudo día de invierno. Me abrió la puerta sin cruzar su mirada con la mía. La casa estaba muy bien decorada y todas las estancias estaban iluminadas con velas. Hacía un frío gélido en el interior. Le habían cortado todos los suministros por falta de pago. Pasamos a una sala donde estaba su mujer sentada delante de una mesa y enfundada en una manta.

Después del último negocio que emprendimos juntos y posterior separación, había inventado un sistema de casa prefabricada equipada con energías renovables. Junto con varios empresarios, emprendió su idea en Arabia Saudita para instalarlas en el desierto. El proyecto fue un éxito y durante los dos primeros años obtuvo muchos beneficios que le permitieron comprar esta casa. Como habitualmente le sucedía, la relación que mantenía con los socios se torció y cuando quiso vender su parte, no poseía nada. Le habían engañado y ni tan siquiera pudo recurrir a la ley.

Entre tartamudeos, humo de velas y frío, me dijo que estaba dispuesto a revelarme su «gran idea», si le ayudaba. Necesitaba algo de dinero para alquilar una nueva vivienda y un empleo para mantenerse unos meses.

Mi negocio había ido bien el último año y yo estaba muy centrado en el mismo. El balance de mis diversificaciones y aventuras empresariales en años anteriores había sido de grandes beneficios, unidos a grandes pérdidas, por lo que me mostraba muy escéptico con las nuevas inversiones que no fueran del sector en el que estaba posicionado. Además, era un momento de grandes oportunidades debido a la apertura de los nuevos mercados de los países del Este, donde había invertido mucho dinero para introducirme.

Para un empresario de la pequeña y mediana Empresa, los nuevos proyectos ajenos a su trayectoria habitual, exigen todo su tiempo y muchos desvelos, desatender y a veces asfixiar el negocio del que vive. La madurez comenzaba a despejar de mi mente este tipo de ambiciones materiales.

Le comenté todo esto con la claridad que precisa un hombre angustiado por su suerte, engañado por la vida. Le presté algún dinero para sus primeros gastos y le dije que intentaría hacer algo con respecto a lo del empleo. También, pensaría sobre su propuesta, aunque, tal y como le había comentado, no deseaba meterme en nuevos proyectos.

Lo pensé, poseído por el maldito gusano de la ambición que llevamos oculto los empresarios y, a los dos días, le propuse que me contara su «gran idea». Si me interesaba, le emplearía hasta sacarla adelante.

El «sabio» había estudiado un sistema revolucionario que daba solución a los problemas que presentaban los cementerios españoles. Había patentado un tipo de sepultura para toda la familia, que se podía ir ampliando según las necesidades y el número de los descendientes. El sistema de comercialización era muy novedoso y, al igual que una persona compraba una plaza de garaje para un coche, también podía comprar la «plaza definitiva» con sus correspondientes gastos de comunidad. Era un macro-proyecto inmobiliario funerario que, además de innovador, tenía una gran proyección de futuro. Solucionaba un problema que, con el paso del tiempo, se va agravando, que es la falta de sepulturas y el coste de su mantenimiento posterior.

Sin embargo, cambiar la legislación en materia funeraria era harto difícil. Además, nos enfrentábamos a los intereses tan cambiantes de los Ayuntamientos a los que, inevitablemente, había que involucrar. Todo esto suponía trabajar, tal vez años, invirtiendo dinero sin ningún tipo de rentabilidad a corto plazo, algo muy duro para un empresario de la PYME.

Tiré hacia delante y, al año y medio, había gastado una fortuna en labores comerciales, contactos, patentes, estudios, además del sueldo de mi amigo. También, estaba desatendiendo mi negocio principal, cuya gestión y tesorería ya se resentían. Conseguimos interesar a un grupo inversor del sector de la construcción pero éste no se decidía a dar el paso. Como no avanzábamos con los inversores, «el sabio» me propuso la separación y, si el grupo finalmente se decidía, entraríamos juntos. Mientras tanto, él intentaría con otros grupos. Accedí de inmediato con el fin de no tener que soportar más cargas financieras. El proyecto finalmente se quedó en el cajón.

A los cinco años volvió a aparecer por mi vida. Me llamó una tarde y me propuso vernos a la mañana siguiente en el parque del Retiro de Madrid para dar un paseo y charlar. Acudí a la cita y le encontré sentado en un banco disfrutando de una soleada mañana de invierno, con el mismo gabán gris de siempre. Me saludó tímidamente e iniciamos el paseo.

Había patentado un sistema de salado y ahumado de jamones y se había asociado a un empresario del sector cárnico. No le iba mal, no ganaba demasiado pero había conseguido estabilizar su economía personal. Me comentó, con ilusión, que ahora su mujer vivía más tranquila. Hablamos con nostalgia del proyecto funerario que continuaba aparcado.

Paseando por el solitario parque, mientras le escuchaba hablar de su vida, me pregunté cómo era posible que a un hombre que, en los últimos quince años, había aportado tantos proyectos geniales al mundo empresarial, no le hubiera sonreído la fortuna, logrando simplemente sobrevivir como cualquier buen profesional a sueldo. Por un momento dejé de escuchar su aguda voz y los ruidos abrumadores de una ciudad siempre en movimiento. Todo se convirtió en silencio sepulcral. Yo acababa de separarme de mi socio por una serie de desavenencias, después de diez años juntos. Le miré y sentí la soledad del empresario, una soledad que nos invadió a los dos. Él era un hombre sabio y la sabiduría hace a los hombres tímidos. La fortuna, sin embargo, prefiere a los audaces.

Tantos negocios por él creados y ahora era un desconocido sin gloria, tal vez más pobre de lo que mostraba, cuando en el mundo empresarial a muchos «mentecatos» les entraba el dinero en sus cuentas a manos llenas y triunfaban a donde quiera que fuesen. Él siempre había tenido miedo a ser extravagante y nunca supo que, en el entorno empresarial, esto era mejor que ser sabio desabrido.

Mi amigo siempre había necesitado la confianza de los hombres de dinero para sus proyectos pero, una vez conseguida, le había sido muy difícil convivir con ellos. Prefería vender su participación a faltar a su palabra; se avergonzaba de ser cogido en una mentira; experimentaba repugnancia ante el hurto o la usura. En cuanto el entusiasmo del principio se convertía en una refinada hipocresía, se retiraba porque no podía practicar ésta, dada su nobleza. Con estos preceptos de la sabiduría, tan instalados en su personalidad, le era muy difícil lucrarse. Llegué a la conclusión de que, aunque no sepamos verlo, a veces el mejor es el que ocupa la última posición.

Además, siempre ofrecía a sus socios la totalidad de su idea sin guardarse ningún salvoconducto. Era de los que pensaba que es más útil para el hombre ocultar su necedad que ocultar su sabiduría. Es evidente que quien expone un proyecto genial sin sutilezas ni mentiras, parece que está dando pruebas de que vale menos. De todos es sabido, que los objetos comunes y corrientes no se estiman, por eso se tiene poco cuidado en guardarlos pero, ¿quién deja en la puerta de la calle dinero y joyas? Está claro que lo que se considera muy valioso se esconde y lo que no, se descuida y no se guarda. Esto es lo que, probablemente, terminaban pensando sus socios inversionistas. Para ellos, pasado un tiempo, sus ideas no eran tan geniales porque si lo hubieran sido, las habría escondido como tesoros. La soberbia nos impide reconocer las virtudes de los demás. Parece que, para vender una idea, hay que ir con el cofre y el candado.

También, donde quiera que se mire, se ven empresarios, políticos, hombres de mundo, grandes y pequeños, todos juntos deshaciéndose por el dinero. Sin embargo, los sabios no aprecian éste con esa tenacidad, por lo que no es de extrañar que los primeros se alejen de ellos.

Tomamos un café y nos despedimos con un entrañable abrazo. Dos años después murió fulminado por un cáncer. Fui a su entierro en un cementerio de Palma de Mallorca que se parecía mucho a los que había diseñado en su proyecto. Solo asistimos su mujer y yo.

984. LÚCIDA VEJEZ

Una vez me asocié con un empresario propietario de una Compañía especializada en formación y recursos humanos. Era un hombre que, en su juventud, había estudiado ingeniero agrónomo y, como no encontró trabajo asociado a su carrera, aceptó un trabajo temporal de ayudante de un psicólogo. A partir de ese empleo, montó su Empresa que, al día de hoy, se ha extendido por muchos países. Siempre me decía que su éxito había estado en dedicar más del 20% de sus beneficios a la investigación dentro del área de los recursos humanos y de la formación.

Le visité por vez primera cuando él tenía sesenta y cinco años para proponerle un proyecto relacionado con cursos de retórica y elocuencia. El hombre tenía el aspecto de un anciano, mucho mayor que su edad y un humor taciturno y sombrío. Pensé que, por el hecho de entregarse a la inquietud de sus negocios, probablemente habría envejecido más rápidamente. Era de una educación esmerada pero no sonreía nunca, por lo que las reuniones tenían para mí un carácter muy solemne. Yo siempre iba vestido con trajes claros, corbatas vistosas y camisas de color pero la severidad de este hombre me cohibía tanto que, para las reuniones, decidí vestirme con un traje oscuro, una camisa blanca y una corbata clásica.

Después de seis meses, dimos marcha al nuevo negocio. El empresario trabajaba sin cesar pero parecía que lo hacía más por hábito que por encontrar en el trabajo una íntima alegría. Yo tenía la sensación de que en él había un vacío que no era capaz de colmar el sosiego de una vida llena de las comodidades que le proporcionaban sus ganancias o de verse respetado por sus empleados. Tampoco parecía satisfacerle el que se le pidiera consejo en muchos asuntos empresariales. Sin embargo, sus ejecutivos más cercanos, que le conocían bien, le tenían por un hombre feliz. Llegué a la conclusión de que sus empleados ignoraban hasta qué punto estaba cansado de la vida; que, tal vez, su mundo ya le parecía vacío y anhelaba abandonarlo; que, probablemente, trabajaba con tanto ahínco no para ganar dinero sino para ahuyentar estos pensamientos.

Fuimos socios por tres años. Luego le vendí mi parte y no volví a verle.

Pasados unos siete años, me llamó para invitarme a comer en su casa. Me sorprendió, pues siendo socios nunca lo había hecho. La única relación que habíamos mantenido, en los últimos siete años, fue una afectuosa felicitación de Navidad. Llegué a su casa y me encontré con un hombre todavía mas encorvado y envejecido pero su semblante había sufrido una transformación: sonreía continuamente.

Era un día soleado de junio y comimos bajo un almendro, frente a un magnífico jardín tropical y con una estupenda vista sobre la ciudad. Hablamos extensamente de nuestros avatares y me contó que continuaba al frente de su Empresa. La Compañía seguía creciendo por diferentes países pero ni su hijo ni su hija podían asumir la dirección de la misma. Por ello, había creado una Fundación que se haría cargo de la Empresa a su muerte. Su director general sería el presidente y nombraría un equipo para dirigirla. Me comentó, que le gustaría que algunas personas ajenas al negocio formasen parte de la Fundación y me pidió que pensase si podía interesarme.

También me habló del problema con su hijo, que se había convertido en un *playboy* empedernido y había caído en el consumo de drogas y, de su hija y su segundo divorcio.

Después de comer, dimos un paseo por la espléndida pradera de césped. Caminando juntos, él apoyado en su bastón y en mi brazo, pensé que, o no le había conocido lo suficiente o todo en él había cambiado por alguna razón. Por el camino hizo algunas travesuras. Después de presentarme a su jardinero, un hombre mayor con cara de estar enfadado, me comentó que éste tenía lo mismo de buen profesional que de cascarrabias. Un poco más adelante le escondió las herramientas para hacerle rabiar. Luego apareció su nieta de cinco años con la cuidadora. Mandó a ésta por un vaso de agua para poder dar golosinas a la nieta, a pesar de que les habían prohibido a ambos todo tipo de dulces. Llegamos a un cobertizo de madera donde tenía una colección de bicicletas antiguas y me pidió que le ayudase a montar en una y que se la sujetase mientras pedaleaba un pequeño trecho. Luego quiso que hiciera lo mismo con su nieta. Yo estaba divertido y desorientado. Cuando quedó agotado con sus travesuras, volvimos a la casa y nos sentamos de nuevo a charlar.

Le dije que me alegraba mucho de verle feliz y le comenté la visión tan diferente que de él tenía cuando trabajamos juntos. Me respondió que, desde que había sentido los achaques de la ancianidad, había decidido que su gran obra sería alejar la vejez inútil y esto lo había conseguido admitiendo algo tan sencillo, como que los viejos pueden convertirse en niños. Sin embargo, habiéndole conocido como hombre más bien ceñudo y grave, esto me parecía irreal. Intenté indagar un poco en la razón de su cambio y él me sacó rápidamente de mis dudas. Me dijo, más o menos: »*a los sesenta y cinco años, llegué a la conclusión de que la fugacidad de la juventud no hay quien la frene y de que no existe un mágico elixir que la alargue. De repente, me hice viejo. El continuo cavilar al que está sometido un empresario estaba agotándome el espíritu y secándome el jugo vital. Además, percibí que no lograría la realización de todas mis ambiciones y nada hay que amargue tanto la vida del hombre como no lograrlo. Me hubiera gustado que mis hijos siguieran mi trayectoria y ya ves el desastre: él, saliendo de las drogas y mi hija, que es un vivo recuerdo de mi esposa muerta hace ya algunos años y a la que amo con indecible ternura, es una mujer inestable y débil a la que no puedes poner al frente de ningún departamento de la Empresa.*

»*Me dejé dominar por estas reflexiones y mi vida sufrió una verdadera transformación. Empecé a morir, porque dejar de ser lo que se es viene a ser un modo de morir. Comenzó a languidecer mi gallardía y el carácter se me fue amustiando. Durante este periodo nos conocimos. Hasta tú te pusiste un traje fúnebre para relacionarte conmigo (nos reímos recordándolo).*

»*Pasé unos años tristes pero no me quedaba más remedio que superarme o morir definitivamente. Tenía que combatir como fuera esa sensación de ancianidad que se había apoderado de mí.*

»*Lo primero que decidí fue divorciar mi vida profesional de la personal. Reflexioné que, tal vez, en ese momento de mi vida era cuando podía dar lo mejor a mi Empresa, fruto de mi experiencia y mi sabiduría. Decidí también, que mis conocimientos del mundo y de las cosas, unida a la plenitud de mis facultades mentales, a la frialdad y a la exactitud de mi sentido crítico, sólo lo aplicaría en la Empresa y no en mi vida personal, aunque regularía mi simpatía con los empleados para intentar transmitirles mi antiguo encanto, que era lo que siempre les había ilusionado y, tal vez, gracias al mismo, se habían dejado guiar por mis consejos. En la Empresa, cuando se obtienen beneficios, es mejor no cambiar demasiado de comportamiento porque despista al resto del equipo.*

»Sin embargo, en mi vida personal, aunque los hombres de mundo a medida que envejecen van haciéndose más prudentes y juiciosos, yo me volvería un poco más insensato como lo fui en la juventud.

»Comencé a cometer algunas ligerezas que carecían de formal asiento, me tomé la vida un poco en broma y sentí que experimentaba menos la melancolía de la vejez. Llegué a la conclusión de que soportaría mejor mis calamidades si recuperaba la inconsciencia y la ligereza mental de la juventud. Esto no significó que chocheara o que perdiera el juicio, sino, como antes te dije, sencillamente admití que los viejos pueden convertirse en niños. Recuperé mi simpatía y la frescura de las formas que había perdido y me di cuenta de que esto agradaba más a las personas de mi entorno que la amistad con un viejo rígido.

»Querido amigo, la falta de juicio es una buena compensación a las miserias de la vejez, porque aleja las preocupaciones que, naturalmente, alimentan a todo aquel que se da cuenta de la tristeza de su estado.

985. LA PERRA VIDA DEL EMPRESARIO

Un empresario de unos cincuenta y tantos años que tenía varias Empresas importantes, muy mal genio y era algo extravagante, protagonizó en una tertulia un curioso altercado con su mujer.

Nos había invitado a cinco empresarios con nuestras respectivas esposas, un fin de semana a un castillo medieval que había comprado en un pueblo cerca de Soria. Entre sus múltiples extravagancias, había decidido que al castillo le iría muy bien una pareja de leones y consiguió que se los prestase un zoo de forma temporal para alojarlos en uno de los patios.

Era de noche y estábamos pasando una agradable velada. El hombre había bebido de más y se encontraba eufórico relatando sus múltiples avatares empresariales. Nosotros nos divertíamos escuchándole y no encontrábamos el momento de irnos a dormir. Las mujeres, excepto la suya, ya se habían retirado a descansar. Ella, envuelta en un echarpe y con cara de aburrida, se había acurrucado en una butaca cerca de la chimenea.

De madrugada, nuestro eufórico anfitrión, con el fin de hacer tiempo hasta el desayuno, nos propuso ir a la despensa en el piso inferior y catar un buen jamón. De repente, su mujer que había permanecido callada hasta entonces, se negó a ello y le exigió que se fuera de inmediato a la cama. Comprendimos la situación y aprovechamos para decirle que nos retirábamos todos. Sin embargo, el anfitrión, haciendo caso omiso de su mujer, alzó la voz y dijo que de allí no se iba nadie sin comer jamón. La mujer se levantó, esta vez más enérgica y volvió a insistir. La situación era tensa e intentamos salir pero el hombre se puso delante de nosotros con los brazos extendidos y se negó a dejarnos pasar, sin antes haber probado el dichoso jamón.

Nos encontramos repentinamente entre dos frentes. Ella ya descargaba toda su ira desvalorizando el trabajo y las Empresas de su marido y diciendo que los empresarios eran esto y lo otro y el hombre, con un rostro rojizo por la cólera y las manos y las piernas abiertas para no dejarnos ir, aguantaba «el chaparrón» y le pedía silencio al tiempo que defendía su trabajo y sus Empresas.

Intentamos calmarles pero no había forma. Parecía que cuanto más pretendíamos apagar el fuego, más lo atizaban ellos. Llegó un momento en que aquello se convirtió en una jauría de gritos. Ella le reprochaba que había dedicado toda su vida a las Empresas abandonando a su familia y él respondía que no le había quedado más remedio que llevar esa perra vida para dar a su familia lo mejor.

Buscando una salida al conflicto, pedí a su mujer que escuchase a su marido lo que había sido su vida y ella, después, podría decirle lo que había sido la suya. Aceptó con la condición de que estuviésemos todos presentes y amenazó, que si no le convencía, de madrugada saldría del castillo para siempre. Aturdidos, nos sentamos de nuevo. A todos nos hubiera gustado eludir esta forzada confesión. El empresario esperó unos minutos, respiró hondo y comenzó a hablar, primero de forma atropellada, aunque luego se fue calmando. Dijo, más o menos:

»Es tal la carga que sobre mis hombros me he echado el día que decidí ser empresario, es tan pesada, que muchas veces he meditado y he llegado a la conclusión de que, de haberlo intuido, habría renunciado a este tipo de vida. Para realizar con honradez y éxito mis proyectos, he tenido que entregarme al estudio y a la resolución de los asuntos de mi Empresa antes que de los míos. Mi pensamiento siempre debe estar pendiente de los intereses de mis empleados, siendo al mismo tiempo autor y ejecutor, sin poder apartarme jamás de mis principios de honestidad y equidad. Yo respondo de la capacidad y honradez de mis directivos, que ha de ser igual a la mía. Yo soy la persona más visible de mi Empresa y hacia mí se dirigen todas las miradas. Si mi influencia es bienhechora, produzco el bienestar y el crecimiento de la Compañía pero si no lo es, acarreo estragos y la ruina para mis empleados y proveedores.

»Por ello y, por mi propia condición y estado, tengo que evitar numerosas circunstancias que me desvíen del verdadero camino, que es ganar dinero honradamente, con el consiguiente perjuicio de que, si lo hago deshonestamente y me convierto en un corrupto, doy mal ejemplo y, por venir de quien viene, arrastro a empleados. Hay que tener en cuenta que los hombres son sensibles al trato con la corrupción, tanto como los animales a dejar de cazar cuando se les facilita el alimento. Sólo hay que ver a los leones que tengo en el patio.

»Por esto y también para dar ejemplo, tengo que evitar los placeres mundanos, la adulación, el lujo, la embriaguez de poder, la pereza, la indiferencia y aún así, no puedo evitar que a mí alrededor abunden las intrigas, los odios, las vanidades y las ambiciones desmesuradas. No puedo prescindir de preocupaciones y escrúpulos para que me resulte más grata la vida o como medio para divertirme. La disposición de mi ánimo ha de estar siempre dirigida hacia el interés de mi Empresa y, para realizar bien mi misión, no puedo dedicar demasiado tiempo a la caza, ni a los caballos que tanto me apasionan, ni a la comida, ni a las fiestas, ni a mi ocio en general. A esto hay que añadir, que muchas veces no me queda más remedio que compartir estos momentos de ocio con cargos públicos y practicar la hipocresía con objeto de halagarles para tenerles propicios para mis negocios. No puedo ser nunca indiferente a la ley ni vulnerarla. Estoy obligado a ser amigo de todos y enemigo de muchos. En definitiva, yo simbolizo la unión y la armonía de mi Empresa y tengo que utilizar mi poder con rectitud y justicia para que mis empleados sigan mis consejos.

»Como dije al principio, si la vida de empresario que llevo me hubiera parado a meditarla antes de empezar a serlo, lo que todos sus atributos representan y su proceder y sus responsabilidades, habría pensado que no hay pago merecido a una conducta de este tipo.

»Sin embargo, a pesar de todo lo que he contado, tengo que reconocer que mi oficio de empresario me entusiasma. Es una contradicción extrema que me ha enseñado algo positivo y que me ha ayudado a triunfar, que es la importancia de las contradicciones en el camino al éxito.

El empresario abarca tantas cosas y tan contradictorias que, lo aparentemente incompatible, puede ser válido al mismo tiempo. Cuando lo asumes, sales de lo estrecho y te abres a lo extenso y a lo contradictorio, aceptas al ser humano con sus contradicciones, sobre todo con sus partes malas y luchas agarrado a tus principios, con desconfianza y generosidad. (Se quedó aturdido, quizás rebuscando en su mente el peso en su vida de ésta última reflexión. Caminó cabizbajo hacia la butaca donde estaba su mujer. Se sentó en el reposa-brazos y le cogió la mano. Pensé que era un acto teatral muy propio de él pero, repentinamente, en su rostro se marcaron unas ojeras de tristeza y los párpados se le llenaron de lágrimas.)

»Tal vez no he sabido explicarte debidamente esta satisfacción total de un deseo innato, este extraño gusto por el mundo empresarial que debe tener una relación estrecha con lo más profundo de mi ser. He llegado mucho más lejos de lo que pensé llegar cuando comencé hace más de treinta años. He tenido éxito en casi todos los proyectos empresariales que he emprendido… pero nada, nada hubiera podido hacer sin tu ayuda. Has estado siempre a mi lado apoyándome, te has ocupado con entrega y firmeza de nuestros hijos como yo nunca hubiera sabido hacerlo, me has infundido cada día la tranquilidad y el valor *necesario para enfrentarme al mundo que he ambicionado.* Le pidió perdón ante la congoja de todos y se marcharon a dormir.

986. LAS OPORTUNIDADES ABSTRACTAS

Conocí a un empresario que, en pocos años, había hecho una fortuna, construyendo polígonos industriales por el extrarradio de la gran ciudad. Se había comprado una gran mansión y quería decorarla pero estaba perdido. Temía que su gusto no estuviera en consonancia con su nueva posición social y tampoco se fiaba de los decoradores. Me pidió mi opinión y le transmití la de mi mujer, que pensaba que lo más importante en una casa eran los cuadros y las alfombras y que, en ambas cosas, debería invertir su dinero para comprar buenas piezas.

Era profano en temas de arte y le sugerí que visitase el museo del Prado y algún otro de arte contemporáneo. Después de visitarlos, me comentó que se sentía más identificado con el contemporáneo. Como estaba dispuesto a hacer grandes inversiones, le propuse ir a Londres a conocer los principales museos. Podíamos recabar más información y, tal vez, contactar con artistas que hubieran expuesto en los mismos.

Un fin de semana nos fuimos los dos con mi hija de siete años. Llegamos a un museo de arte contemporáneo y estuvimos un par de horas contemplando las obras. En una inmensa sala había un único cuadro de enormes dimensiones colgado en la pared. Era un panel pintado de color azul claro, con un círculo rojo en el centro. Mi hija estaba cansada y nos sentamos enfrente a mirarlo. De repente me preguntó: *¿papa, por qué ponen ese cuadro en la pared si yo podría pintarlo?*

Luego fuimos a comer a la cafetería del museo y el empresario me dijo: *después de escuchar a tu hija, estoy obligado a hacer una cura de humildad. He llegado a la conclusión de que el arte contemporáneo simboliza muy bien nuestra era de oportunidades: cualquiera puede tener éxito y, no por ello, ser un gran profesional.*

987. WWW.LAPANACEANO.ES

Internet tuvo un «boom» y un «splash» en un tiempo demasiado corto, tal y como preveían los «gurús» de las finanzas, a los que no se les prestó demasiada atención.

Repentinamente, el mercado estuvo invadido de Empresas «punto com» (en el año 1999, unas 60.000 comenzaron), que atraían el capital y se desarrollaban con proyectos que no estaban fundamentados en principios sólidos y llevados a cabo por ejecutivos inexpertos. Era «la nueva economía». No importaba perder mucho dinero en fabricar una marca que, con el tiempo, alguien adquiriría por su valor estratégico, dejando a un lado si producía o no mucho efectivo. Éstas eran las apuestas y muchos empresarios nos aventuramos en ellas. Yo fui uno de ellos.

Un día, mi joven hijo me comentó que un amigo, recién licenciado en Administración y Dirección de Empresas, quería montar una «punto com.» Me llamaría en breve porque necesitaba inversionistas. La burbuja que se había creado en el mercado hacía que todos los empresarios de mi entorno estuviéramos expectantes al desarrollo de Internet. Entonces, se tenía la sensación de que si se era empresario, se estaba obligado a ser accionista de una «punto.com».

Al día siguiente, recibí la llamada del joven proponiéndome asistir a una presentación sobre su proyecto, en un hotel. Se trataba de la creación de un portal universitario y me dijo que asistirían conocidos, amigos y familiares. No pude negarme por mi hijo y porque el proyecto estaba relacionado con un segmento de mercado afín a mi actividad.

Entonces participaba, junto con una socia, en una Empresa de investigación de mercado especializada en estudiar los hábitos de consumo de los jóvenes universitarios. Los estudios los realizábamos a partir de un programa que habíamos creado de visitas a Empresas. Mi socia era economista y había trabajado más de veinte años en el sector financiero, principalmente entidades anglosajonas, en el departamento de fusiones y adquisiciones. Me había ayudado mucho, a lo largo de mi carrera empresarial, en la venta de mis participaciones en otras Empresas. Era una dura negociadora con mucho sentido común y credibilidad en el mundo empresarial.

Una vez que me asesoró en la venta de unas participaciones a una Empresa Inglesa, le pregunté qué diferencia creía que había entre el método de trabajo anglosajón y el español. Me respondió: *los anglosajones asisten a las reuniones con un cuaderno y los españoles con folios; el anglosajón pregunta sin parar y el español no se atreve tanto; el anglosajón se compromete en una fecha y la cumple aunque esté tres días sin dormir y el español suele retrasarla casi siempre; el anglosajón odia perder el tiempo por lo que es concreto, el español no tiene el concepto del tiempo, alarga sus comidas, sus reuniones y le cuesta concretar.*

Me fiaba mucho de las opiniones de mi socia, por lo que le propuse que asistiera conmigo a la presentación. Llegamos al hotel donde estábamos citados y, de ahí, a un enorme salón donde había unas cincuenta personas. El joven y futuro empresario nos entregó una carpeta con la presentación que iba a realizar y comenzó la exposición de lo que iba a ser la futura Empresa.

Básicamente, era un portal vertical creado para proveer de servicios a una comunidad de catorce millones de estudiantes europeos y facilitar el intercambio de información entre los universitarios, universidades y socios comerciales a través de Internet. El portal se extendería por Europa; en principio por Francia, UK, Alemania e Italia. Nos expuso, con entusiasmo, que pensaba firmar acuerdos con muchas Universidades en calidad de socios institucionales, con el fin de introducir corresponsales y obtener la información. También, colaboraría con Empresas en Branding, E-Commerce, Market Research y Recruiting Services. Nos habló del espacio digital, de la capacidad de almacenamiento, de la facilidad para viajar, del acceso desde cualquier sitio y de la deslocalización y dispersión de elementos. Reflejó algunos indicadores de Internet en España para el siguiente año, como el número estimado de usuarios, el gasto previsto en comercio electrónico, la inversión esperada en publicidad *on line*, y el número estimado de compradores *on line*.

Luego presentó una serie de gráficos sobre la distribución mensual de las ventas por comercio electrónico y los productos más comprados. Nos explicó la clasificación de las Empresas de Internet: *Business to Consumer* con el ejemplo de «submarino.com»; *Consumer to Business* con el ejemplo de «letsbuyit.com»; *Bússines to Bussines* con el ejemplo de «Ford»; y, de *Consumer to Consumer* con el ejemplo de «mercadolibre.com».

A continuación, pasó al producto y nos hizo una exposición de en qué iba a consistir la *web site* en cuanto a contenidos, aplicaciones y diseño gráfico, así como de los retos del departamento de *marketing* para el lanzamiento del producto, en cuanto a campañas, eventos y publicidad. Nos habló del perfil de empleado que pensaba contratar: jóvenes, algunos estudiantes de último curso, independientes, con un alto nivel de motivación, tolerantes al riesgo y al cambio y que manejasen perfectamente el entorno multimedia.

Para arrancar con el negocio, precisaba una primera ronda de financiación de un millón de euros, con el fin de alquilar una oficina, comprar ordenadores, contratar al equipo inicial y crear el producto final. Luego, a los dos o tres meses del «Start up», una vez más depurado su plan de negocio y armado el equipo, buscaría nuevos inversores entre las Empresas de capital riesgo, teniendo los anteriores derecho de adquisición preferente y así sucesivamente hasta llegar a una OPV en el plazo de doce meses.

El joven, con solo veintidós años, se lo había preparado muy bien y parecía que tenía una visión muy clara y genérica de Internet. Para terminar, nos citó a una segunda reunión donde los interesados podríamos concretar la inversión y las participaciones.

La verdad es que me impresionó bastante y pensé que un portal vertical europeo para estudiantes sería una gran idea. Además, por nuestro negocio, mi socia y yo conocíamos muy bien los hábitos de consumo de los universitarios y nuestros clientes eran las principales Empresas de España, por su interés en posicionarse dentro de este segmento de mercado. También pensé que, incluso podríamos involucrar a alguna de estas Empresas como inversores, por lo que salí pletórico.

Durante la presentación, mi socia se había dedicado a estudiar el plan de negocio. La había visto garabatear conclusiones propias y tachar otras que aparecían. Se había mantenido callada y, conociéndola como la conocía, si no había hecho preguntas, significaba que no estaba en absoluto convencida, lo contrario de lo que me pasaba a mí. Comenté con ella mis positivos argumentos sobre el proyecto y lo emocionante del futuro de «la nueva economía». Sin embargo, ella me respondió: *no encuentro nada emocionante el hecho de no saber qué va a pasar.* Le pregunté si no confiaba en el proyecto y por qué y me dijo: *»porque rascas y debajo no hay nada. No estoy dispuesta a tirar mi dinero en proyectos de niñatos que pretenden hacer una OPV en un año. Sentémonos allí y analicemos su plan de negocio.*

»Este joven, para intentar convencernos, nos ha presentado simplemente cómo de grande es la oportunidad. Bien hecho por su parte, ya que es lo primero que quiere conocer un inversor. Ha elegido un mercado de catorce millones de estudiantes, lo suficientemente grande como para constituir una buena oportunidad, de manera obvia. Pero esto es muy relativo, porque el tamaño de la oportunidad dependerá de cómo reaccione el mercado, por lo que él no conoce el tamaño de su oportunidad.

»Necesita mucho dinero: un millón de euros puesto en manos de un equipo que no sabemos si es el adecuado para llevar a cabo la explotación del negocio.

»En su plan de negocio, no habla de la competencia y tiene que competir con los portales generalistas; tampoco contempla los riesgos y por qué podemos esperar los inversores que el equipo que contrate vaya a ejecutar el plan con éxito.

»Ha hablado en todo momento de «marca» pero en ninguno de beneficios. El modelo de negocio, en la primera etapa, va a ser totalmente gratuito y, en la segunda, el pago dependerá de la fidelización de los clientes, que están acostumbrados a no pagar. Esto sólo es posible si se diferencia de otros competidores mediante un mayor valor añadido; si genera un producto innovador y dinámico para la comunidad universitaria; y si todo esto lo refleja, debidamente, en el producto final, a través de sus campañas de marketing. Para esto, hay que ser un experto en marketing, tener la capacidad de filtrar tanto las ideas internas como las externas para su posterior desarrollo en el producto final.

»También me ha sorprendido que, hablando del perfil de empleado que se demanda, no ha dicho nada de personas conocedoras del sector

y de la competencia o con experiencia en otras Compañías y departamentos. Sólo habla de jóvenes, con una serie de valores tolerantes y conocimientos de multimedia.

»*El chico, que seguro vale mucho sólo por el hecho de estar hoy aquí con su proyecto, quiere que nos adhiramos a su idea para experimentar a nuestra cuenta y, si tenemos suerte, mejor para todos; pero si no, entre todos tendremos que cubrir sus agujeros y errores. Esta idea, puede ser una buena oportunidad pero está sometida a criterios poco exigentes.*

Ante el derroche de razonamientos, le dije que tal vez deberíamos hacer una investigación en Internet para ver si existían Compañías similares, a lo que me respondió: *pondríamos al chico en una situación muy embarazosa, al habernos presentado el proyecto como algo novedoso y encontrar que ya existe y está funcionando en algún sitio. En fin, tú haz lo que quieras, yo lo tengo decidido. La idea es buena pero las ideas, sin buenos profesionales para gestionarlas, no valen. Este chico debería estar unos cuantos años trabajando para una multinacional, antes de lanzarse al «estrellato» donde, hoy por hoy, se va a estrellar y estrellará a todo el que le siga.*

Fue tan clara que me dejó pasmado. Sin embargo, en vez de aplicar la prudencia y los consejos de mi experimentada socia, me dejé guiar por la ambición que llevamos dentro todos los empresarios y acudí a la segunda reunión. Cuál fue mi sorpresa cuando me encontré que los inversores casi nos peleamos por obtener una mayor participación. Nunca me había pasado esto cuando yo proponía a otros empresarios proyectos mucho más conservadores y con planes de negocio estudiados y redactados por expertos consultores.

Después de escuchar a mi socia, que tenía la razón probablemente en todo, había decidido que sólo invertiría mi dinero si formaba parte del Consejo de Administración y como asesor ejecutivo dentro de la nueva Empresa. Pensaba que era la única forma de garantizarme que la Empresa permaneciese en el mercado el suficiente tiempo para llegar a una segunda ronda de financiación. Si tenía poder de decisión dentro de la Compañía y era un inversor de peso, podía intentar ser el «colocador» de nuevos inversores en esa segunda ronda, incluyendo las mías. También quería controlar que se presentaría correctamente la documentación para pasar una *due diligence*, donde estuvieran todos los contratos firmados, licencias y autorizaciones, ya que, el nuevo aumento de capital se haría sobre la base de esa valoración. Si todo salía bien, atraeríamos a inversores relevantes de las finanzas y la industria, como venía sucediendo con otras «punto.com».

A modo de conclusión, sólo los que estuvimos como inversionistas en el «Start up» de la Empresa y vendimos en la segunda ronda de financiación, pudimos obtener plusvalías. El joven cerró el negocio a los dos años pero, antes de hacerlo, había conseguido capital privado por importe de ocho millones de euros. Por descontado, la Empresa en ningún momento presentó beneficios. Realmente, el mercado se había vuelto loco.

988. Vencedoras o vencidos

En una época, cada dos meses solía comer con un amigo que era director de recursos humanos en una multinacional del sector energético. Además de la buena amistad que nos unía, dada su experiencia me ayudaba a realizar la selección de personal de los puestos que tenía que cubrir en mi Empresa.

Una de las veces que quedamos a comer, me comunicó que se cambiaba de Compañía y se marchaba a Argentina. Se unió a la comida la subdirectora del área, que era la persona que le iba a sustituir.

Era una mujer mayor que nosotros. Había entrado de secretaria de un directivo y llevaba toda su vida laboral en la Empresa. Nos contó que, mientras trabajaba, había estudiado la carrera de Psicología por la Universidad Nacional a Distancia, con el fin de poder acceder a futuras promociones. Tras pasar por el departamento comercial y de marketing, aprovechó una oportunidad de cubrir un puesto vacante en el área de recursos humanos y, a partir de ahí, hasta la dirección general.

La felicité por su trayectoria profesional y hablamos de la familia y de algunos temas políticos de actualidad. Me atreví a preguntarle cómo se organizaba para compaginar la educación de sus cuatro hijos —entre cuatro y dieciocho años— con su jornada laboral, repleta de responsabilidades. Me respondió: *como se han ocupado siempre los hombres: si un hijo está enfermo, le dejas con la cuidadora y asumes, que muy a tu pesar, no puedes dejar de ir a trabajar.*

Le comenté que era sorprendente, aunque gratificante, comprobar cómo la mujer, que en el pasado se había dedicado sólo a estar en el hogar y ser la compañera del hombre, ahora ya dirigía las principales áreas de gestión de la Empresa en detrimento del hombre que las había ocupado siempre. Mi amigo añadió que, en la actualidad, los directores de recursos humanos fichaban más mujeres que hombres para cargos de responsabilidad con trayectoria de futuro. Ella dijo:

»No sé por qué te sorprende. Hace siglos que el hombre nos viene transmitiendo que una mujer queda en ridículo si no tiene ánimos para resistir. Esto ha sido la causa de nuestra persistencia y vamos ganando la batalla, poco a poco. Además, si analizas la personalidad de la mujer y la fusionas con la realidad actual, te darás cuenta de que la mujer siempre ha estado muy bien dotada de armas naturales. Os lo explicaré de una forma llana. Me refiero, lógicamente, a la generalidad de hombres y mujeres.

»En primer lugar, a la mujer independiente le interesa más el vínculo emocional que establece con las personas que el dinero que posean, por lo que se relaciona mejor con todo tipo de gente, mientras que el hombre, la mayoría de las veces, concede mayor importancia a los bienes materiales.

»También, todos conocemos lo importante que es, en el mundo de los negocios, lo que llamamos «buena presencia». A la mujer le preocupa encontrar los medios de agradar a los demás, tenga la edad que tenga. Ningún otro fin tienen nuestros pendientes, collares, pulseras, perfumes, pinturas, peinados, nuestra extensa variedad de trajes. En una palabra, empleamos todas las artes posibles para parecer más bellas, lo seamos por naturaleza o no. El hombre se suele encastrar de por vida en el mismo traje y, como mucho, cambia en contadas ocasiones de reloj (Entre mi amigo y yo sumamos un total de cinco trajes y cuatro relojes).

»Además, nosotras poseemos la gracia del cuerpo y las formas, algo que cuidamos con esmero y preferimos a cualquier cosa y cuyos efectos, bien sabemos, la autoridad que ejercen. Sin embargo, muchos de los hombres, según se van haciendo mayores, adquieren un aspecto desaliñado, se convierten en barrigudos, se quedan calvos y su piel se arruga por la barba. Rápidamente dan aspecto de viejos aún siendo jóvenes (Mi amigo y yo nos tocamos la barriga. La mía se mantenía por mi afición a la montaña pero la de él, había adquirido un cierto volumen que unos años antes no tenía).

»Siguiendo con la «buena presencia», la mujer utiliza cremas para mantener su piel fina y prolongar la juventud. Lo habitual en el hombre es tan solo un bálsamo para después del afeitado y no con el fin de tener un aspecto jovial (Nos pasamos la mano por la barba comprobando la aspereza de nuestro rostro. La mujer sonrió y continuó implacable).

»A esto hay que contar que la mujer no tolera flaquezas en la vida conyugal y considera la familia como su más sólido fundamento, mientras que muchos hombres sólo tienen en la cabeza el sexo. Por eso, entre ellos, se disculpan las tonterías que cometen por las mujeres, mucho más si interviene en ello el apetito por una mujer guapa.

»Con respecto al amor, el hombre suele perder la cabeza a menudo pero nosotras, aunque subordinemos al amor la mayoría de los intereses, los personales los legitimamos a expensas de perder el amor. Además, renunciar al amor no genera el mismo grado de perturbación en los hombres que en las mujeres. Para los primeros, muchas veces la pareja es una reafirmación de sus intereses sociales y productivos, por lo que la autovaloración cae en picado con la pérdida del amor, mientras que para la mujer actual, muy a menudo, supone la independencia y la autonomía.

»Y por último (¡Dios!, exclamamos, ¿todavía hay más?), a todo lo que os he dicho, hay que unir que la mujer considera que su sabiduría está en el control de su razón y esto sabe que lo consigue con la cabeza y no con el corazón. Intenta dominar desde muy joven los dos tiranos más duros de la vida, que son la ira y la concupiscencia; dos fuerzas gemelas, contra las que, muchas veces, el hombre suele languidecer y rendirse su razón.

»*Pero amigos, muchas como yo siempre hemos sabido, que lograr el éxito honestamente exige su victoria. Como dijo Calderón de la Barca: «venciste mujer con no dejarte vencer»* (La aplaudimos y mi amigo hizo amago de meterse debajo de la mesa).

989. Puntos cardinales

En la mitad de mi carrera empresarial, tras una larga reflexión, llegué a cuatro conclusiones que marcaron mi siguiente etapa.

La primera conclusión fue que casi todo era una farsa: el entorno empresarial era como una comedia, en la que unos y otros salían cada mañana disfrazados con diferentes máscaras a representar sus respectivos papeles hasta que, al llegar la tarde y terminado el espectáculo, se retiraban de la escena. Era como una metamorfosis reversible, donde el hombre se convierte en otro para luego volver a ser él. Lo peor era que una vez metidos en escena, ya nadie se podía quitar la máscara. Si un actor en plena representación se quitase la máscara y mostrara a los espectadores su verdadero rostro, el público perdería el hilo de la comedia y, de forma súbita, quedaría trastornado el orden de las cosas: el que parecía mujer es hombre, el que aparentaba ser joven es viejo, en fin, todo podría quedar reducido a la realidad, casi siempre contraria a las apariencias.

Por esta razón, llegué a la segunda conclusión: la ficción y el engaño eran, precisamente, lo que se imponía y suscitaba la atención de las personas.

Mi experiencia en la vida, me había permitido conocer las costumbres efímeras del hombre. Sabía que aquel que se las daba de gran señor podía ser el hombre más ruin y que aquel que lloraba la muerte de su padre rico, en su interior podría estar celebrando el paso a una vida que antes no tuvo. Miraba alrededor y entre mis empleados encontraba que unos, por temor al fracaso no realizaban ningún hecho relevante; y otros, quizás más insensatos, carentes de vergüenza y miedo al peligro, no retrocedían ante nada. Sin embargo, estos últimos eran los que se enfrentaban a los problemas más arduos para darles solución y, aunque fueran torpes, eran los que más éxito tenían sea cual fuere el procedimiento seguido.

Por esto llegué a la tercera conclusión: la mayor fuerza que tiene el hombre para alcanzar el éxito es no sentir nunca vergüenza ni temor.

Todo me parecía que estaba provisto de dos rostros que, con las herramientas de *marketing* adecuadas, lo que hoy era feo mañana sería hermoso; lo que parecía débil se convertía en fuerte; lo triste en alegre; lo perjudicial en saludable... Es decir, daba la sensación de que nada había que no fuese a ver vuelto en lo contrario y esto hacía que el hombre nunca encontrase saciada su ambición.

Producto de las tres conclusiones anteriores, llegué a la cuarta y última que ha sido la que más me ha ayudado en la vida: fue la siguiente: vivo en un mundo caótico y, para sobrevivir, no me queda más remedio que refugiarme en la prudencia, que me ayudará a medir con sentido común el uso de las cosas que hago.

990. La importancia de saber decidir

En otro tiempo, me veía a menudo con un empresario italiano, propietario de una gran Empresa del sector de la distribución de productos deportivos. Solía invitarme con mi familia a su casa, un antiguo palacete del siglo pasado a las afueras de Milán. Fue un hombre que me transmitió el gran valor de la reflexión.

Le conocí cuando fui a comprar material para venderlo en mi tienda. Le hice un gran pedido, con pago al contado, para acogerme a todos los descuentos. Sin embargo, me aconsejó que no lo formalizase, ya que un pedido de esas características para el mercado español estaba mal confeccionado y de seguro almacenaría mercancía sin vender por mucho tiempo. Me pidió que me quedase un par de días y juntos reflexionaríamos sobre el pedido. Finalmente me llevé un cincuenta por ciento de la mercancía y fue un acierto. Siempre le estuve muy agradecido y de aquí nació una sincera amistad.

Una vez me llamó para decirme que estaría por Valencia una semana y le gustaría verme. Acudí, contento de encontrarme de nuevo con él y nos vimos en un restaurante de la Playa del Saler, por supuesto con una paella de testigo.

Me comentó que tenía que tomar una decisión importante. Tenía encima de la mesa la oferta de un Grupo americano para comprar su Empresa. A sus sesenta años no se veía jubilado todavía y, además, sus hijos ya estaban trabajando en la Empresa. Los americanos querían introducirse en el mercado europeo a través de esta adquisición y la oferta era muy buena pero tenía miedo a equivocarse por no haber reflexionado lo suficiente. Se sentía atrapado por un cepo y apenas podía dormir.

Me pidió consejo y me sentí desorientado ante la importancia de la situación y el hecho de tener que dar mi opinión a un empresario curtido y con mucha más experiencia que yo. Se lo expresé así pero, a pesar de mis recelos, él insistió en conocer que pensaba al respecto. Le sentí tan preocupado que me aventuré a hablar, buscando cómo aliviarle en algo. Más o menos, le dije:

»*No puedo decirte qué debes o no hacer porque desconozco puntos de suma importancia y mi opinión no tiene mucho valor sin esa información. Lo que sí me atrevería a aconsejarte es que intentes entresacar la respuesta del total de tu conducta y del resultado de tus actos a lo largo de tú trayectoria empresarial y no del momento que estás viviendo.*

»*Piensa y esto te dará el sosiego que necesitas para decidir, que si hasta ahora has tenido éxito en tus proyectos, es porque siempre has tomado precauciones en todo y consideras que esta práctica es importante. Cualquier pormenor lo has analizado minuciosamente.*

»*Conoces que el hábito de la reflexión te ha dado la ocasión de encontrar las respuestas cuando las has necesitado. Por todo esto, no debes temer las consecuencias de la decisión que adoptes.*

Pretendí transmitirle lo que él me transmitió a mí en su momento: el valor de la reflexión.

Posteriormente, me alegró mucho conocer que, mi opinión sobre su personalidad, había sido importante para él. Consiguió relajarse y le dio la seguridad necesaria para decidir, que fue no vender.

991. ESTRATEGIAS DE PRESA

Un día recibí la llamada de un viejo amigo del colegio y antiguo socio, con el que había perdido el contacto por unos años. Era de origen afgano, alto, delgado, muy moreno y con ojos azules. Su distinguido porte, unido a una educación exquisita, habían hecho de él, desde muy joven, un auténtico seductor. A estos dones concedidos por la naturaleza había que añadir una gran facilidad para el aprendizaje de los idiomas. Dominaba seis, entre ellos el ruso.

Desde muy joven destacó por su inteligencia privilegiada. Estudió en las mejores escuelas de negocios internacionales y después regreso a España. Entró a trabajar en una multinacional y, pasado un año, ya era el cargo directivo más joven. Luego le fichó una entidad financiera española para gestionar un pequeño Banco e intentar sacarlo de los números rojos. A los dos años, el pequeño Banco había multiplicado por diez sus ingresos, presentaba unas cuentas saneadas y unos beneficios considerables. Fue entonces cuando creamos una sociedad conjunta para el suministro de equipos informáticos. A lo largo de nuestra vida en común, aprendí de él mucho sobre las artes de la seducción, de las que, sin lugar a dudas, era un auténtico maestro.

Después de su llamada, le invité a cenar a mi casa y, durante la velada, nos contó a mi mujer y a mí que se dedicaba a la importación de setas desde Méjico a Rusia. Me habló de las oportunidades del mercado ruso dada su apertura hacia el capitalismo, aunque había que compartir el negocio con las mafias que lo dominaban todo. Quería volver al suministro de sistemas informáticos para exportarlos a este país, en donde tenía muy buenos contactos y me propuso compartir el negocio con él. Pero, yo ya estaba alejado de este sector y además no me interesaba abordar mercados donde la corrupción era la moneda de cambio. Le comenté que había recibido una invitación para asistir a una Conferencia de uno de los grandes «Magnates» de la informática en América y le comenté que podíamos acudir juntos.

Al día siguiente, me llamó para preguntarme si conocía a alguna persona cercana al «Magnate». Eché mano de mi agenda y llamé a algunos conocidos. El propietario de una distribuidora al por mayor de productos informáticos me comentó que conocía al director de *marketing* y que estaría presente en la Conferencia. Le comuniqué que mi amigo le llamaría.

Pasados unos días y en la fecha prevista, me dirigí al hotel donde se celebraba la Conferencia. En la puerta estaban mi amigo y el empresario de la distribuidora, hablando, amigablemente. Desde entonces hasta este día, ya habían pasado un fin de semana cazando juntos.

En el lugar habría más de mil personas, pues era todo un acontecimiento. Entre la muchedumbre, buscamos dos asientos, mientras mi amigo no dejaba de comentar su intención de conocer personalmente al «Magnate», con el fin de establecer acuerdos comerciales para canalizar la importación de sus productos en Rusia. Hasta el momento se vendían a través de cientos de pequeños distribuidores, sin ningún orden ni concierto, y la mayoría de las veces no tenían en las estanterías los productos de última generación. Le dije que me parecía imposible contactar directamente con este hombre sin conocerlo y menos en ese lugar donde estaría presionado por mucha gente importante, además de por los medios de comunicación. Le pedí que me explicase cómo pensaba acometer su plan. Me respondió: *»estás equivocado, los eventos sociales y las recepciones son los lugares propicios para acercarse a los empresarios ricos e intentar realizar el pretendido contacto. ¿Cómo?,* le pregunté con curiosidad. Me dijo: *para conseguirlo, el ataque debe ser sosegado, dado que son hombres que gozan de una reputación esmerada, por lo que no se les puede tratar con ligereza. Por su experiencia, adivinan fácilmente la marcha de los que le rodean, nuestro modo de entrar, el aire que le damos, las expresiones. Todo lo saben de antemano. Lo importante es utilizar ciertas habilidades que te permitan realizarlo con sencilla y natural delicadeza.*

»Le he pedido a nuestro amigo de la distribuidora que me presente a su director de marketing cuando esté cerca del «Magnate» y que se quede con nosotros en la conversación, con el fin de avalarme, en cierto modo. Una vez que haya conseguido el arreglo de compartir grupo con él, intentaré hacerme dueño de la conversación, ensayando varios tonos para ver cual le agrada más, adoptando siempre, con un aire serio, un tono alegre. El objetivo es sostener la conversación particular con él, haciendo parecer que también te ocupas de la general.

Durante el ágape, mi amigo llevó a cabo su táctica y logró el objetivo de hablar con el «Magnate». Yo me encontraba cerca observándole y quedé impresionado del magnífico ataque de seducción. Pude comprobar cómo, en el transcurso de la conversación, buscaba los ojos del «Magnate» y conseguía que la mirada de éste fuese más afectuosa mientras le hablaba con una voz suave y una sonrisa que no delataba su artificio. Poco a poco se iba produciendo el efecto de encandilarle, hasta el punto de que llegaron a intercambiarse sus tarjetas.

Pasados unos días, le pregunté qué había conseguido. Me dijo que, a los dos días, le había enviado su propuesta y le llamó a continuación con el fin de comunicarle que viajaría a América para verle. No se puso al teléfono pero le indicó a su secretaria el día de su llegada y le rogó que le devolviera la llamada confirmando la cita. Me dijo: *está interesado en mi propuesta. Si no, su secretaria habría devuelto ya la llamada para cancelar la cita que propongo. Sólo hay que tener paciencia. Son hombres acostumbrados a hacer esperar para ser más deseados.*

992. Renovarse o naufragar

Coincidí en mi etapa empresarial con una antigua amiga del colegio, quién, al fallecer sus padres en un accidente de coche, heredó la mayoría de las acciones de una Empresa familiar, una fábrica de zapatos en Mallorca. Ella era la mayor de tres hermanos y no le quedó más remedio que tomar las riendas del negocio desde el primer día. La marca de zapatos era muy reconocida en el mercado español y en el americano, además de que fabricaban para otras marcas.

En mis viajes a Palma solíamos costear por la isla en su velero de madera de teka, junto con otros empresarios mallorquines y directores de compras de grandes almacenes. En una de las veladas me comentó que había llegado a la convicción siguiente: si no daba un cambio en la Empresa, ésta moriría en poco tiempo porque se estaba quedando obsoleta. Para ello, deberían hacer inversiones importantes, sobre todo en la parte de producto y de *marketing*.

El accionista principal después de ella, su tío, hermano mayor de su padre, se oponía por no considerarlo necesario dada la más que aceptable rentabilidad que arrojaba la Compañía por aquel entonces. El fin de semana siguiente, pensaba pasarlo navegando con él para exponerle sus ideas y puntos de vista. Aprovechando nuestra vieja amistad, me pidió que les acompañase y la ayudase a convencerle.

El siguiente sábado salimos temprano y, después de toda la mañana navegando, la tarde sorprendió con un temporal que nos obligó a amarrar en un pequeño puerto de la isla. Como el barco se movía mucho, decidimos ir a dormir a un hotel. Durante la cena, mi amiga abordó el tema y su tío la escuchó pacientemente y con interés. Admitió muchos de sus argumentos pero advertí que, por su avanzada edad, se sentía desplazado del nuevo entorno que le proponía su sobrina. Pensé que, tal vez con mis comentarios, podría ayudarle a comprender que él no estaba fuera del nuevo mundo de su Empresa e intervine en la conversación.

Intenté transmitirle que, a partir de ahora, podría verse convertido en un pensador y dedicar parte de su actividad a gestionar lo que debiera ser el futuro de la Empresa. Le dije, más o menos: *es lógico que, a veces, estas perspectivas te parezcan ficción pero tienes que buscar los modos adecuados para incorporarlas como instrumento de progreso y adaptación al mercado de futuro que ella te propone. Para cumplir esta función, no te quedará más remedio que abandonar el ámbito tradicional, orientarte inicialmente hacia la especulación y arriesgar algo. Esto no significa alejar la dirección de la Compañía de la realidad social pero hay que intentar desligarse de las interpretaciones empresariales preestablecidas. A partir de aquí, probablemente aparecerá en ti un cambio progresivo de funciones, ligado a una nueva forma de dirigir más dinámica, que te enfrentará con seguridad al nuevo entorno que te ha tocado vivir.*

Conseguimos convencerle y se sintió tan feliz en los años siguientes con el cambio, que decidió tomar las riendas para abordar otros mercados internacionales.

993. EL REFUGIO DEL MILLONARIO

Algunos empresarios millonarios dan la sensación de que son «tigre y boa» a la vez. Estudian a su presa y cuando ésta se debilita saltan sobre ella para apoderarse de sus bienes. Luego digieren la operación, fría y metódicamente.

Tuve que negociar con uno de ellos para ayudar a un amigo a vender su Empresa, una fábrica de cartuchos de caza. Éste, además de su marca, fabricaba la marca de cartuchos de una Empresa de distribución de productos deportivos que, dentro del sector de la caza y de la pesca, era líder absoluto y de la que era propietario un empresario «tigre y boa»: un hombre mayor, de un pueblo del norte de España, con un carácter hosco y espíritu tacaño. El mercado de la caza iba en declive y la marca de cartuchos de mi amigo apenas se vendía por lo que sobrevivía, prácticamente, de la fabricación para el primero.

Yo conocía bastante al empresario «tigre y boa» pues coincidíamos en las principales ferias del sector. Mi Empresa era mucho más pequeña que la suya, pero él admiraba mis campañas de *marketing* con las que abordaba un mercado obsoleto que no crecía, además de perder consumidores cada año. La Empresa del «tigre y boa, a pesar del liderazgo, estaba gestionada a la antigua. El empresario compraba grandes cantidades de productos por debajo del precio de coste y ahogaba a los proveedores; luego los lanzaba al mercado a un precio con el que, era muy difícil competir. Le había ido muy bien con este sistema, sin necesidad de dar ninguna calidad en el servicio. Para él, lo único importante era el precio.

Como los problemas financieros acuciaban a mi amigo, le comenté que, tal vez, podría vender su fábrica a este empresario aprovechando la relación comercial que les unía. Me respondió que, muchas veces, le había propuesto comprársela pero que él se había negado a cerrar la venta porque le ofrecía muy poco dinero. Si retomaba las conversaciones, sabiendo como era, le pagaría una miseria tal vez solo por revanchismo. Yo conocía bien al director financiero del empresario «tigre y boa», por lo que propuse hablar con él e intentar sonsacarle alguna información.

Llamé a éste y quedamos para comer. Durante el almuerzo me transmitió que su jefe estaría encantado de quedarse con la fábrica de mi amigo y garantizarse la salida del producto en el futuro. Además, sus hijos habían terminado la Universidad y alguno podría ocuparse de este nuevo negocio si lo adquiría. Me sorprendió que me hablara tan abiertamente pero luego comprendí por qué. Me pidió que, si en algún momento necesitaba un financiero, pensase en él. El «tigre y boa» le había prometido el puesto de director general pero se lo había adjudicado a uno de sus hijos nada más entrar a trabajar. Por esto, consideraba que su carrera en la Empresa, estaba terminada. Le pedí que no dijese nada a su jefe de nuestra conversación y le prometí que haría lo posible para encontrarle un nuevo trabajo.

Una vez comunicadas a mi amigo las incidencias de la entrevista, acordamos que yo haría de intermediario en la operación. Lo primero que hice fue hablar con un *headhunter* con el objetivo de que le buscase un puesto al director financiero, preferiblemente en una Empresa ajena al sector. Si lo conseguía rápido, le tendría mucho más de mi parte. Luego llamé al empresario «tigre y boa» y le dije que mi amigo estaba interesado en vender su fábrica y que me había encargado la colocación de las acciones. Le pregunté si a él le interesaría comprarla. Me respondió: «ya veremos». Le propuse reunirnos en un hotel y acudió a la cita con su director financiero.

Presenté el último balance con las cuentas auditadas y dije el precio, al cual me había comprometido a colocar las acciones. Parecía un tema fácil, teniendo en cuenta que conocía su interés a través del director financiero. Además, yo le había dejado «entrever» que, si a él no le interesaba, tenía en cartera otro posible comprador. Sin embargo, este tipo de hombres parece que tienen cuatro frases tan exactas, que les sirven como fórmulas algebraicas para resolver las dificultades del comercio, que son: «no sé», «no puedo», «no quiero», «ya veremos». Las repitió constantemente en el transcurso de la reunión. Tampoco dijo nunca de inmediato ni «sí» ni «no». Cuando le revelé todas nuestras pretensiones, creyéndote tenerle cogido, se refugió en la más cómoda de las pantallas para los negocios y dijo: «no puedo decidir nada sin consultar con mis asesores». Yo sabía que esto era mentira. Aunque consultara, él ya se había forjado una opinión de la que no se apearía nunca, pues era un hombre que meditaba cuidadosamente las menores transacciones; por eso era millonario.

Salí de la reunión sin una respuesta concreta pero me aventuré a decir a mi amigo que, probablemente, había aceptado. No me confundí.

A los dos días mandó a su director financiero y a su hijo, para concretar la compra.

994. El Angel caído

El presidente de una entidad financiera me presentó una vez a su director del departamento de estudios. Quedamos los tres citados en un restaurante a la hora del almuerzo. Me había comentado que era un hombre que llevaba quince años en el banco y era de su plena confianza.

El directivo tenía un aire de Lord inglés, era muy esmerado en su educación y hablaba pausadamente y con sencillez. En su cara había una expresión permanente de buena persona y se veía que su impresionante jefe le imponía mucho respeto. Me pareció un hombre muy inteligente, aunque no se vanagloriaba de su saber. En alguna ocasión, cuando desconocía el tema, se atrevió a decir a su presidente: *no lo conozco pero puedo informarme.*

En los postres nos abandonó y le comenté al presidente que me había causado muy buena impresión. Me dijo que pensaba nombrarle director general y meterle en el Consejo de Administración del Banco. Me extrañó, teniendo en cuenta que el Consejo estaba formado por auténticos trepas, inteligentes y hábiles en vencer pero con una personalidad diferente a la de este hombre. Le transmití mi pensamiento y me respondió: *preciso tenerlo a mi lado por esa razón. Es un hombre muy inteligente y con una visión reveladora de la economía mundial. No tiene ambiciones de poder por lo que puedo comentar con él cualquier tema, sin riesgo de que después lo utilice en su favor.*

Por avatares de la vida, la mujer del director de estudios y mi mujer hicieron amistad, por lo que volvimos a coincidir en otras ocasiones y pude ir conociendo bien su personalidad. Era un hombre pacífico cuya actividad principal era un silencioso caminar, modelando sus fuerzas interiores. No le tentaba participar en el gran espectáculo de poder y zancadillas que se daba a su alrededor y prefería tenerlo como objeto de contemplación. Sin embargo, se esforzaba por captar el espíritu que animaba esta competición de trepas infalibles, con el fin de conocerlo para distanciarse, defenderse y cumplir bien el papel al que había sido destinado. La vida agitada le perturbaba y prefería una vida sencilla.

Después de permanecer ocho años en el Consejo de Administración, el Banco se fusionó con otra entidad más grande. El entonces, ya buen amigo y director general, prefirió aceptar una jubilación anticipada a otros puestos de consejero que le ofrecían. En aquel momento álgido, me dijo: *en las fusiones, a los viejos les da igual o no les afecta; los jóvenes que tienen proyección de futuro o ganan mucho o lo pierden todo.*

En una de las ocasiones que nos vimos, le empujé a contarme las últimas anécdotas de la fusión y cómo había sido la salida de su presidente. Me dijo, más o menos: *en todas las fusiones, uno de los presidentes tiene que abandonar y, en este caso, por tamaño le tocó al mío. Lo único que le puede quedar al que abandona, es que la caída, aunque sin autoridad, sea con la solemnidad suficiente como para que le permita, al menos, dejar una aureola de emoción en las páginas de la historia de la Compañía.* Le pregunté por qué no le ayudaron sus ejecutivos más cercanos y me respondió: *todos estábamos a su lado pero nadie estaba con él. En esos momentos, para un hombre en su situación, lo mejor es olvidarse de la etiqueta con los ejecutivos fieles y con los empleados que le han honrado y tratarles con tristeza y precaución.*

995. LA VOZ DEL EMPLEADO

La convocatoria de huelga en una Compañía arrastra, súbitamente, a muchos empleados. Sobre todo, a los cerebros frustrados. De entrada, el personal se siente irritado y exaltado. Cualquier cartel animando a la huelga levanta vagos rencores haciendo creer a los empleados que han fracasado los objetivos y que, solo a través de la huelga, se encontrará el cambio y la prosperidad.

Tuve la ocasión de vivir una huelga con un buen amigo empresario del sector de la luminotecnia. Éste hombre, de vendedor de aparatos de iluminación había conseguido montar una Empresa con más de mil empleados que competía con las multinacionales de su sector. Le gustaba llamarse a sí mismo «el hombre del maletín», en recuerdo a su época de representante. Cuando le preguntaban qué había estudiado, respondía que era «licenciado en ciencias de la vida por la Universidad del mundo».

Era un hombre que siempre se distinguía de los demás. Tenía una expresión grave y serena en el rostro; unos ojos negros penetrantes que revelaban una gran energía interior; un pliegue burlón en torno a su boca y un aspecto varonil que le daban un especial atractivo. Sus movimientos eran reposados y estaban llenos de expresividad y parecía, que allí donde él estaba, todos queríamos estar. Era tal la cercanía que te hacía sentir, que a cualquiera se le pasaba enseguida el miedo y se atrevía a conversar con él con toda franqueza y desenvoltura.

Una noche me llamó para decirme que no se había desconvocado la huelga indefinida a la que se enfrentaba su Empresa. Sus directores generales, junto con su hermano mayor, que se encargaba de las fábricas, no habían conseguido llegar a un acuerdo con los sindicatos y su departamento financiero le había anunciado que el resultado económico de la huelga podía precipitar la quiebra en el plazo de una semana. Tenía firmados contratos para suministrar sus productos en las principales obras de España y, si no cumplía, paralizaría las obras además de incurrir en fuertes penalizaciones. Me dijo: *me he mantenido al margen, pensando que mi hermano podría arreglarlo pero no me queda más remedio que coger al toro por los cuernos y estar mañana a las siete de la mañana en la puerta de la fábrica, para ver qué puedo hacer. Me queda una noche de mucho pensar.* Le pregunté si quería que le acompañase por si podía ayudar en algo o, al menos, estar a su lado. Me dijo que me recogería a las seis de la madrugada para ir juntos.

A la hora prevista, el chofer enfiló rumbo al extrarradio de Madrid en dirección a la fábrica. Cuando llegamos, había varios piquetes en la puerta para evitar que otros compañeros entrasen a trabajar. Nos miraron con agresividad y se escuchó un murmullo general. Insultaron al chófer cuando éste iba a bajarse para abrir la puerta de entrada a la fábrica pero mi amigo no le dejó y lo hizo él mismo. Saludó con cortesía a sus empleados y abrió el portón. De camino a la sala de juntas, me dijo: *es curioso cómo el día de comienzo de la huelga, las rebeliones secretas de los empleados se conmueven por la fuerza de los sucesos, lo que les da un poder extraordinario sobre la dirección de la Empresa.*

Llegamos a la sala de juntas donde, alrededor de la mesa, esperaban sentados los directores, su hermano y los representantes de los sindicatos.

Comenzó la reunión. Los directivos, con cierta arrogancia y mediando entre la excusa y la culpa, defendían su situación apelando al sentido común. Pero los sindicatos no cedían en desconvocar la huelga sin conseguir las concesiones. Era una carrera contrarreloj.

Yo había vivido otras huelgas y conocía que éstas tienen unos resultados inmediatos. Cada día de huelga se suspende el comercio, se asusta a la bolsa, los accionistas están inquietos y se retiran las inversiones privadas, los capitales retroceden, los créditos bancarios que se iban a conceder quedan perdidos, los proveedores están desconcertados y congelan los suministros, se detienen las negociaciones con los clientes y no se paga el trabajo. En definitiva, la Compañía en huelga se empequeñece y su competencia se engrandece.

En el transcurso de la reunión, mi amigo apenas intervino con unas preguntas y tomó muchas notas. Después de hora y media de discusiones sin avanzar, mi amigo me propuso salir a tomar un café. Me preguntó si tenía alguna opinión que pudiese ayudarle y le respondí: *tal vez, la dirección de la Empresa debería plantearse si la huelga es equivocada o con derecho. Si es equivocada, no os quedará más remedio que buscar un equilibrio superficial que diseque los efectos sin remontarse a las causas. Este tipo de huelgas, me da la sensación de que suelen apagarse como un pequeño fuego. Sin embargo, si es con derecho y los empleados reivindican su progreso porque si no irán en retroceso, la huelga es para ellos un deber y un volcán difícil de apagar sin conceder concesiones reales pues los empleados tienen la razón. ¿Qué opinas? ¿Es equivocada o con derecho?* A esto me respondió firme: *con derecho.* Le dije a continuación: *pues convence de esto a tu hermano y a tus directivos y quizás puedas remediar la huelga.*

Entramos de nuevo y pidió a los representantes de los sindicatos que salieran para poder hablar con su equipo. Les repitió, más o menos, mis palabras, y ante el asombro de ellos, añadió: *como la huelga es con derecho, tendremos que entrar en la fase de comprender, de ahuyentar las palabras mordientes y de no imponer silencio con el fin de que la comprensión se convierta en justicia y la comunicación en momentos de encuentro entre las partes. Si conseguimos dirigir correctamente y con delicadeza la justicia y la comunicación, para que no choquen una contra* otra, dudando y concediendo, podremos llegar a la razón, al derecho y a la vuelta al trabajo. Bajo estas premisas, comenzaremos las negociaciones de nuevo. Decidles que entren.

996. ¡Qué me dices!

A veces un empleado, para atraer la atención del empresario, aprovecha su cercanía para ponerle al corriente de los chismorreos de su Empresa. Esto le pasó a un amigo con su director general.

Mi amigo, el empresario, tenía un astillero en una pequeña localidad del levante español, donde fabricaba barcos de vela de gran eslora. La Empresa la fundó su padre y ahora la gestionaban su hermana y él. La componían unos cincuenta empleados, la mayoría artesanos, pues sus barcos tenían un componente artesanal muy alto, además de que se fabricaban bajo pedido y a la carta. Yo solía visitarle a menudo cuando realizaba gestiones por aquella zona. Almorzábamos en un club náutico frente al mar, mientras comentábamos nuestros proyectos empresariales. Mi amigo había superado la última crisis del sector náutico y estaba adaptando todos sus modelos a las nuevas tecnologías, con el fin de abordar el mercado americano.

En una de nuestras comidas, me comentó que su director le estaba volviendo la cabeza loca con chismorreos de la Empresa. Le había ido permitiendo, poco a poco, contar y, de repente, se había sentido arrastrado a las profundidades, quedando atrapado en su propia Empresa por las intimidades de sus empleados. Al principio, le pareció que su único fin era gestionar mejor los recursos humanos pero, más adelante, tuvo la sensación de que había caído en la trampa y se estaba alimentando de inmundicia. Tenía la impresión de estar retorciéndose en los secretos humanos con el mismo fin que el chismoso, que no es otro que dirigir exaltadamente su ira y envidia contra sus compañeros. Me dijo: »a este tipo de empleado parece que nada le sorprende y, si se le permite, se muestra preocupado por todo el mundo. Para él, las vicisitudes de la vida del prójimo son el oxígeno preciso para vivir. Antes, mi mundo era la superficie de todas las cosas y ahora es el fondo de un profundo y oscuro océano.

»La cuestión es que este director trabaja bien y cumple los objetivos pero dudo de que existan en él cualidades personales dignas de consideración *y, lo peor, es que también dudo de esas cualidades en mí porque escucho sus chismes sin rechistar. ¿Tú qué harías en mi lugar?* A lo que le respondí: *lo primero liberarme de la corriente del chismorreo, salir de lo denso y volver a ascender lentamente a la superficie. Verás maravillado que la luz del día y todos tus proyectos siguen siendo un hecho real y que ésta es la verdadera luz.*

Continuamos hablando de otras cosas y fuimos a ver su nuevo modelo de barco.

Pasados unos días, le pregunté por el tema y me dijo: *he debido liberarme como me propusiste. Ahora, oyéndole hablar de nuevo, experimento un descenso a lo profundo. Me he convencido de que no es más que un cotilla enredador del que hay que huir.*

997. UNA DIETA EQUILIBRADA

Cuando tenía la oportunidad de entablar con empresarios poderosos una conversación abierta y aparentemente sincera, aprovechaba para hacerles una última pregunta antes de despedirme.

Un amigo, que era el director general en una macro-imprenta, me invitó a una comida con «Papeleros». Por aquel entonces yo tenía una Editorial de revistas técnicas y me pareció interesante asistir y conocer mejor la industria del papel, sus fabricantes y almacenistas. Me senté al lado del propietario de una fábrica de papel en el País Vasco, quien fabricaba, esencialmente, papel parafinado para la alimentación.

Era un hombre mayor, abierto y muy afable. Me dio la sensación de que también era generoso y paternalista en su Empresa. Durante la comida me habló de que, en su fábrica, trabajaban familias enteras y muchos de los empleados ya eran la tercera generación como él. Me contó la historia de la Compañía y sus diferentes etapas desde el año 1870, en que fue fundada por su abuelo.

En los postres conocía ya mucho de su vida y me sentí seguro para hacerle mi «preguntita», sin que pudiera incomodarse. Le pregunté: *¿con tu experiencia, me imagino que podrás darme algún buen consejo que te haya servido a ti y que pueda ayudarme a gestionar mejor mi Empresa?* Me miró con su aire bonachón y tras saborear un pequeño sorbo de Coñac, me dijo: *las grandes Compañías se construyen del buen empleo de la riqueza y de la repartición de la riqueza. Si combinas correctamente estos elementos materiales con los morales, podrás evitar la peligrosa situación de que en la Empresa conviva la opulencia con la miseria, los goces de unos con las privaciones de otros. El resultado será la felicidad individual del empleado y la prosperidad económica y social de todos.*

998. ESCUCHAR PARA SABER

En una época, conocí a un empresario que, en principio, nunca hablaba con nadie, sólo escuchaba. Invitarle con gente que no conocía era verdaderamente aburrido, pues apenas conseguíamos sacarle unas exiguas opiniones en el transcurso de la velada.

El hombre había hecho un pequeño capital con una empresa textil, que luego vendió. Posteriormente, tras diversas inversiones inmobiliarias en la costa andaluza, amplió considerablemente este capital. Tenía la habilidad de que, en un entorno donde nadie era parco en palabras, siéndolo él, conseguía acercarse e invertir su dinero con socios respetables y sacar buenos dividendos.

En mi afán permanente de conocer en lo posible la personalidad de los empresarios, quise saber en una ocasión la razón de su parquedad y, aprovechando nuestra vieja amistad, le pregunté abiertamente por qué se comportaba así cuando lo propicio en el mundo empresarial y más en el de la especulación, era la grandilocuencia y la seducción. Me respondió, más o menos: »*desgraciadamente, el empresario, que se mueve en el mundo de los intereses y de los pactos, nunca puede adivinar a la primera quien hay detrás de un rostro. La impresión más inmediata proviene, la mayoría de las veces, del «dime con quién andas y te diré quién eres». La buena compañía hace augurar favorablemente pero, ¿estamos tan seguros? ¿Quién sabe si la aparente conducta de una persona es efecto de sus privaciones? Hay personas que parecen no tener vicios pero también es posible amar el vicio y recelar del exceso. Hay que tener en cuenta que al crápula y al bribón le hace falta dinero para el libertinaje y que la vida de rata infunde una desesperada valentía.*

»*En fin, soy de los que cree que muchos frecuentan a personas decentes porque no pueden hacer otras cosas. Esto me ha llevado a no malgastar mi tiempo en hablar y ganarlo en escuchar, para conocer bien quién es quién y con quién me interesa invertir mi dinero.*

999. NUNCA PERDER EL NORTE

La vida del empresario es una cadena ininterrumpida de sucesos extraños, intrincados y singulares. Se dedica a la vida activa por lo que se ve forzado a intervenir en situaciones muy diversas. Por ello, tiene que curtir su espíritu contra las impresiones a las que se ve expuesto en toda situación nueva y contra la dispersión que pueda querer imponerle la cantidad y diversidad de negocios y personas con las que tiene que vérselas.

Incluso, bajo el acoso de grandes acontecimientos, necesita saber seguir el hilo de sus negocios y no perder la agilidad y la destreza para conseguir lo que se propone. Su espíritu tiene que estar siempre atento a lo que pasa a su alrededor y ser un servidor diligente, rápido y decidido, de su inteligencia.

Tiene que tener en cuenta que las personas esperarán que conduzca por buen camino todos los acontecimientos que se agolpen a su alrededor y, si tiene éxito, se convierte en un héroe para su entorno. Bajo su influencia, los azares de la vida pueden transformarse en historia.

1.000. ENCARAR LA MADUREZ

Entre los cincuenta y cinco y los sesenta y cinco años es cuando algunos empresarios observan, con alguna desesperación, que no han conseguido todos los negocios que se proponían y se ven obligados a abandonar las pretensiones a las que todavía tienen apego. Para ellos, supone un gran sacrificio y precisan un tiempo para asumirlo.

Los más numerosos caen en una apatía y no salen de ella si no es para consumir; se vuelven cascarrabias y están siempre como fastidiados sin llegar a ser malos. Simplemente, parece que se quedan sin ideas y repiten con cierta indiferencia lo que ya conocen o lo que hacen otros.

Otros son más raros pero son mejores. Son aquellos empresarios que, habiendo tenido carácter y habiendo procurado alimentar siempre el espíritu, se crean una existencia basada en cultivar su razón, procurando adornar-la de pequeños logros como lo hicieron en otro tiempo con grandes objetivos. Normalmente, están dotados de un juicio muy sano; al mismo tiempo, tienen un talento sólido y son joviales. Sustituyen su genio festivo por una atractiva bondad; sus encantos aumentan con la edad y se acercan a la juventud haciéndose querer por ella. Lejos de ser severos, sus largas reflexiones sobre la debilidad humana y sus recuerdos del pasado, los hacen más accesibles y muchas personas buscan la utilidad de sus consejos, producto de su primera ancianidad. Tienen claro que la juventud no depende de la edad, sino de la intrepidez, del gusto por el riesgo y, aunque en algo esto lo han perdido, no así su disposición a encarar el permanente reto por la vida. Para ellos, aprovechar el tiempo no tiene el sentido de urgencia o amenaza propio de la edad madura.

BUSCADOR «CLAVE»

(DE LA CLAVE 1 A LA 964)

A

Abogados, 123, 234, 653, 654, 655, 656

Abordar, Acometer, Apostar, Afrontar, (Mercados, Proyectos, Problemas), 73, 129, 147, 167, 306, 333, 571, 602, 607, 625, 759, 844, 964

Absentismo, 361, 807, 820

Abundancia, 26

Aburrimiento, 660

Abusar, 800, 834

Acción (Ver: Objetivos)

Acciones, (Accionariado, Capital), 283, 315, 354, 376, 411, 605, 961, 963

Acelerar, (Procesos), 437

Acertar, 76, 581, 826

Acreedores, 641, 642, 657

Actitud, 76, 96

Activos (Ver: Riqueza)

Actualización, Actualizarse, 352, 816

Adeptos, 949

Adhesión (Adherirse a un proyecto o no hacerlo), 770

Admiración, Admirar, 76, 92, 100, 128, 161, 162, 165, 167

Adornos, 100

Adquirir, 215

Adquisiciones (de Empresas, Compras de productos), 95, 98, 170, 530, 569, 573, 574, 575, 585, 605, 943

Adulación, 10, 92, 109, 110, 124, 133, 173, 203, 327, 517, 526, 539, 616, 751, 893

Afabilidad, 51, 167, 465

Aglutinar, 299

Agradecer, 146, 755

Agresividad, 8, 935

Alabanzas (Ver: Adulación),

Alegría, Alegrar, Alegres, 6, 133, 143, 754

Alianzas, 396

Amabilidad, 105, 139, 165

Ambición, 74, 84, 85, 112, 142, 156, 174, 325, 747, 751, 859, 943

Ambiente, (Bueno y Malo), 868

Amenazas, 544, 594, 673, 867

Amistad, 94, 101, 109, 128, 159, 168, 169, 217, 542, 543, 649, 674, 955, 960

Amor Propio, 81, 132, 133

Amor, Amante, 102, 329

Análisis, Analizar, Contrastar, 36, 187, 266, 324, 349, 446, 457, 617, 650, 666, 693

Ánimo (Estado de), 74, 770, 911, 911

B

C

Ch

D

E

Empleados, 83, 94, 99, 100, 133,
139, 155, 157 -160, 165, 170,
239, 249, 259, 283, 311, 312,
351, 365, 377, 585, 586, 590,
591, 592, 593, 606, 611, 624,
658, 660, 668, 669, 670, 672,
de la Clave 743 a la 885, 960,
964

Encubrir, 122

Enemigos, 87, 113, 131, 257,
674, 964

Energía, 112, 113

Enfadarse, 100

Engaño (Engañar o Dejarse
engañar), 38, 83, 97, 102,
113, 114, 133, 141, 157, 161,
170, 442, 742, 859, 954

Enriquecerse (Millonario), 26, 30,
43, 70, 120, 123, 135, 139,
171, 213, 225, 235, 254, 347,
511, 602, 951

Ensalzar, 109

Enseñar, Educar, 247, 771, 780

Entendimiento, 134, 168, 254

Entorno, (Relación con el), 79,
176, 222, 223, 313, 625

Entrometerse, 845

Entusiasmo, 13, 136

Envidia, 128

Equidad, 255

Equilibrio, 293

Errores, Equivocarse, Fracasos,
22, 28, 41, 90, 116, 196, 251,
252, 280, 349, 350, 437, 438,
612, 645, 666, 667, 745, 750,
759, 811, 813, 861, 893, 915,
925, 928, 944, 959

Escrúpulos, 85, 108, 171, 209,
751

Escuchar, 57, 67, 109, 116, 348,
825, 844

Escuela (de la vida, De la calle),
23, 181, 226

Esfuerzo, 98, 130, 136, 171, 617,
771, 948

Esnob, (Ser o No Ser), 105

Espantar, 31

Especialización, Especialista, 57,
947

Especular, 362

Esperanzas, 26, 157

Espiritual, 68

Espontaneidad, 141

Esquivar, 1, 69

Estabilidad, 177, 179

Estancarse, 274

Estrategia (Planes), 116, 144,
311, 312, 313, 331, 336, 353,
363, 367, 395, 398, 410, 413,
474, 475, 607, 714, 803, 817,
850, 855, 919, 951

Estrés, 53, 182, 208, 791

Estudiar, 252

Evolucionar, 808

Exactitud, 81

Excentricidad, Exhibicionismo, 82,
110

Excusas, 194, 218

Exigencia (Auto), 58

Éxito, (Tener o No tener),10, 13,
24, 41, 54, 82, 86, 87, 92, 94,
95, 98, 99, 104, 108, 110,
112, 119, 121, 123, 124, 128,
131, 132, 136, 146, 149, 166,
170, 172, 176, 178, 203, 253,
327, 347, 374, 404, 422, 564,
599, 600, 755, 876, 881, 964

Gloria (La), 99

Gozar, 68, 89, 128

Gracia (En los ademanes), 95

Graciosos, «Graciosillos», 145, 516

Gran Compañía (Empresas, Multinacionales), 261, 277, 373

Grandeza, 36, 79

Grosero, Grosería, 132, 201

Guapos, 95

H

Hechos, 10

Halagos, 109, 110, 203

Hipocresía, Hipócritas, 113, 523, 781, 828, 859

Humanidad, 117, 167, 406, 523, 627, 803, 833, 908, 964

Historia, Histórico, Pasado (Tiempo), 134, 138, 254, 260, 275, 375, 382

Hábitos, 230, 321

Hijos, 245, 246, 247, 248, 249, 251, 252, 253, 359, 672, 771

Herencias, 245, 249, 250, 280, 668

Horarios (de Trabajo), 744,

Huelgas, 837, 838

Hundir, 894

Hostilidad, 912

Humillación, 99, 960

Humor (Bueno y Malo), 129

Homogéneo, 316

Habilidades, Hábiles, 4, 13, 92, 95, 141, 144, 161, 190, 215, 751, 881, 931

Hablar, Lenguaje (Juegos de palabras), 10, 42, 57, 83, 95, 97, 101, 145, 149, 157, 161, 168, 189, 201, 232, 238, 346, 512, 550, 556, 557, 560, 673, 938

Honradez, Honra, Honestidad (Ser o No ser), 11, 18, 55, 68, 89, 123, 124, 128, 131, 133, 147, 153, 154, 156, 163, 171, 209, 218, 223, 255, 327, 559, 640, 661, 679, 740, 832, 869, 892, 906, 926, 927

Humildad, 13, 23, 139, 142, 173, 233, 585, 622, 646

I

I + D, 355

Ideales, 35

Ideas, 26, 46, 60, 91, 96, 121, 122, 338

Identificarse, 617

Idiomas, 168

Ignorar, Ignorancia, Ignorante, 8, 141, 348, 554, 555, 752, 904

Ilusión, 72, 122, 220, 741

Imagen, 310, 473, 474, 476, 478, 479, 482, 729, 964

Imaginación, 5, 26, 87, 121

Imitar, 186, 232

Impagados, 634, 738

Imparcialidad, 296, 936

Implacable, 87, 936, 948

Implementar, Implantar 306, 344, 390, 712

Implicar, 311, 312, 351, 803, 820, 856, 899

J

S

 **E** SFUERZO

 **M** ODERACIÓN

 **P** ERSEVERANCIA

 **R** ENTABILIDAD

 **E** MPLEO

 **S** UPERACIÓN

 **A** CCIÓN